# Chapitre 1



— Le problème avec vous, mon cher Ned, c'est que vous êtes beaucoup trop romantique, observa l'honorable Peregrine Nicholls, après avoir siroté quelques gorgées d'un brandy délicatement fruité, dont la dégustation lui fit claquer la langue de plaisir.

Edward Latimer, vicomte de Templeton, ancien dragon de Sa Majesté, se contenta d'accueillir la remarque de son cousin en levant les yeux au ciel.

— Non que je sois moi-même hostile aux romances, notez bien..., poursuivit cependant ce dernier en faisant tourner son verre entre ses mains. Mais si vous voulez mettre la main sur une épouse, vous devez vous montrer un peu moins intransigeant. C'est la troisième fois cette année que vous délaissez les plaisirs de la Saison londonienne, et nos matrones commencent à chuchoter derrière l'éventail.

Edward étendit ses longues jambes devant lui et chercha une position plus confortable dans son fauteuil.

— Au diable les dames patronnesses ! fit-il enfin. Le choix de ma future épouse ne regarde que moi et je n'ai aucun compte à rendre à ces viragos. Ce que je cherche, c'est une femme qui voie en moi autre chose que l'homme destiné à payer les factures de sa couturière.

Son cousin se pencha pour saisir la carafe de brandy et remplit de nouveau leurs verres.

— Pourquoi faire tant d'histoires, quand la démarche est si simple ? observa-t-il avec un haussement d'épaules. Votre objectif est de procréer des héritiers, n'est-ce pas ? Eh bien, choisissez une fille de bonne famille, pas trop laide si c'est possible, et surtout accommodante, si vous ne voulez pas user le reste de votre vie à des querelles de ménage.

Non, ce tableau était par trop simpliste. Edward, qui aspirait à autre chose, secoua énergiquement la tête.

— Je sais que la plupart des hommes de notre monde ne visent pas plus loin, mais pour ma part, je ne veux pas d'une cervelle d'oiseau pour la mère de mes enfants.

Il prit une gorgée de brandy avant d'expliquer :

— J'ai d'autres exigences, Perry. Il me faut une épouse qui sache parler d'autre chose que de futilités et qui ait une personnalité bien à elle. Ma mère était une femme remarquable, vous le savez. Elle lisait les journaux, s'intéressait à ce qui se passait dans le monde, et faisait preuve d'intelligence et de largeur d'esprit en toutes choses. Mon père l'adorait et il n'y a jamais eu une ombre sérieuse dans leurs relations, en vingt ans de mariage.

Il réprima un soupir. Comment oublier la douceur du foyer familial dont la nostalgie le poursuivait encore, cinq ans après le décès prématuré de sa mère ?

— Il est vrai que Felicity était un être d'exception, admit Perry, qui avait éprouvé pour sa tante une affection sincère, nuancée d'admiration et de respect. Elle aurait pu prétendre aux plus hautes fonctions de l'Etat, si elle avait été un homme.

Les deux cousins se turent un instant, tout au charme nostalgique de leurs souvenirs.

— Qu'est-ce qui vous chasse de Londres, cette fois ? reprit enfin Perry, après avoir pris une nouvelle gorgée d'alcool. Vous êtes pourtant au mieux avec la petite Cornwell. La gamine semble vous apprécier, et bien qu'elle soit la coqueluche des célibataires de la bonne société, il est évident pour tout le monde que vous avez toutes les chances de l'emporter auprès d'elle… Vous n'allez tout de même pas faire la fine bouche !

Edward fronça les sourcils à cette évocation.

— Figurez-vous que miss Eleanora Cornwell avait donné son cœur à quelqu'un d'autre, avant même le début de la Saison, expliqua-t-il. Mais j'ai appris que ses parents, qui tiennent à lui voir faire un beau mariage, ont repoussé le prétendant, trop obscur à leur goût, et ont obligé la malheureuse à accueillir favorablement mes avances. Dès que j'ai su cela, je me suis rallié à la cause de cette pauvre enfant et j'ai abandonné toute prétention à sa main, bien entendu.

— *Bien entendu*, répéta son cousin, un tantinet désapprobateur.

— Voyons, Perry, s'indigna Edward, vous n'imaginez tout de même pas que je pourrais m'imposer à cette jeune fille contre son gré. Non merci, je préfère rester célibataire !

— Hum… Votre père a peut-être son mot à dire sur la question. Ne m'avez-vous pas confié qu'il était sans cesse à vous harceler avec ces histoires de mariage, depuis que vous êtes revenu du continent ? D'ailleurs, je ne lui donne pas tort, mon cher cousin. Vous atteignez la trentaine et vous êtes son unique fils. Il est normal qu'il veuille assurer sa succession. Pour ma part, je me réjouis d'avoir deux frères. Cela m'évite de devoir convoler à tout prix, perspective qui m'ennuierait au-delà du concevable, je dois l'avouer. Moi, me livrer à la chasse aux oies blanches ? Cette seule pensée me donne le frisson…

Edward hocha la tête et poussa un soupir las.

— Ce n'est pas moi qui vous contredirai, Perry. La Saison londonienne n'est plus qu'une foire au mariage. Je trouve tout à fait répugnante la coutume qui consiste à vendre littéralement sa fille au plus offrant. En ce qui me concerne, je voudrais tout de même avoir la certitude que ma future éppouse éprouve un certain penchant pour ma personne, pas seulement pour ma fortune !

— Elles ne sont pas toutes des agneaux qu'on mène à l'abattoir comme la petite Cornwell, je vous l'accorde, admit son cousin. Certaines sont aussi intéressées que leur maman et n'attendent que l'occasion favorable pour mettre le grappin sur une proie riche et titrée. Mais tout de même, ajouta-t-il en s'avançant sur son fauteuil, il doit bien y avoir parmi elles quelques jeunes filles sincères et honnêtes. Le problème, c'est qu'il est parfois difficile de faire la différence à l'œil nu, tant les autres sont bonnes comédiennes. Et puis, que voulez-vous, mon cher, vous êtes connu partout comme le loup blanc. Tout le monde ici sait qu'Edward Latimer, vicomte de Templeton, est l'un des meilleurs partis de Londres. Cela complique diantrement les choses !

Edward haussa les sourcils. Les paroles de son cousin avaient fait germer une idée dans son esprit.

— Vous avez raison, je suis trop en vue à Londres. Peut-être pourrais-je tenter ma chance ailleurs ?

Et après avoir réfléchi quelques secondes :

— Mais oui, pourquoi pas ? Il me suffirait d'aller m'établir pour quelque temps à la campagne, sous le modeste patronyme de M. Latimer.

A ces mots, Perry ouvrit des yeux scandalisés.

— Vous n'êtes pas sérieux, Ned ? Vous, logeant dans une auberge de province, où votre domesticité se réduira à quelque lourdaud de valet ? Pouah, vous n'y pensez pas, ce serait par trop déchoir, vraiment.

Edward se leva et ajusta sa haute cravate avec une gravité exagérée à dessein.

— Me prenez-vous pour un dandy ? Je suis parfaitement capable de m'habiller seul, sans l'aide d'un valet de chambre. Dix ans de vie militaire m'en ont appris long sur l'art de se débrouiller soi-même, mon cher Perry. Du reste, M. Latimer aura sans doute la sagesse de prendre pension chez l'habitant, plutôt que de séjourner plusieurs semaines à l'auberge. A moins qu'il ne loue un cottage pour l'été ? Mais oui ! s'exclama-t-il, ravi de son idée. Voilà exactement ce qu'il faut faire. La campagne anglaise regorge de délicieuses demeures...

Pris d'un soudain enthousiasme, il marcha vers la table où étaient disposés les journaux du jour et s'empara de l'*Observer.* Il trouverait certainement quelque chose à la page des annonces.

Pendant quelques instants, il procéda silencieusement à la lecture des offres de location, sous le regard médusé de son cousin. Puis il émit soudain un cri de victoire :

— Ecoutez donc ! Maison modeste mais bien agencée, entourée d'un jardin, sise à Compton Lacey, près de la petite ville de Dunchurch dans le Warwickshire.

Il leva les yeux de son journal et fouilla un instant sa mémoire.

— Compton Lacey... Ce nom me dit vaguement quelque chose. Connaissons-nous quelqu'un dans le Warwickshire, Perry ?

Son cousin se gratta la tête, perplexe.

— Pas que je sache... Nous avions une tante à Stratford, si mes souvenirs sont exacts. Mais j'ai beau chercher, je ne vois personne d'autre.

Et lui jetant un regard incrédule :

— Vous n'allez tout de même pas faire cela, Ned ? Ce n'est pas sérieux !

— Pourquoi pas ? rétorqua Edward en trempant une plume dans l'encrier pour recopier en hâte les références de l'annonce. Le texte dit que la maison est située à deux miles du relais de poste de Dunchurch, ce qui en rend l'accès relativement facile.

— Voulez-vous dire que vous songez à vous y rendre en diligence ? demanda Perry, dont la réprobation allait croissant.

— Cela vous scandalise ? C'est pourtant le meilleur moyen de ne pas attirer l'attention sur M. Latimer. Voyons, quel pourrait être son statut ? Un artiste peut-être ? Pas un peintre, en tout cas, l'attirail serait trop encombrant. Mais un dessinateur ferait parfaitement l'affaire. J'ai encore tous mes vieux carnets de croquis et je n'étais pas trop maladroit sous la férule de ce cher vieux Bentley, notre précepteur. Il m'a toujours assuré que j'avais un bon coup de crayon, vous rappelez-vous ?

— Bon sang, Ned, s'emporta Perry, incapable d'en entendre davantage, si je ne vous connaissais pas, je me dirais que vous êtes bon à enfermer ! Comment pouvez-vous vous imaginer une seule seconde que vous trouverez la femme de vos rêves dans un bourg perdu au fin fond de l'Angleterre ?

— Mais il n'y a plus de campagne isolée, mon cher, protesta Edward avec un haussement d'épaules. Toutes les semaines, des douzaines de provinciales débarquent dans la capitale avec leur progéniture, pressées de marier leurs filles à quelque représentant de notre glorieuse aristocratie. S'il est un lieu où l'on peut dénicher ces jeunes personnes, avant qu'elles ne soient perverties par leur séjour dans les salons londoniens, c'est précisément la campagne.

Mais oui ! C'était loin de la ville et de ses mondanités qu'il rencontrerait peut-être une femme digne d'être sa future épouse. Les yeux brillant d'excitation, il ajouta :

— Croyez-moi, on doit donner à Dunchurch de charmantes réceptions locales, où j'aurai plus de chances qu'à Londres de découvrir l'ange que j'espère. Quoi qu'il en soit, cela vaut la peine d'essayer, vous ne croyez pas ?

Perry eut un geste exaspéré de la main.

— Pourquoi me demander mon avis, puisque vous êtes décidé de toute façon à commettre cette absurdité ? Il ne me reste plus qu'à vous souhaiter bonne chance, mon garçon, à une condition toutefois. Promettez-moi que vous ne commettrez pas de trop grosses excentricités !

— Des excentricités, moi ? Voyons, Perry, en ai-je jamais commis de ma vie ? le défia Edward avec malice.

Et avant que son cousin n'ait eu le temps de le contredire, il se dirigea d'un pas vif vers la porte, pressé d'aller réserver sa place au bureau des diligences.

L'enthousiasme d'Edward avait pourtant un peu décru, lorsqu'il descendit deux jours plus tard de la diligence à Dunchurch, après huit heures d'un éreintant voyage dans un coupé rien moins que confortable. Les reins moulus par les cahots, il fit quelques pas dans la cour de l'auberge en attendant que le cocher déchargeât ses bagages, ensevelis comme de bien entendu sous un amoncellement de malles et de ballots.

Comme il arrive souvent dans les relais de poste, le lieu regorgeait de badauds venus assister à l'arrivée de la patache. Sevrés d'autres plaisirs, les gens du cru affluaient dans la cour de l'auberge, curieux d'observer le déchargement du lourd véhicule et le visage des voyageurs.

Parmi les nombreux spectateurs qui se pressaient autour de la voiture, Edward remarqua un garçonnet d'une douzaine d'années, aux yeux vifs et au visage piqueté de taches de rousseur, qui semblait fasciné par le nouveau système de freinage de la diligence. Intrépide et déluré, l'enfant se penchait vers les roues pour examiner de plus près le mécanisme, au risque de se blesser si l'attelage venait à se mettre en branle. Les sourcils froncés, Edward s'approchait du jeune téméraire pour le réprimander, lorsqu'une claire voix féminine s'éleva tout à coup au beau milieu de la foule.

— Rupert, où es-tu ? Reviens tout de suite, je te prie !

Le jeune garçon tressaillit et tourna la tête à contrecœur.

— Ecartez-vous, là-dessous ! s'écria à cet instant le valet

de poste, occupé à manipuler l'amoncellement de bagages sur l'impériale.

Mais trop tard. Mal arrimée, une énorme malle glissa du toit du véhicule, demeura une seconde en équilibre sur le bord, et bascula dans le vide juste au-dessus de l'enfant. Prompt comme l'éclair, Edward le sauva de justesse en l'écartant d'une vigoureuse poussée, qui l'envoya rouler sur les pavés de la cour. L'épaule meurtrie par le choc, le garçonnet émit un cri de protestation, qui s'étrangla dans sa gorge lorsqu'il vit la malle s'écraser à l'endroit précis où il se tenait une seconde plus tôt.

Inquiet, Edward se précipita vers lui.

— Es-tu blessé, mon garçon ?

Celui-ci secoua la tête en grimaçant, mais au moment où il allait remercier son sauveur, une jeune femme coiffée d'une capeline sombre courut vers eux, le regard étincelant de colère.

— Qu'avez-vous fait, espèce de brute ? cria-t-elle d'une voix bégayante de fureur. Est-ce ainsi qu'on traite un enfant ?

Abasourdi d'être pris à partie de la sorte, il recula d'un pas et désigna la malle cabossée qui gisait sur le sol à deux mètres de là.

— Calmez-vous, mademoiselle, je n'ai fait que protéger ce jeune homme. Voyez plutôt ! La chute de cette cantine aurait pu lui coûter la vie...

Encore incrédule, l'inconnue regarda tour à tour le malencontreux bagage, puis le jeune garçon, qui s'était remis sur ses pieds et frottait son épaule endolorie.

— Il dit vrai, sœurette, assura ce dernier en ravalant ses larmes. Je me suis retourné quand vous m'avez appelé et je n'ai pas vu tomber le coffre.

Et se tournant vers lui :

— Heureusement que vous avez fait vite, monsieur. Si vous n'aviez pas été là...

— Bah, c'était la moindre des choses. J'espère que tu ne t'es pas trop fait mal en tombant ?

— Oh ! non, je vais très bien, assura courageusement le gamin.

Edward tourna alors les yeux vers la jeune femme, dont les joues s'étaient violemment empourprées pendant cet échange. Mon Dieu, qu'elle était ravissante… Les choses s'étaient passées si vite qu'il n'avait pas eu le temps de la regarder jusque-là.

— Je… je vous demande pardon, monsieur, balbutia-t-elle d'un air confus en croisant son regard. Et merci mille fois de votre réaction si prompte. Je n'ose imaginer ce qui serait arrivé sans vous, ajouta-t-elle avec un frisson.

— N'en parlons plus. Je suis heureux d'avoir pu rendre ce petit service, répondit-il, amusé par l'embarras manifeste de la belle enfant, qui contrastait avec le franc-parler dont elle avait fait preuve quelques instants plus tôt.

— J'espère que vous n'avez pas été blessé vous-même ?

— Pas le moins du monde. Nous avons le cuir dur dans notre famille ! assura-t-il avec humour.

— Je… je vois, bredouilla-t-elle, décidément décontenancée.

Avisant les mains souillées de son frère, elle détacha un ruban de son corsage et tenta tant bien que mal de lui nettoyer les paumes avec ce chiffon improvisé. La scène était tout simplement adorable et il était incapable de détacher les yeux de la grande sœur, dont les joues encore rosies par l'émotion disparaissaient à demi sous les frisons châtains qui dépassaient de sa capeline. Il en aurait presque oublié de lui venir en aide… Reprenant ses esprits, il s'empressa de tirer son mouchoir immaculé de sa poche.

— Tenez, mademoiselle. Je crois que cela fera beaucoup mieux l'affaire.

L'inconnue se redressa, plus rouge qu'une cerise, et accepta le carré d'étoffe, non sans se confondre derechef en excuses.

— Et dire que je vous ai insulté, monsieur ! Mon Dieu, qu'allez-vous penser de moi ? s'exclama-t-elle, manifestement désolée.

Mais elle fut interrompue par le bruit d'une altercation qui s'élevait tout près d'eux, le postillon et le valet se renvoyant l'un à l'autre la responsabilité de l'incident. Une petite foule s'était déjà agglomérée autour d'eux, et comme les curieux se poussaient pour atteindre le premier rang, Edward fut pris dans la mêlée et écarté malgré lui de la jeune femme et de son frère.

Jouant des coudes, il parvint enfin à se dégager de la foule pour retourner sur le lieu de l'accident. Mais là, plus la moindre trace de ses deux compagnons de rencontre. Envolée, l'inconnue aux cheveux couleur de châtaigne mûre, dont il ne se rappelait pas sans émoi la charmante frimousse et les beaux yeux confus… Et quelle sollicitude elle manifestait au jeune garnement ! se souvint-il avec ravissement. *Un ange, décidément.* Et dire qu'il n'avait même pas eu le temps de lui demander son nom…

Désappointé, il alla retirer sa valise de l'enchevêtrement de bagages et pénétra dans l'auberge.

— Existe-t-il un moyen de transport pour gagner le village de Compton Lacey ? s'informa-t-il auprès du tenancier après les salutations d'usage. Je me rends au cottage Blanchard.

Rougeaud et jovial, l'homme accueillit la question d'un vigoureux hochement de tête.

— Vous tombez bien, monsieur. C'est jour de marché et vous trouverez sûrement céans un villageois qui acceptera de vous prendre dans sa carriole. Si vous voulez bien vous asseoir dans la salle le temps de vous restaurer, je vais faire mon possible pour vous trouver un attelage.

— Vous m'obligeriez, maître aubergiste.

Trop heureux d'accepter l'offre de son hôte, il alla s'installer dans la grande salle de la taverne, où il commanda un en-cas de fromage et de pain arrosé d'une demi-pinte d'ale. En attendant d'être servi, il eut tout loisir de songer à la jeune beauté dont il venait de croiser le chemin. La rencontre avait été si fugitive ! Mais comment oublier cette jeune femme à la silhouette gracieuse et au regard d'un bleu si profond qu'il en paraissait presque violet… Quel dommage qu'il ne sût même pas où la retrouver !

Quelle ironie tout de même… Son cousin Perry aurait été bien surpris d'apprendre qu'à peine arrivé à destination, il avait rencontré dans cette prétendue *campagne perdue* une jeune femme qui ressemblait fort à la fiancée de ses rêves. Mais quel intérêt, si c'était pour la perdre aussitôt ?

Voyons… Quel détail aurait donc pu l'aider à retrouver ses deux fugaces compagnons ? se demanda-t-il en plissant les yeux pour se remémorer la scène. La belle inconnue était penchée sur son frère, occupée à lui frotter les mains avec la coque de satin qu'elle avait détachée de sa capeline. *Un ruban noir*, se souvint-il tout à coup avec un tressaillement. Le gamin portait aussi un brassard noir sur sa manche. De toute évidence, ils étaient tous deux en deuil… C'était là une piste, songea-t-il avec une lueur d'espoir. Evidemment, l'indice était plutôt mince… Avait-il remarqué autre chose, un élément qui aurait pu le mettre sur la bonne voie ?

Pendant quelques minutes, il repassa un à un dans son esprit tous les détails de l'incident, et se souvint brusquement de l'appel qui avait incité le garçonnet à tourner la tête. Il entendait encore la claire voix féminine s'élever du cœur de la foule, mais du diable s'il se souvenait du prénom qu'elle avait crié. Cuthbert ? Robert ? *Non, j'y suis, c'était Rupert !*

Satisfait, il vida d'un trait la chope de bière que venait de lui apporter la servante, et accueillit d'un sourire l'aubergiste qui revenait vers lui avec une bonne nouvelle.

— Je vous ai trouvé un voiturier, monsieur ! Andrew Radley est sur le point de se mettre en route pour regagner

Compton Lacey. Il se déclare tout prêt à faire un crochet par le cottage Blanchard. A vrai dire, cela ne lui fera pas un grand détour — il habite lui-même à un demi-mile de là.

Edward acheva donc son repas à la hâte et suivit son hôte jusqu'aux écuries, où l'aubergiste le présenta à un grand gaillard barbu occupé à manœuvrer un cabriolet assez élégant et confortable.

— Merci de m'accepter comme passager, lui dit poliment Edward, soulagé de constater que l'homme semblait avoir la main sûre et maniait les rênes avec une rassurante dextérité.

Pendant le voyage, Andrew Radley se révéla même un agréable compagnon de route, et tous deux ne tardèrent pas à sympathiser au point d'engager une amicale conversation, tandis que le fringant cheval bai attelé au véhicule trottait allègrement sur la route de Compton Lacey.

— Connaissez-vous le cottage Blanchard ? demanda Edward, soucieux de s'informer sur sa nouvelle demeure.

Radley hocha la tête, tout en claquant de la langue pour encourager son cheval.

— Pour sûr, monsieur. Il appartient à un couple d'Ecossais d'un certain âge, qui supporte mal le rude climat de leurs Highlands et vient passer l'hiver sous les cieux plus cléments du Warwickshire. Le cottage reste donc vide pendant la belle saison et les Blanchard ont eu l'idée de le louer à des citadins désireux de se mettre au vert pendant l'été.

Il émit un petit rire avant de poursuivre :

— Que voulez-vous, les Ecossais passent pour pingres et il faut avouer que ces deux-là méritent assez bien leur réputation. Ils ont loué les services d'une villageoise, Mme Jacklin, qui vient nettoyer la maison trois fois par semaine et garde un œil sur les lieux. La brave femme ne reçoit en échange qu'un modeste salaire et apprécie de gagner quelques shillings de plus en blanchissant le linge des locataires…

Avec un sourire amusé il ajouta :

— C'est une fieffée commère, autant vous prévenir tout de suite. Elle adore les ragots et a toujours une oreille qui traîne. Protégez bien vos secrets, si vous en avez !

Edward ne put s'empêcher de rire du conseil. Andrew Radley ne croyait sans doute pas si bien dire…

— Je serai très prudent, assura-t-il en retrouvant son sérieux.

Et frappé d'une brusque idée :

— Mais après tout, cette Mme Jacklin est peut-être justement la personne qu'il me faut pour résoudre une petite énigme…

— Une énigme ? De quoi s'agit-il ? demanda Radley, sa curiosité en éveil.

— Oh ! une information concernant l'identité d'une personne… Avez-vous assisté à l'accident qui a eu lieu tout à l'heure dans la cour de l'auberge ? Un gamin a failli se faire proprement écraser par une énorme malle, qui a glissé du toit de la diligence.

Il fronça les sourcils dans un effort de mémoire :

— Je crois qu'il s'appelle Rupert, mais je n'ai aucune idée de son nom de famille…

Andrew Radley tira brusquement sur les rênes pour arrêter l'attelage.

— Rupert ? Bonté divine, que lui est-il encore arrivé ? J'ai entendu parler de l'incident, mais j'étais à l'intérieur de l'auberge et je n'ai rien vu. Du diable si je savais qu'il s'agissait de Rupert Cunningham ! Il n'a pas été gravement blessé, au moins ?

L'espace d'un instant, Edward resta bouche bée. Çà, alors ! Il avait fallu qu'il rencontre l'informateur dont il avait besoin. Il était sur le point d'en savoir davantage sur la mystérieuse jeune femme…

— Quelques écorchures, tout au plus, précisa-t-il enfin, reprenant ses esprits. Connaissez-vous sa famille ?

Andrew Radley se rengorgea aussitôt.

— Et comment ! J'ai l'honneur d'être fiancé à la sœur de

Rupert, miss Katharine Cunningham. Ce garnement est une véritable épreuve pour sa pauvre mère. Toujours à commettre quelque sottise…

Le cœur d'Edward se serra étrangement à cette réplique. Ainsi, son *ange*, sa belle inconnue aux yeux d'améthyste, était engagée à un autre… Quelle déception ! A quoi bon désormais poursuivre plus avant cette hasardeuse aventure ? Compton Lacey, brusquement, avait perdu tout charme à ses yeux, et il envisagea sérieusement de repartir par la prochaine diligence.

— Vous avez bien de la chance, commenta-t-il en réprimant un soupir. Mais le petit garçon et sa sœur étaient en deuil, si je me souviens bien. Serait-il survenu un décès récent dans la famille ?

Radley hocha tristement la tête.

— Le révérend Henry Cunningham, leur père, nous a quittés le mois dernier, des suites d'une pneumonie. Kate et moi devions nous marier la semaine prochaine, mais nous avons dû repousser la cérémonie jusqu'à la Saint-Michel.

D'un coup de fouet, il redonna le branle à l'attelage et le cheval bai se remit à trotter sur la route ombragée par les épaisses frondaisons des tilleuls et des marronniers. Absorbés par leurs pensées, les deux hommes demeurèrent un instant silencieux.

— Les Cunningham doivent vivre au presbytère, je suppose ? dit enfin Edward, d'un ton aussi détaché que possible. Le révérend était sans doute le pasteur de la paroisse ?

— C'est exact, mais la famille a toujours résidé à Westcotes, le vieux manoir ancestral. La propriété est située à un mile à peine du cottage que vous avez loué. C'est John Mansell, le jeune vicaire, qui occupe le presbytère de Compton Lacey. Il assure la transition, en attendant la nomination d'un nouveau pasteur.

Radley jeta un bref regard à son passager avant de poursuivre :

— Nous n'allons pas tarder à passer devant Westcotes. C'est une vieille et belle bâtisse — vous pourrez peut-être la dessiner, si cela vous intéresse. En fait, je vous passerais volontiers une commande. Je suis sûr que Kate aimerait accrocher un tableau de ce genre dans notre futur salon. Elle adore sa maison et tous les souvenirs d'enfance qui s'y rattachent.

— Pourquoi pas ? Je ferai en tout cas de mon mieux, marmonna Edward, dissimulant ses doutes quant à ses propres capacités artistiques. Mais ne préférez-vous pas attendre d'avoir vu mes dessins ? Vous pourriez être déçu, après tout...

— Bah, je vous fais confiance ! assura Radley avec un petit rire. Vous avez les moyens de louer un cottage, c'est que vous êtes assez bon dessinateur pour gagner votre vie.

Il s'interrompit pour désigner une rangée d'aubépines qui s'élevait de l'autre côté de la route.

— Voici Westcotes ! La maison est là, juste derrière la haie.

Edward dut hausser le cou pour apercevoir le bâtiment. Erigé non loin de la route au bout d'une courte allée bordée d'arbres fruitiers, Westcotes était du plus pur style Tudor, avec ses colombages de bois sombre qui tranchaient sur les murs de pierre blanche. Un charmant vestige d'une époque enfuie, qui eût inspiré n'importe quel peintre à la recherche d'un sujet pittoresque...

L'attelage longea le grand portail aux deux portes béantes, et il jeta un coup d'œil en direction de la demeure. Au pied du perron, un cabriolet chargé de paquets était stationné. Une jeune femme vêtue d'une robe de mousseline agrémentée de rubans sombres était en train de descendre du véhicule et... son cœur fit un bond dans sa poitrine. Mon Dieu, mais c'était son *ange* de Dunchurch !

Il s'attendait à voir son compagnon tirer sur les rênes, mais à sa grande surprise, Radley se contenta de ralentir légèrement, le temps d'adresser un salut de la main à la voyageuse. Puis il fouetta l'arrière-train du cheval, qui s'élança de nouveau sur la route.

— Vous ne vous arrêtez pas ? demanda Edward, secrètement désappointé.

— Une autre fois…, répondit Radley avec un clin d'œil amusé. Pour le moment, j'avoue que j'ai hâte de regagner mon logis. Ma chère Kate devait y passer l'après-midi pour apprendre de ma mère l'art de baratter le beurre, et elle doit attendre mon retour avec impatience.

Sa chère Kate ? Mais… De qui parlait-il ? Tout à coup, Edward était perdu.

— La jeune dame que j'ai vue tantôt avec Rupert Cunningham n'était donc pas votre fiancée ? J'avais pourtant cru…

— Certainement pas, l'interrompit Radley, qui semblait presque offusqué par la méprise. Sans doute s'agissait-il de miss Georgina, la sœur aînée de Kate. Elle est allée faire le marché à Dunchurch. Sa mère lui aura sans doute adjoint le gamin en guise de chaperon.

A ces mots il se tut brusquement, avant de lui jeter un regard inquisiteur.

— Dites-moi, mon bon, vous n'avez pas de vues sur Georgina, j'espère ?

Devant son embarras, il le mit en garde.

— Autant vous prévenir tout de suite, je crois que la jeune personne n'aura pas l'ombre d'une dot à apporter à son époux, à supposer qu'elle se décide à convoler un jour.

Il secoua la tête d'un geste navré, en brave homme qui compatit au malheur d'autrui :

— La famille est des plus honorable, mais elle n'a jamais roulé sur l'or. S'il faut en croire la rumeur, le révérend Cunningham aurait même laissé les siens sans un sol vaillant. Georgina devra se trouver un mari fortuné, si elle veut avoir quelque chance de tirer sa famille de la gêne.

Et adoucissant sa remarque d'un sourire, il ajouta en secouant la tête :

— Soit dit sans vous offenser, l'ami, je ne crois pas que vous soyez assez bien nanti pour prétendre à sa main !

# Chapitre 2

Encore bouleversée par l'incident de l'auberge, Georgina Cunningham n'en crut pas ses yeux. Mais non, elle n'avait pas rêvé, le sauveur de Rupert était bien dans le cabriolet d'Andrew Radley, qui venait de passer ! Qu'est-ce que cet étranger, plutôt beau garçon au demeurant, faisait donc à côté de son futur beau-frère ? Elle qui était si affligée à l'idée de ne jamais le revoir, et de ne pouvoir lui exprimer toute sa gratitude… Peut-être Kate saurait-elle la renseigner à son sujet ?

Mais aussi intriguée qu'elle fût par ce mystère, elle avait pour l'heure un problème plus urgent à régler : expliquer à sa mère, qui ne manquerait pas d'être horrifiée par la vue du garçonnet, comment Rupert avait pu se contusionner ainsi et déchirer de surcroît son unique costume convenable !

Le cœur battant d'appréhension, elle poussa son frère dans le bureau où Mme Cunningham, occupée à examiner des papiers, se leva d'un bond à leur entrée.

— Grands dieux, qu'est-il arrivé ? s'écria-t-elle, alarmée.

Elle examina son fils de la tête aux pieds, depuis ses cheveux ébouriffés jusqu'à ses culottes de drap, déchirées au genou.

— Rupert a encore commis quelque sottise, à ce que je vois…

— Mais non, maman, je vous assure ! protesta vivement celui-ci. Je n'ai rien fait du tout…

— Comme toujours, soupira Mme Cunningham, avec

un mélange d'indulgence et de tristesse. Je commence à connaître ce refrain, hélas !

— Cette fois, il dit la vérité, maman, intervint Georgina, pressée de disculper son frère. Je l'ai perdu de vue quelques instants, je l'avoue, mais ce qui est arrivé n'était en rien sa faute.

Devant l'air peu convaincu de sa mère, elle s'empressa d'expliquer en quelques mots l'accident.

— Vous l'avez laissé musarder dans la cour des diligences ? se récria Mme Cunningham. Mais c'est très dangereux ! Voyons, Georgina, à quoi songiez-vous ? Vous si raisonnable d'habitude…

— Mais je ne courais aucun danger, maman, protesta Rupert. Je voulais seulement regarder manœuvrer la patache. Ce n'est ni ma faute ni celle de Gina si cette malle a glissé du toit. Et puisque ce monsieur est intervenu juste au bon moment, tout est bien qui finit bien.

— Mais vous auriez pu être tué ! protesta sa mère. Et vous avez en outre gâté vos seules bonnes culottes…

Rupert baissa la tête d'un air contrit — il ne pouvait la contredire sur ce point.

— Je suis désolé, 'man…, fit-il d'une toute petite voix.

Mais il se reprit aussitôt, le regard de nouveau pétillant :

— Becky peut les raccommoder, n'est-ce pas ? Ce ne sera pas la première fois, et pour ma part, cela m'est bien égal de porter des culottes rapiécées.

Attendrie par ces derniers mots, Mme Cunningham réprima un sourire et se força à garder un ton sévère pour ordonner :

— Montz tout de suite vous laver et vous changer. Et surtout, ne redescendez pas avant que je ne vous appelle. J'ai à parler avec votre sœur.

Rupert ne se fit pas prier. En l'espace d'une seconde, il avait disparu du bureau, pour laisser Georgina affronter seule le regard de sa mère. Dans un silence pesant, cette dernière alla se rasseoir à sa table. Pourquoi l'observait-elle avec tant d'insistance ? Elle semblait profondément soucieuse.

— Que se passe-t-il, Georgina ? demanda-t-elle enfin. C'est la troisième fois en un mois que vous rentrez si tard du marché. Daniel regagnait toujours la maison avant midi. Qu'est-ce qui vous retient à Dunchurch si longtemps ?

— J'essaie d'obtenir les meilleurs prix possible, maman, expliqua posément Georgina. Les vendeurs ne remballent leurs marchandises que vers 16 heures, et jusque-là, ils ne consentent pas le moindre rabais. Daniel n'attendait jamais aussi longtemps, c'est pourquoi j'ai insisté pour faire le marché à sa place.

Mme Cunningham pressa les mains sur ses tempes légèrement grisonnantes, où elle sentait sourdre un début de migraine.

— Pardonnez-moi, ma chérie, j'aurais dû m'en douter. Je sais que vous faites toujours de votre mieux. La vérité, c'est que j'étais impatiente de vous voir rentrer. J'ai reçu la visite de M. Pickens ce matin. Il a étudié la situation financière de la famille.

Elle s'interrompit un instant, une lueur d'angoisse dans les yeux.

— Oh ! ma chérie, nous sommes ruinées ! dit-elle enfin d'une voix étranglée.

Marcus Pickens, conseiller judiciaire de la famille et vieil ami de Henry Cunningham, s'était présenté à Westcotes peu après le petit déjeuner ce matin-là. Dès les salutations d'usage, Mme Cunningham avait senti que quelque chose n'allait pas. A en juger par la profonde tristesse peinte sur le visage du notaire, la situation devait être bien pire que ce qu'elle avait imaginé.

— Ma chère madame Cunningham, avait-il commencé d'un ton grave, vous me voyez désolé de devoir vous dire à quel point votre mari négligeait ses affaires. J'ai trouvé dans ses dossiers des factures impayées remontant à plusieurs mois.

Je vais faire mon possible pour régler les plus pressantes, mais il ne vous restera pas grand-chose après cela, hélas.

Pendant quelques instants, la malheureuse avait fixé sur lui un regard incrédule.

— Mais voyons, monsieur Pickens, ce n'est pas possible ! Nous n'avons jamais vécu au-dessus de nos moyens, et Henry ne m'a jamais dit que notre situation fût si préoccupante. En fait, nous ne parlions presque jamais d'argent. S'il m'avait mise en garde, j'aurais pu faire des économies…

— Les revenus de votre époux se limitaient à son bénéfice de pasteur, ainsi qu'au paiement des articles qu'il écrivait de temps à autre pour le journal du diocèse, avait expliqué le notaire. Son père lui avait également légué une pension, qu'il percevait sous forme d'annuités. Mais ces versements ne sont pas réversibles et ont donc cessé au moment de son décès.

— Mais nous avions des économies ! avait objecté la veuve, affolée. Avez-vous bien vérifié ? Henry avait placé de l'argent pour la dot de nos filles et les études de Rupert.

Pickens, gêné, avait cherché en vain une position plus confortable dans son fauteuil.

— J'ai retrouvé en effet les traces d'une somme assez considérable qui avait été mise de côté, mais des retraits importants ont été effectués à plusieurs reprises, notamment quand il a fallu équiper M. Harry, puis rapatrier son corps de Waterloo après son décès. Ce qui restait a été presque complètement absorbé par les doubles funérailles, et la différence suffira à peine à financer la dot de miss Katharine, dont le montant est déjà inscrit dans son contrat de mariage avec Andrew Radley. Je suis navré, mais il ne reste rien pour M. Rupert ni pour Miss Georgina. Et je ne parle même pas de votre plus jeune fille…

Abasourdie par la nouvelle, Mme Cunningham s'était renversée contre le dossier de son fauteuil, blafarde.

— Mon Dieu, je ne comprends pas… Comment est-ce

possible ? Nous n'avons effectué que de rares voyages et avons toujours vécu modestement. Après la mort de Harry, nous ne sortions même plus de Westcotes et avions perdu le goût des plus innocents divertissements. Henry passait tout son temps à lire et étudier dans son bureau.

— Voilà bien où gisait le problème ! s'était exclamé Pickens, en désignant les rayonnages chargés d'ouvrages précieux. Henry collectionnait les livres rares, et malgré mes mises en garde, il ne cessait d'en acquérir de nouveaux, souvent à des prix exorbitants.

— Mais alors, tout cela a peut-être de la valeur ? s'était-elle écriée avec un regain d'espoir. Je n'avais pas réalisé qu'il possédait autant de volumes — je ne pénétrais guère dans ce bureau de son vivant, surtout les derniers mois. Depuis la mort de son aîné, Henry aimait qu'on le laissât en paix. Il n'admettait près de lui que notre petite Sophie, qui a hérité de son père un ardent amour pour la lecture.

— Malheureusement, le marché des livres anciens est extrêmement limité, avait expliqué Pickens avec un nouveau soupir. Sans doute réussirons-nous à vendre en partie la bibliothèque de Henry, mais pour ce qui est de récupérer la totalité des sommes qu'il a investies dans ces ouvrages, je crains fort que ce ne soit impossible.

— Oh ! mon Dieu, qu'allons-nous devenir ?

La voix d'Amelia Cunningham tremblait encore lorsqu'elle répéta mot pour mot cet entretien à sa fille.

— J'arrive au bout de mes forces, murmura-t-elle. Perdre Harry et son père à si peu de mois d'intervalle a déjà été une cruelle épreuve pour moi, mais subir la ruine de surcroît... Penser que ni Sophie ni vous ne disposerez de la moindre dot pour faire un mariage décent ! Heureusement que celle de Kate, au moins, a pu être sauvée du naufrage...

— Ne vous en faites pas pour moi, maman, répondit Georgina avec un haussement d'épaules. Je n'ai pas la moindre envie de me marier, je vous assure, et ma seule ambition est de demeurer à Westcotes avec vous. A moins, bien sûr, qu'un richissime nabab ne vienne m'enlever sur son étalon blanc ! ajouta-t-elle avec un petit rire.

Mme Cunningham esquissa un faible sourire. Décidément, quelles que soient les épreuves, sa fille faisait preuve de courage et d'optimisme.

— Votre père et moi avons toujours pensé qu'un homme aurait besoin d'un peu plus que cela pour capturer votre cœur, ma chérie. Il me semble que jusqu'ici, aussi grande que fût leur fortune, aucun de vos soupirants n'a su vous conquérir, n'est-ce pas ?

Les prunelles bleu-mauve de Georgina pétillèrent à cette allusion. En effet, elle avait beau être courtisée par des hommes riches et respectables, elle aspirait à autre chose. Non pas qu'elle fût intrinsèquement réfractaire au mariage, mais si elle devait se marier un jour, elle voulait que le choix de son futur époux ne fût pas seulement guidé par la raison et le besoin d'argent.

— J'ai toujours trouvé qu'il leur manquait un petit quelque chose, avoua-t-elle. Mais je serais bien en peine de vous dire quoi…

Pendant quelques secondes, Mme Cunningham examina sa fille, l'air pensif, puis elle soupira et baissa les yeux vers les documents étalés sur le bureau.

— Il va nous falloir grappiller tout ce que nous pourrons sur notre maigre avoir pour payer les études de Rupert, déclara-t-elle enfin. Il est important qu'il retourne à Rugby.

Georgina opina du chef, bien consciente que son frère n'avait aucune chance de faire son chemin dans la vie, s'il ne bénéficiait pas d'une solide éducation. Depuis le décès du fils aîné, Harry Cunningham, brillant officier fauché à vingt-trois ans par la balle d'un fantassin français, tout l'espoir de la famille reposait sur les frêles épaules de Rupert, qui représentait désormais l'avenir des Cunningham. Mais parviendraient-ils seulement à réunir la somme nécessaire pour financer ses études ? Elle n'en était malheureusement pas certaine...

— Nous ferons des économies, répondit-elle avec le plus d'assurance possible, soucieuse de rassurer sa mère. Entre nous, maman, je crois qu'il est possible de retrancher sur nos dépenses quotidiennes. Je vais me pencher sur le livre de comptes avec Becky...

A l'évocation de leur gouvernante et cuisinière, elle s'interrompit brusquement, paniquée.

— Mais j'y pense... Faudra-t-il congédier les Harper ?

— J'espère bien que non, ma chérie ! se récria aussitôt Mme Cunningham. Il y a si longtemps qu'ils sont à notre service que je ne trouverai jamais le courage de leur signifier leur congé. Du reste, nous avons besoin de Daniel pour les gros travaux, et il n'accepterait pas de rester ici sans Becky, cela se comprend.

D'un geste las, elle rangea les documents étalés devant elle, puis releva la tête, une lueur résolue dans les yeux.

— Je vais faire appel à mon frère James, c'est tout ce qu'il me reste à faire. Après tout, il m'a proposé de m'aider dans la mesure de ses moyens. Je sais bien qu'il a lui-même une famille à charge avec de jeunes enfants, mais il fera ce qu'il pourra, j'en suis sûre. Je n'ai pas eu l'opportunité de lui parler pendant les funérailles, mais je compte lui demander rapidement un entretien.

A dire vrai, Georgina avait une autre idée en tête, mais n'était pas certaine d'oser la formuler. Elle connaissait par avance la réponse de sa mère. Mais qui sait ? Peut-être que la gravité de la situation lui ferait considérer les choses autrement ?

— Et l'oncle Cunningham ? se risqua-t-elle alors d'une

voix incertaine. Vous refusez toujours de reprendre contact avec lui ?

Mme Cunningham se mordilla nerveusement la lèvre à l'énoncé de ce nom.

— Il est vrai que c'est tentant, admit-elle. Sir Arthur est fort à son aise, si j'en crois ce que j'ai entendu dire. Mais que voulez-vous ? Je sais quel fossé s'était creusé entre Henry et lui, et je ne me sens pas autorisée à transgresser la volonté de votre père. Je préfère donc que nous tentions notre chance auprès de James, déclara-t-elle en trempant sa plume dans l'encrier. Je vais lui écrire sans plus attendre.

Déçue, Georgina la regarda rédiger sa lettre en silence. Elle fut tentée, à plusieurs reprises, de lui fournir de nouveaux arguments pour la convaincre, mais à quoi bon ? Sa mère ne semblait guère disposée à revenir sur sa décision.

— Je crois que je ferais bien d'aller voir ce que devient Rupert, déclara-t-elle finalement avec un soupir, en se retournant pour se diriger vers la porte.

— Très bien, ma chérie, murmura distraitement sa mère, très concentrée sur son ouvrage.

Après avoir refermé sans bruit la porte du bureau, Georgina monta prestement au premier. Mais au lieu d'entrer chez Rupert, elle alla se réfugier dans la chambre qu'elle partageait avec sa sœur Kate et se laissa tomber devant la coiffeuse. Elle avait besoin de quelques instants de solitude pour réfléchir. Oh ! comme elle se sentait coupable de mentir ainsi à sa mère ! songea-t-elle en fixant pensivement son reflet.

Car ce n'était pas seulement pour obtenir de meilleurs prix des commerçants qu'elle s'était attardée à Dunchurch ces trois dernières semaines. En réalité, elle espérait secrètement découvrir l'adresse de son oncle, sir Arthur Cunningham, et si elle s'était arrangée pour faire les courses à la place de Daniel, c'était dans l'espoir de pouvoir glaner en ville l'information dont elle avait besoin.

Malheureusement, il avait fallu que sa mère lui imposât successivement la présence de sa petite sœur, Sophie, puis de Rupert. Difficile de se livrer à une enquête ouverte en présence des enfants... C'était seulement cet après-midi-là qu'elle avait entendu le boucher, par le plus grand des hasards, fournir l'adresse convoitée à son livreur. Dans sa hâte à noter les coordonnées de son oncle, elle n'avait perdu Rupert de vue que quelques instants, mais cela avait suffi à engendrer de désastreuses conséquences.

D'une main légèrement tremblante, elle brossa ses boucles indisciplinées et les emprisonna dans un ruban noir qu'elle noua sur sa nuque. Puis elle considéra son reflet d'un regard désabusé. A quoi bon se préoccuper encore de ces détails de toilette, quand ils étaient tous en passe d'être ruinés ?

A moins que... Oui, il fallait absolument qu'elle persuade Kate de l'accompagner chez oncle Arthur. C'était leur unique chance de s'en sortir et elle n'avait pas l'intention d'y renoncer sous le futile prétexte que Henry Cunningham et son frère n'avaient jamais su trouver l'opportunité de se réconcilier. C'était décidé, elle parlerait à Kate ce soir même, au moment de leur coucher. La situation était trop grave pour tergiverser encore. *Mon Dieu, faites qu'elle accepte de m'aider. Sinon, je n'aurai plus personne sur qui compter !*

Mais lorsque l'heure propice eut enfin sonné, Kate avait l'esprit trop plein des menus événements de sa journée pour s'intéresser à des questions plus sérieuses que le barattage du beurre ou la recette du blanc-manger. Georgina dut ronger son frein pendant que sa sœur lui racontait jusque dans les moindres détails le processus de la fabrication des fromages à la ferme.

— Andrew a particulièrement apprécié le résultat de mes efforts, assura Kate, les yeux brillant de fierté. Regardez, il m'a même rapporté un superbe foulard du marché, ajouta-t-elle en déployant un carré d'étoffe sous le nez de son aînée, déjà couchée dans leur grand lit à colonnes. Avez-vous jamais vu plus jolie chose ?

D'un geste ample, elle drapa le tissu sur ses épaules potelées et se pavana dans la chambre, vêtue de son seul jupon de coton blanc et de son corselet de batiste.

Georgina, qui contemplait la scène avec un sourire indulgent, convint docilement que c'était un superbe foulard, dont la couleur turquoise s'harmonisait parfaitement avec les yeux de Kate. Mais elle commençait à être à bout de patience, et elle profita d'une pause dans le monologue de sa sœur pour l'interroger d'un air innocent :

— Dites-moi, Kate, savez-vous qui est cet étranger que nous avons vu passer tantôt dans le cabriolet d'Andrew ?

Katharine s'arrêta de tournoyer et réfléchit quelques secondes.

— Ah, oui, Andrew m'a raconté qu'il avait pris un passager à Dunchurch, répliqua-t-elle négligemment. Un artiste qui a loué le cottage des Blanchard pour l'été...

Visiblement peu intéressée par le sujet, elle ôta ses sous-vêtements avant d'enfiler sa chemise de nuit, ébouriffant ses boucles blondes au passage. Puis elle sauta sur le lit à côté de sa sœur.

— Vous rendez-vous compte que j'aurais dû me marier samedi prochain ? se lamenta-t-elle d'une voix dépitée. Mon Dieu, j'étais si heureuse à cette idée, et voilà qu'il me faudra attendre septembre...

— Je sais, ma chérie, répondit Georgina avec un sourire qui se voulait consolant. Il y a d'ailleurs... hum... quelque chose dont j'aimerais vous parler.

Kate se tourna brusquement vers elle.

— A propos de mon mariage ? demanda-t-elle avec un regain d'intérêt.

— Pas exactement, bien que cela ait tout de même un rapport.

Profitant de l'attention que lui portait enfin sa sœur, Georgina lui résuma la visite de M. Pickens et le contenu de l'entretien qu'il avait eu avec leur mère. La bouche de Kate s'arrondit de stupéfaction à ce récit, qu'elle ponctua d'exclamations horrifiées.

— Mon Dieu, c'est terrible ! Que va faire maman ? dit-elle lorsque Georgina se tut enfin, la respiration oppressée.

— Elle vient d'écrire à oncle James pour lui demander son aide. Mais je crains fort qu'il ne puisse pas faire grand-chose pour nous, dans la mesure où il a lui-même une famille à charge. J'ai reparlé à maman de notre oncle Cunningham, mais elle ne veut toujours rien entendre à ce sujet.

— Vous savez bien qu'elle n'ira jamais contre la volonté de papa, commenta Katharine avec un soupir résigné. Il avait juré de ne plus jamais adresser la parole à tante Edwina, et il a tenu sa promesse. J'ai d'ailleurs été étonnée de la voir à l'église avec Sir Arthur, le jour des funérailles. Du reste, ils ont tellement changé tous les deux que je ne les aurais pas reconnus, ajouta-t-elle d'un ton critique.

— Et cela vous étonne ? Voyons, Kate, toute cette histoire remonte à quatorze ans. Vous n'étiez alors qu'une petite fille de cinq ans.

— Et vous de sept, précisa Katharine. J'avoue que je ne me rappelle pas vraiment ce qui s'est passé. C'était à la réception d'anniversaire de la cousine Clarissa, n'est-ce pas ? Tout ce dont je me souviens, c'est qu'il y a eu tout un tapage dans la nursery, avec beaucoup de cris et de larmes. N'y avait-il pas eu un jouet cassé ?

Georgina confirma d'un hochement de tête, puis compléta la scène avec ses propres réminiscences, plus précises que celles de sa sœur :

— Notre cousine Clarissa avait reçu des dizaines de

cadeaux pour son anniversaire, mais c'était une petite égoïste qui ne prêtait pas volontiers ses affaires. Elle n'a même pas voulu vous laisser jouer avec la grande poupée de porcelaine que venait de lui offrir l'une de ses tantes. Comme vous vous mettiez à pleurer, elle vous a lancé la poupée à la tête et celle-ci est tombée sur le sol, où elle s'est brisée en mille morceaux. Vous étiez occupée à essayer de rassembler les débris, quand tante Edwina est entrée dans la pièce. Clarissa, dans tous ses états, lui a juré que vous veniez de casser délibérément son cadeau d'anniversaire. Nous avons eu beau tenter de nous défendre, tante n'a rien voulu entendre et nous a traînées toutes les deux en bas sans ménagement.

Les yeux dans le vague, elle repensa à cet épisode de leur enfance, avec un sentiment d'amusement mêlé de tristesse. Cet incident, bien que mineur, était à l'origine d'une longue querelle de famille…

— Cela a été un beau tohu-bohu, vous pouvez me croire, reprit-elle. Tandis que j'essayais d'expliquer à maman ce qui s'était réellement passé, tante Edwina criait à tue-tête sans vouloir entendre quoi que ce soit, alors que papa et oncle Arthur se disputaient de leur côté. Pour finir, papa vous a soulevée dans ses bras et nous a poussés tous les trois vers la porte, en jurant qu'aucun de nous ne remettrait plus jamais les pieds dans cette maison.

— Hum… Et il a tenu sa promesse, n'est-ce pas ?

— Oncle Arthur a essayé quelque temps plus tard de se réconcilier avec lui, mais papa a refusé d'entrer en contact avec tante Edwina et la tentative a tourné court. Il a été furieux lorsqu'ils ont voulu assister tous deux aux funérailles de Harry et a demandé à John Mansell de les prier de sortir.

— En ce cas, qu'est-ce qui vous permet d'espérer qu'ils pourraient nous aider ? Ils doivent nous détester cordialement !

Justement, de cela, Georgina n'était pas si sûre.

— Je ne pense pas, Kate, fit-elle en secouant lentement la

tête. Je les ai bien observés à l'enterrement de papa et oncle Arthur m'a paru sincèrement ému. Il a tenté de parler à maman à l'église, mais elle s'est arrangée pour l'éviter et sa femme et lui sont partis tout de suite après le service.

Bien que sa sœur affichât un air sceptique, elle n'en poursuivit pas moins d'une traite :

— Je crois vraiment qu'il accepterait de nous aider pour peu que nous le lui demandions, Kate.

Et lui coulant un regard implorant :

— Nous devrions aller le voir toutes les deux, qu'en dites-vous ?

Katharine émit une exclamation horrifiée à cette requête.

— Nous ? Oh ! Gina, ce n'est pas possible ! Nous ne pouvons faire une chose pareille derrière le dos de maman, voyons…

— Ne vous en faites pas, j'ai déjà tout organisé, répliqua Georgina en adoptant le ton le plus tranquille possible. Vous m'accompagnerez à Dunchurch samedi prochain. Si mes renseignements sont exacts, sir Arthur et sa femme n'habitent pas très loin de la place du marché. Je me présenterai chez eux en simple visiteuse et demanderai à voir sir Arthur, voilà tout. Quoi de plus naturel ?

Les choses risquaient fort de se révéler plus délicates, mais il ne lui fallait en aucun cas exprimer ses doutes à sa sœur. Katharine semblait déjà suffisamment effarée comme cela, inutile de renforcer ses craintes.

— Je crois que je devrais d'abord en parler à Andrew, Gina, dit-elle en secouant la tête. Je doute qu'il approuve cette démarche.

Georgina exhala un soupir d'impatience.

— Quelle poule mouillée vous faites, Kate ! C'est aussi pour vous que je fais cela, vous savez. Maman n'aura jamais assez d'argent pour vous constituer un trousseau décent, si nous n'obtenons pas une aide extérieure.

L'argument ne parut pas convaincre Kate.

— Qu'est-ce que cela peut faire, puisque j'aurai tout de même ma dot ? Pour le reste, Andrew ne me refuse jamais rien, quoi que je lui demande. Je suis sûre qu'après notre mariage, il se fera un point d'honneur de régler toutes nos dettes.

— Et vous croyez que maman acceptera cela ? objecta Georgina avec raideur. Voyons, c'est une question d'honneur ! Il faut qu'elle puisse continuer à garder la tête haute. Je vous assure, pour cela, mieux vaut que ces histoires d'argent ne sortent pas de la famille.

— Tout de même, j'en dirai un mot à Andrew, insista sa sœur. Des fiancés ne doivent pas avoir de secrets l'un pour l'autre.

— C'est peut-être le cas tant que vous êtes seule en cause, la reprit-elle sévèrement. Mais en l'occurrence, je suis également concernée et je vous serais reconnaissante de garder le secret, même avec votre cher Andrew !

Georgina avait fini par extorquer à sa cadette la promesse de tenir sa langue, mais lorsque, quelques jours plus tard, Katharine manifesta le désir de se rendre à la ferme des Radley, elle décida de l'accompagner. C'était plus prudent. Si Kate était tentée de se confier à Andrew, mieux valait être là pour l'en empêcher.

Ce fut Mme Radley qui les reçut dans la grande salle de la ferme, éclairée par la flambée de fagots qui crépitait dans l'âtre.

— Andrew ne va pas tarder à nous rejoindre, leur dit la maîtresse des lieux avec un chaleureux sourire de bienvenue. Il s'entretient dans le bureau avec l'un de nos vachers. Puis-je vous offrir du thé en attendant ?

Persuadée qu'un « petit quelque chose pour se remonter » avait la vertu de résoudre quasiment tous les problèmes de l'existence, la bonne dame avait toujours un assortiment de pâtisseries à offrir à ses invités, depuis les muffins jusqu'aux tartelettes aux abricots, en passant par toutes les variétés de biscuits. Sa silhouette replète témoignait de son propre penchant à user de cette panacée, qui semblait du reste efficace, car Mme Radley était l'enjouement et la bonne humeur personnifiés. Kate, en adoration devant sa future belle-mère, attendait avec impatience le moment de continuer avec elle son apprentissage de fermière.

— Votre maman va bien, j'espère ? dit Mme Radley, tout en versant le thé fumant dans leurs tasses. Je pensais lui envoyer quelques fruits de notre verger, ainsi qu'une portion de l'excellent sabayon que fait notre Minnie. Soit dit sans vous offenser, j'ai trouvé votre mère maigrichonne, l'autre jour à l'église. Elle ne devrait pas se laisser aller ainsi. Dieu sait qu'elle a besoin de toutes ses forces en ce moment !

Sur ces mots, elle jeta un regard critique à ses deux invitées.

— Vous me semblez un peu maigriottes vous-mêmes, mes mignonnes. Allons, reprenez donc un peu de plum-cake, cela vous fera grand bien !

Comme à l'accoutumée, Georgina refusa avec un sourire, tandis que Kate acceptait sans se faire prier une nouvelle tranche de gâteau. Elle achevait de savourer le contenu de son assiette, lorsque Andrew les rejoignit, manifestement ravi de découvrir sa fiancée attablée dans la salle. Grand et large d'épaules, il avait un visage un peu rougeaud comme sa mère, mais un air d'affabilité imprégnait ses traits, adoucissant ce qu'ils pouvaient avoir d'un peu rude.

— Bonjour, miss Georgina. Kate, quelle joie de vous voir ici, commença-t-il en se penchant vers sa promise, qu'il salua d'un baiser sur la joue.

Puis il s'assit à côté d'elle et se servit un généreux échantillonnage de pâtisseries.

— Qu'y a-t-il, ma douce ? s'enquit-il entre deux bouchées.

Ces jolis yeux bleus me semblent un peu soucieux aujourd'hui. Est-ce que je me trompe ?

La réponse de Kate jaillit avec une incontrôlable spontanéité, qui prit sa sœur de court.

— Oh ! Andrew, c'est si terrible ! s'exclama-t-elle avec une moue de petite fille désemparée. Nous allons être tout à fait pauvres, vous savez...

— Voyons, Kate ! s'empressa d'intervenir Georgina en s'efforçant de masquer son embarras. La situation n'est pas si désespérée...

Affreusement gênée, elle fit de son mieux pour rattraper la maladresse de sa sœur, et se tourna vers Mme Radley.

— Il semble que papa ait laissé ses affaires dans un certain désordre, mais je suis certaine que nous allons nous en sortir. En tout cas, nous ferons notre possible.

Mais déjà Andrew avait saisi les mains de sa fiancée, qu'il serra tendrement entre les siennes.

— Ne vous désolez pas ainsi, ma chérie, il n'y a aucune raison. C'est là le genre de problème que je peux facilement résoudre, vous savez. J'irai voir votre maman et j'en discuterai avec elle dès que possible. Chassez donc ces vilains soucis de votre tête !

Mme Radley, que cette déclaration semblait avoir grandement troublée, intervint aussitôt d'un ton réprobateur.

— Vous ne pouvez pas offrir de l'argent à Mme Cunningham de but en blanc, Andrew, ce serait tout à fait inconvenant et elle se sentirait blessée de votre intervention. Lorsque Kate et vous serez mariés, ce sera tout autre chose. Vous ferez alors partie de la famille et pourrez vous permettre d'agir. Mais pas avant cela !

Georgina, qui se sentait dans ses petits souliers, approuva vigoureusement ces paroles. Mais Andrew, désolé de voir une larme perler sur les joues de sa fiancée, secoua la tête.

— Mais le mariage ne pourra avoir lieu qu'en septembre !

objecta-t-il. Ne pouvons-nous trouver un moyen de leur venir en aide d'ici là ?

Mme Radley réfléchit un instant, avant de frapper l'une contre l'autre ses mains potelées, qui fleuraient la lavande et l'eau de mélisse.

— J'ai trouvé ! s'exclama-t-elle. A partir d'aujourd'hui, j'enverrai régulièrement des provisions à Mme Cunningham. Deux poulets par-ci, un gigot d'agneau ou un sac de farine par-là…

Tirant le cordon qui actionnait une sonnette, elle déclara sans attendre à l'attention de ses invitées :

— Pour commencer, vous pourrez déjà emporter un panier d'œufs frais et un pot de beurre avec vous.

— Oh… ce… c'est très aimable à vous, madame, bredouilla Georgina, dont l'embarras allait croissant. Je ne sais cependant…

Mais Kate, qui n'avait pas les mêmes scrupules que sa sœur, applaudit sans réticence à la suggestion.

— Quelle merveilleuse idée ! s'écria-t-elle. Cela nous évitera de dépenser quoi que ce soit pour la nourriture, et nous pourrons garder notre argent pour d'autres usages. Maman va se sentir vraiment soulagée.

Georgina n'était pas aussi certaine que la nouvelle plût à leur mère… Mais pour l'heure, il était grand temps de regagner Westcotes. S'excusant d'un sourire, elle se leva malgré les protestations de leurs hôtes et invita Kate à la suivre. En fait, il lui tardait d'être seule avec sa sœur pour la sermonner sur son indiscrétion. Mais Andrew, qui n'entendait pas se séparer de sa fiancée aussi vite, offrit galamment de les raccompagner toutes deux chez elles. Comment refuser, quand les yeux de Kate s'étaient immédiatement illuminés à cette proposition ?

— Avec plaisir, monsieur Radley, acquiesça donc Georgina, faisant contre mauvaise fortune bon cœur.

Et se tournant vers la maîtresse de maison, qui les avait escortés jusqu'au seuil :

— Merci infiniment de votre accueil et de votre générosité, madame Radley.

— Mais ce n'est rien, mon enfant, assura la fermière avec sa bonhomie habituelle. Vous êtes toujours la bienvenue céans, comme votre sœur.

Un grand panier d'œufs sur le bras, Georgina prit la tête du petit groupe et eut tôt fait de distancer Andrew et Katharine, trop occupés l'un de l'autre pour se soucier de marcher à son rythme. En fin de compte, elle n'était pas fâchée qu' Andrew vît leur mère. Il allait se charger de lui faire part de la proposition de sa famille. Cela lui éviterait au moins le désagrément d'avoir à transmettre elle-même le message.

Plongée dans ses réflexions, elle gravissait le chemin escarpé qui montait à Westcotes, lorsque le vacarme d'une altercation s'éleva tout à coup au sommet de la côte, lui arrachant un sursaut de frayeur. Une voix masculine vibrant de colère, de furieux aboiements et les cris apeurés d'un garçonnet, c'en était assez pour que son sang ne fît qu'un tour. *Rupert !* songea-t-elle en un éclair. *Oh ! mon Dieu, que lui est-il encore arrivé ?*

Oubliant les œufs qui s'entrechoquaient dans le panier, Georgina retroussa ses jupes et s'élança sur la route. Mais à peine eut-elle dépassé le premier tournant qu'un spectacle consternant s'offrit à sa vue. Couché de tout son long sur la chaussée, à quelques mètres de la haie de Westcotes, l'inconnu de Dunchurch était aux prises avec les deux molosses de la maison, qui l'avaient apparemment renversé alors qu'il s'apprêtait à dessiner — un carnet de croquis et des fusains gisaient dans l'herbe auprès de lui. Les laisses des deux chiens étaient entortillées autour de ses chevilles et il luttait pour se dégager, tout en maintenant les dogues à distance.

— Assis ! cria-t-il au plus excité des deux, qui obéit sur-le-champ, pour la plus grande surprise de Georgina.

Elle en profita alors pour se ruer vers l'homme et lui porter secours.

— Oh ! mon Dieu, êtes-vous blessé ? s'enquit-elle d'une voix alarmée.

— Je ne crois pas, marmonna l'étranger, qui se redressa promptement sur son séant.

Mais au moment où il tenta de se relever, sa jambe se déroba et il poussa un gémissement de douleur.

— Au diable ! Je crois que je me suis foulé la cheville, grommela-t-il en se rasseyant avec une grimace.

Georgina était paniquée. Mon Dieu, comment allait-il faire pour se relever ? Tout seul, il en serait bien incapable… Elle n'avait pas le choix. Faisant fi des convenances, elle posa son panier dans l'herbe avant de se pencher vers lui pour le dégager des laisses étroitement enchevêtrées.

— Laissez-moi vous aider, pria-t-elle. Je vous dois bien cela, je crois.

— Vous n'y pensez pas ! répliqua-t-il. Vous n'êtes pas assez robuste pour supporter le poids de mon corps. Nous allons tomber tous deux, c'est le seul résultat que nous obtiendrons.

— Je suis plus forte que je n'en ai l'air, et vous n'êtes d'ailleurs pas en position de dédaigner mon assistance, rétorqua-t-elle fermement, vexée. Tendez-moi vos mains, voulez-vous ?

Mais l'inconnu ne voulait rien entendre. Sans un geste, il se contenta de la fixer intensément du regard, comme pour la défier. Troublée, elle sentit le rouge lui monter aux joues, mais brusquement, il reporta les yeux sur le chemin derrière elle, l'air soulagé tout à coup.

— Je vais devoir décliner votre proposition, annonça-t-il avec satisfaction. Voilà du renfort.

Georgina se retourna aussitôt. Andrew venait d'apparaître

au détour du chemin, suivi de près par une Katharine alarmée qui accourait de toute la vitesse de ses jambes.

— Vite, Andrew ! s'écria-t-elle, les mains en porte-voix. Ce monsieur s'est blessé en tombant. Je crains que ce ne soit encore l'un des mauvais tours de notre Rupert.

Andrew et Kate se précipitèrent auprès de l'étranger, et Georgina en profita pour s'occuper de libérer les chiens, dont les laisses avaient été manifestement attachées ensemble par une main espiègle. Elle achevait de défaire le nœud, lorsqu'un léger bruit derrière la haie la fit sursauter. Dieu du ciel ! Son intuition était donc bonne…

— Sors de ta cachette, Rupert, si tu ne veux pas que je vienne te chercher, ordonna-t-elle d'un ton sans réplique. Je crois que tu nous dois de sérieuses explications.

Il y eut alors un craquement de branches, et quelques instants plus tard, un Rupert silencieux et penaud se frayait un passage entre les aubépines avant de s'avancer vers elle, la joue zébrée d'une égratignure sanglante.

— Qu'est-ce que cela ? T'aurait-il frappé ? s'écria Georgina, dont la voix tremblait déjà d'indignation à l'idée que son frère ait pu être victime de sévices.

— Non, non, se hâta d'expliquer l'enfant. C'est sa boîte à crayons qui m'a éraflé quand il a tout lâché en tombant. En fait, ce sont les chiens qui l'ont fait trébucher. Je… j'avais attaché leurs laisses ensemble pour rire un peu, mais tout à coup, Lucky a vu un lapin et Stout et lui sont partis dans deux directions opposées. C'est le moment qu'a choisi le monsieur pour croiser leur chemin. Il s'est entravé dans leurs laisses et les chiens sont devenus quasiment fous ! Vous les connaissez, ils ne sont pas méchants, mais c'est toute une histoire pour les faire obéir…

Georgina secoua la tête d'un air dépité.

— Tu es vraiment impossible, Rupert. Ce gentleman est blessé et maman va être dans tous ses états quand elle saura ce que tu as fait. Va vite ramasser ses affaires et apporte-les à la maison, lui ordonna-t-elle avant de se retourner vers l'étranger.

Ce dernier boitillait déjà en direction de Westcotes, appuyé sur l'épaule secourable d' Andrew. Un agréable frémissement d'excitation la parcourut à cette vue, tandis que son cœur s'emballait dans sa poitrine.

Enfin, elle allait apprendre l'identité de ce mystérieux inconnu qui avait croisé deux fois sa route, et dont le beau regard gris avait su éveiller en elle une émotion jusqu'alors inconnue à son cœur…

# *Chapitre 3*

Appuyé au bras de Radley, Edward pénétra en claudiquant dans le hall de Westcotes, suivi de Georgina et d'un Rupert qui se serait volontiers esquivé, si sa sœur ne lui avait agrippé l'épaule d'une main aussi ferme. Le jeune garçon, aussi récalcitrant fût-il, n'échapperait pas aux remontrances de sa mère…

Alertée par Katharine, qui avait devancé le petit groupe, Mme Cunningham avait déjà préparé son coffret à pharmacie. Dès que le blessé eut fait son entrée, elle le fit asseoir sur le sofa le plus proche et intima à Radley de lui ôter sa bottine. Puis elle inspecta sa cheville avec une méticuleuse attention et se mit en devoir de la bander avec un morceau de taffetas, lui arrachant une moue de souffrance.

— Elle est indéniablement enflée, lui dit-elle alors. Voulez-vous que j'envoie chercher le Dr Pettigrew ?

Edward secoua aussitôt la tête. Sa douleur avait beau être lancinante, il était peu désireux de se remettre entre les mains de quelque rebouteux local à l'efficacité contestable.

— Je vous remercie infiniment de votre sollicitude, madame, mais je pense que le liniment et le bandage suffiront.

Voyant Georgina s'approcher à son tour du canapé, il redressa le buste et parvint à sourire.

— Ravi de vous rencontrer de nouveau, mademoiselle.

Peut-être aurai-je cette fois le temps de me présenter en bonne et due forme.

Et se tournant vers Mme Cunningham, il poursuivit en inclinant le buste :

— Edward Latimer, madame, pour vous servir. J'ose espérer que vous me pardonnerez cette intrusion involontaire. A vrai dire, c'est la seconde fois que le hasard me met en présence de votre fils et de votre fille.

Devant l'étonnement de sa mère, Georgina se hâta d'expliquer :

— M. Latimer est la personne qui a évité un accident à Rupert dans la cour de l'auberge.

Le visage d'Amelia Cunningham s'éclaira aussitôt et une expression de vive gratitude se peignit sur ses traits. Avec une affabilité qui n'était pas de commande, elle présenta ses deux filles au blessé, puis saisit Rupert par les épaules pour l'amener devant lui.

— Voici le coupable, monsieur Latimer. J'ose espérer qu'il va tout de suite s'excuser.

Rupert, dont le petit visage avait pâli d'anxiété, ne se le fit pas dire deux fois.

— Je… je suis vraiment désolé, monsieur Latimer, balbutia-t-il d'une voix tremblante. Je tâcherai de ne plus recommencer ce genre de sottise à l'avenir. Je… je ne voulais pas vous faire de mal, pour sûr…

Apitoyé par l'air contrit du gamin, et surtout par le regard implorant de Georgina, Edward lui tendit la main d'un geste cordial.

— Bah, il n'y a pas grand mal, après tout… Tu as voulu tenter une expérience, et les tentatives de cet ordre ne sont pas toujours vouées au succès. La prochaine fois, tu essaieras de ne pas t'y livrer sur la voie publique, voilà tout.

Ravi de s'en tirer à si bon compte, Rupert exhala un soupir de soulagement.

— Merci, monsieur. J'essaierai de m'en souvenir, je vous le promets.

Jetant un regard par-dessus l'épaule du garçonnet, Edward quêta l'approbation de Georgina Cunningham et se sentit tout réchauffé par l'éblouissant sourire dont elle le gratifia. Une délicieuse jeune fille, décidément ! Bien qu'elle fût indéniablement fort jolie, avec ses yeux d'outremer et ses longues boucles châtain foncé, il y avait en elle quelque chose de bien plus attirant que la seule beauté. Primesautière et naturelle dans ses moindres gestes, elle dégageait une surabondance de vie dont il subissait le charme. Quelle différence avec les débutantes maniérées qu'il avait l'habitude de côtoyer dans les salons londoniens !

— Puis-je me permettre de vous demander si vous habitez dans le voisinage, monsieur ? interrogea Mme Cunningham, autant par courtoisie que pour assouvir sa curiosité. Il ne me semble pas vous avoir jamais croisé au village.

— Je réside à Compton Lacey, madame, mais depuis quelques jours à peine. En fait, j'ai loué le cottage Blanchard, où j'ai l'intention de passer tout l'été. La région est pittoresque et j'espère y trouver des sujets pour mes tableaux. Comme vous l'avez peut-être deviné à la vue de mon attirail, je suis dessinateur…

C'était en effet ce que Georgina avait compris en avisant sur la table le carnet de croquis de leur invité. Elle s'était mise à le feuilleter et, impressionnée par la qualité de son travail, ne put s'empêcher d'intervenir.

— Vous voulez dire que vous êtes un véritable artiste, monsieur Latimer. Ces fusains sont très bons, vraiment. Je suis étonnée qu'un homme de votre talent soit venu se perdre dans les parages. Qu'est-ce qui vous a fait choisir le Warwickshire ?

— Je n'en sais rien moi-même, avoua Edward, pris de court par cette question, à laquelle il ne s'était pas préparé à répondre. Le nom a dû me parler, je suppose… Du reste, la contrée est fort belle, ce n'est pas vous qui me contredirez.

— Oh ! j'adore ce comté, bien sûr, concéda Georgina. C'est ici que j'ai toujours vécu. Mais je doute que vous y trouviez beaucoup de paysages dignes de votre crayon, surtout si vous vivez de votre art.

La remarque était pleine de bon sens, mais il adopta un air surpris.

— Vous vous trompez, mademoiselle, j'ai déjà repéré nombre de sujets qui inspireraient n'importe quel artiste. L'église, la forge, le petit pont qui traverse la rivière, pour ne citer que ceux-là…

Il n'était sans doute pas très convaincant, car la jeune fille parut sceptique.

— Tout cela me semble bien banal, monsieur Latimer. Aussi suis-je impatiente de voir ce que vous saurez tirer de ces humbles motifs.

— Ce sera un plaisir pour moi de vous les montrer, mademoiselle, affirma-t-il d'un ton pénétré.

Profondément troublée, Georgina sentit ses joues s'empourprer. M. Latimer l'avait regardée avec une telle intensité en prononçant ces mots… Mon Dieu, elle devait être cramoisie ! Honteuse, elle abandonna aussitôt le carnet pour aller s'asseoir à l'autre bout de la pièce, où elle espérait que la pénombre dissimulerait sa confusion.

Pendant cet échange, Andrew et Katharine avaient quitté la pièce pour gagner le jardin, où on les voyait se promener main dans la main dans les allées bordées de lavande. Quant à Mme Cunningham, elle s'affairait à préparer des rafraîchissements avec l'aide de Rupert, visiblement désireux de faire oublier à tous sa récente incartade.

— Aimeriez-vous boire un peu de limonade, monsieur ? demanda-t-il en s'avançant, un verre à la main.

Edward, qui souffrait déjà moins de son entorse, accepta

la boisson avec un sourire, déçu toutefois que Georgina se fût éloignée.

— Comment se fait-il que tu ne sois pas à l'école ? demanda-t-il à Rupert, après une gorgée. Le dernier trimestre n'est pas encore terminé, je présume.

Le garçonnet rougit légèrement et jeta un regard à sa mère.

— Rupert est revenu de Rugby en raison du décès de son père, expliqua-t-elle à sa place. Il passera les mois d'été avec nous et reprendra ses études en octobre.

Edward hocha la tête avec sympathie.

— Je suis désolé d'apprendre cela, madame Cunningham. Me voilà encore plus confus de vous déranger dans ces circonstances. J'ai l'intention de prendre congé de vous sans attendre, mais je doute que l'état de ma cheville me permette de regagner à pied mon cottage. Disposeriez-vous d'un moyen de transport, par hasard ?

— Vous n'y pensez pas, mon cher monsieur ! s'exclama-t-elle. Attendez d'abord d'être un peu remis de votre chute. Rupert ira ensuite demander à Daniel d'atteler le cabriolet.

— C'est très aimable à vous, vraiment, mais j'ai déjà suffisamment abusé de votre hospitalité. Si M. Radley veut bien me prêter son assistance, je préfère ne pas vous imposer plus longtemps ma présence.

Mme Cunningham s'apprêtait à insister, mais Georgina, agitée par les regards insistants dont la gratifiait leur hôte, saisit avec empressement cette occasion de quitter la pièce.

— Je vais chercher Andrew, déclara-t-elle en se dirigeant vers la porte-fenêtre. M. Latimer se sentira sans doute mieux dans sa propre demeure, c'est bien compréhensible.

Sans lui laisser le temps de répondre, elle se hâta de héler son futur beau-frère, qui accourut aussitôt à son appel, et accepta de reconduire Edward au cottage Blanchard, pour son plus grand soulagement.

Après avoir fait ses adieux à ses hôtes, à qui il renouvela

l'expression de sa gratitude, Edward parvint à se hisser dans le cabriolet avec l'aide d'Andrew. Appuyé à la portière, il tendit une dernière fois la main à Rupert, en signe de réconciliation.

— Au revoir, mon garçon. J'espère que tu as bien compris que je ne t'en voulais pas, n'est-ce pas ?

Puis il tourna la tête vers Georgina, à qui il adressa un dernier sourire en plongeant intensément son regard dans le sien, tandis que l'attelage s'ébranlait en soulevant un petit nuage de poussière.

Le cœur battant, Georgina resta un instant immobile sur le seuil, à regarder le véhicule négocier la courbe de l'allée avant de s'engager sur la route. Elle qui pourtant avait quasiment congédié leur invité se sentait étrangement déçue à présent qu'il était parti. Pourquoi cet homme avait-il le pouvoir de la troubler ainsi ? Dans son regard gris aux reflets changeants comme un ciel d'automne, elle avait cru déceler une lueur de défi dont le souvenir accélérait les battements de son cœur. *Tu rêves*, se morigéna-t-elle. *Il t'a accordé une attention polie, voilà tout.*

Irritée contre elle-même, elle retourna dans le salon, décidée à chasser le séduisant visiteur de son esprit. Mais comment parvenir à se changer les idées, quand tous les habitants du lieu étaient occupés à chanter les louanges de Latimer ? Seule la petite Sophie, qui avait passé l'après-midi à lire dans le bureau de son père, ne mêlait pas sa voix à ce concert d'éloges.

— Vous auriez vu Lucky ! Il s'est couché dès que M. Latimer a élevé la voix. Même Daniel ne sait pas le faire obéir ainsi…, commenta Rupert, après avoir résumé l'incident à Sophie.

— L'aventure aurait pu tout de même très mal tourner, intervint Mme Cunningham en secouant la tête. J'espère au moins que ce pauvre M. Latimer ne souffrira pas trop de sa cheville.

— Il a pris cela avec beaucoup de sang-froid, commenta

Katharine. Et il a d'autant plus de mérite que cette incommodité risque de le gêner dans ses déplacements. Comment fera-t-il, le malheureux, s'il ne peut plus gagner sa vie avec ses dessins ?

Cette dernière remarque vint opportunément rappeler à Georgina qu'il lui restait à s'acquitter d'une embarrassante mission : informer sa mère de la proposition de Mme Radley, qui avait généreusement offert de les pourvoir en vivres jusqu'au mariage de son fils avec Kate.

Les yeux encore éblouis par la délicieuse image de son *ange* de Dunchurch, Edward profita du trajet pour soutirer à Radley le plus d'informations possible sur la famille Cunningham. Ce qui fut chose facile — le jeune fermier ne demandait pas mieux que de s'entretenir de tout ce qui touchait à sa promise. Après avoir écouté un long soliloque sur Katharine et avoir compati comme il se devait à la déception de son compagnon, obligé de retarder ses noces jusqu'en septembre, il se permit enfin de demander, d'un ton aussi naturel que possible :

— Et miss Cunningham, pourquoi ne se marie-t-elle pas ? Une jolie fille comme elle ne doit pas manquer de soupirants, j'imagine.

Andrew s'esclaffa.

— Certes non ! Kate assure que sa sœur a reçu au moins cinq propositions de mariage, mais qu'aucun prétendant n'a trouvé grâce à ses yeux. Si vous voulez mon avis, les pauvres gars l'ont échappé belle. Georgina est une fille autoritaire qui veut tout régenter, et pour ma part, je remercie le Seigneur de m'avoir donné une fiancée plus docile.

— Si j'en crois ce que vous m'avez dit de la situation financière des Cunningham, je suppose qu'aucun de ces messieurs n'était assez riche pour être agréé ?

— Détrompez-vous ! Simon Quentin, du manoir de Compton

Lacey, est un homme aisé, de même que Frank Turner, le fils du coroner. Quant à John Mansell, notre vicaire, il semblerait qu'il se soit mis aussi sur les rangs. Kate m'a assuré qu'il leur avait rendu visite sur visite ces derniers jours, ce qui n'est pas dans ses habitudes. Mais comme il n'a pas un sou vaillant en dehors de son bénéfice, ses chances me paraissent minces.

A moins que la jeune fille ne soit à la recherche d'autre chose… Après tout, n'avait-elle pas éconduit, comme venait de l'indiquer Radley, des hommes pourtant fortunés ?

— Est-il vraiment si certain que miss Cunningham doive épouser un homme riche ? demanda-t-il alors avec une pointe d'espoir.

Andrew réfléchit un instant à la question, le front plissé.

— Cela me semble en tout cas la meilleure solution pour les tirer d'affaire, déclara-t-il enfin. Dès que Kate et moi serons mariés, je me sentirai autorisé à prendre la situation en main et ferai tout mon possible pour assurer une union honorable à Georgina, et plus tard à la petite Sophie. En attendant, ma mère et moi tâcherons de les aider à notre manière.

Et lui jetant un regard oblique :

— Vous n'êtes pas en train de tomber amoureux de miss Cunningham, j'espère ? demanda-t-il en fronçant les sourcils. Je vous ai déjà prévenu que vous ne feriez pas l'affaire. Un homme qui vit de son art ne doit pas rouler sur l'or, n'est-ce pas ?

— Hum… Je suppose que vous avez raison, marmonna Edward. Je ferais mieux de me concentrer sur mon gagne-pain.

Il se tut sur ces mots et demeura silencieux pendant tout le reste du court trajet qui séparait Westcotes du cottage Blanchard. Quelle tristesse les propos de Radley avaient-ils suscitée en lui… Encore une jeune fille contrainte de se vendre au plus offrant ! songea-t-il, dépité. En somme, il retrouvait à Compton Lacey ce qu'il avait cherché à fuir en quittant

Londres : des calculs et de sordides manœuvres. Le monde, décidément, était le même partout…

Bah, que lui importait, après tout ? Un léger badinage avec la belle Georgina ne dérangerait en rien les projets des Cunningham. Qui sait, peut-être se montrerait-elle un peu moins farouche avec lui qu'avec ses autres soupirants ? En tout cas le charmant embarras dont elle avait fait preuve cet après-midi-là ouvrait la porte à toutes les espérances…

Quant à se rapprocher d'elle, le moyen était tout trouvé. A en juger par son attitude protectrice à l'égard de son frère, Georgina avait un sens développé de la famille. Le meilleur moyen de toucher son cœur, c'était de s'introduire dans le cercle de ses proches, sous prétexte d'entretenir de bons rapports de voisinage.

Rasséréné par cette perspective, Edward se rencogna sur son siège, bien décidé à mettre à profit son séjour dans le Warwickshire pour toucher le cœur de la belle insensible. Une gageure, d'après Radley. Mais n'avait-il pas toujours aimé relever les défis ?

Si Edward était bien décidé à cultiver ses relations avec les Cunningham, il ne s'attendait certes pas à les voir prendre les devants. Aussi fut-il fort agréablement surpris le lendemain matin lorsque, après avoir entendu toquer à sa porte, il alla ouvrir et découvrit sur le seuil Georgina Cunningham en personne. Non seulement la jeune fille était accompagnée de Rupert et des deux molosses, mais elle était également flanquée d'une petite fille blonde, dont le mince visage encadré de cheveux fins rappelait presque trait pour trait celui de Katharine.

Sans doute se serait-il moins réjoui s'il avait pu deviner que Georgina accomplissait à contrecœur cette démarche, poussée par les objurgations de sa mère qui se désolait encore de l'incident de la veille. Contrainte d'accepter l'aide des Radley, bien qu'il en coûtât fort à sa fierté, Mme Cunningham avait décidé de faire profiter leur voisin de cette aubaine en l'invitant à dîner à Westcotes.

— Entrez donc, je vous en prie, dit-il courtoisement en s'effaçant pour laisser entrer ses visiteurs.

C'est alors qu'il prit conscience du désordre qui régnait dans son salon. Confus, il s'empressa de ranger les carnets qui jonchaient la table, bien que sa claudication lui rendît tout déplacement difficile.

— Asseyez-vous, monsieur Latimer, je vous en prie, dit Georgina devant la maladresse de ses mouvements. Nous ne sommes pas venus pour vous causer encore plus de tracas, bien au contraire.

D'un signe de tête, elle convia les enfants à la rescousse, et moins de cinq minutes plus tard, la pièce se retrouva parfaitement rangée, les dessins empilés sur une console, et les fusains, gommes et autres sanguines soigneusement disposés dans leurs boîtes respectives. Edward n'en revenait pas. De véritables petits soldats !

Cette tâche achevée, Georgina s'assit en face de leur hôte et prit une profonde inspiration, soucieuse de dissimuler le trouble qui l'agitait sous une contenance sereine.

— En fait, ma mère nous envoie vous demander si vous accepteriez de partager ce soir notre modeste repas, monsieur Latimer.

Un dîner chez les Cunningham ? Edward n'aurait pu rêver mieux. Cette invitation servait parfaitement ses plans.

— Ce sera avec plaisir, mademoiselle. J'aimerais beaucoup faire plus ample connaissance avec votre famille.

— En ce cas, M. Radley viendra vous chercher à 4 heures, si cela vous convient. Nous nous mettons toujours à table aux alentours de 5 heures. Maman va être aux anges, lorsqu'elle saura que vous avez accepté de vous joindre à nous.

Décidément, Andrew Radley n'avait pas tort. La jeune personne était indéniablement du genre directif. Mais elle était si jolie dans sa robe du matin en fraîche percale, dont la nuance mettait en valeur le bleu profond de ses prunelles ! A vrai dire, elle était même encore plus ravissante que dans son souvenir. Même la charmante miss Cornwell n'avait jamais fait battre son cœur aussi vite.

— Tout le plaisir sera pour moi, miss Cunningham, assura-t-il en dédiant à la belle enfant l'un de ces sourires ravageurs dont il avait le secret. Et tous mes remerciements pour avoir bien voulu mettre un peu d'ordre dans mon fourbi d'artiste. Ce n'est pas tous les jours que je peux m'offrir les services d'une aussi ravissante femme de ménage.

Georgina se renfrogna sous le compliment.

— Allons, voilà les sottises qui commencent, fit-elle avec un haussement d'épaules. Si vous voulez devenir notre ami, il vous faudra renoncer à ces niaiseries, monsieur Latimer.

Edward haussa un sourcil amusé.

— Dois-je comprendre qu'il me reste encore une chance d'être *votre* ami, miss Cunningham ?

Georgina toussota, visiblement embarrassée.

— Nous serons *tous* ravis de vous avoir ce soir pour invité, monsieur Latimer. Quant à moi, j'ai tendance à considérer tout nouveau voisin comme un ami en puissance, du moins tant que sa conduite ne vient pas démentir mes espérances. Mais pour votre gouverne, je dois tout de même vous prévenir que je n'aime pas les séducteurs, ajouta-t-elle posément.

Surpris par ce ton direct, Edward resta coi quelques secondes. Mais son sens de l'humour eut tôt fait de reprendre le dessus et il esquissa un sourire malicieux.

— Pourquoi cela, miss Cunningham ? La séduction ne fait de mal à personne, tant qu'elle reste un agréable badinage entre deux partenaires consentants.

Georgina eut une moue dédaigneuse.

— Loin de moi l'idée de critiquer ceux qui se livrent à ce divertissement ! Mais pour ma part, je suis toujours restée insensible aux approches de ce genre… y compris à vos maladroites tentatives, monsieur Latimer.

Un instant réduit au silence, Edward s'inclina cérémonieusement. Décidément, son *ange* de Dunchurch n'avait pas la langue dans sa poche !

— Je tâcherai de faire mieux la prochaine fois, déclara-t-il avec une feinte gravité.

A son grand soulagement, cette repartie arracha un frais éclat de rire à Georgina, dont le regard bleu-violet pétilla de gaieté.

— Vous êtes incorrigible, monsieur Latimer ! Il va me falloir être sur mes gardes. Promettez-moi au moins de ne pas composer de quatrains ampoulés sur mon « teint de lis », mon « front d'albâtre » et mes lèvres « purpurines ».

A ces mots il ouvrit de grands yeux.

— Mon Dieu, est-ce là le genre de poème dont on vous honore ? J'imagine mal un homme pondant ce dithyrambe. C'était sans doute l'œuvre d'un collégien…

— Mais pas du tout, répondit-elle aussitôt en secouant la tête d'un geste mutin. Le gentilhomme qui m'envoyait ces vers devait avoir à peu près votre âge, figurez-vous. Toutes ces afféteries n'ont pas peu contribué à me dégoûter du badinage, vous le comprendrez. S'il est une chose que je déteste, c'est bien l'insincérité.

Edward accusa le coup en silence. Sur ce point, on ne pouvait pas dire qu'il avait la conscience tranquille. Mais n'était-ce pas justement pour rencontrer une jeune fille sincère qu'il se faisait passer pour un homme de condition plus modeste ? Aussi contestable fût-il, ce moyen était le seul qu'il eût trouvé pour mener à bien son projet.

— Je vous trouve bien dure envers ce pauvre diable de poète, murmura-t-il finalement. Peut-être faisait-il tout simplement de son mieux pour toucher votre cœur.

— C'est possible, mais vous avouerez qu'il m'était difficile de le prendre au sérieux après cela.

— Donc, si je vous promets de réprimer mes élans poétiques, je peux espérer devenir votre ami ?

— Certainement, monsieur Latimer, acquiesça Georgina, de nouveau sérieuse. Mon amitié est vraiment le moins que je vous doive, vu l'ampleur de notre dette envers vous... Vous avez tout de même sauvé Rupert d'un grave accident, ce dont il vous a fort mal remercié, hélas !

Edward l'interrompit d'un geste.

— Laissons cela, voulez-vous ? C'est oublié, je vous assure. Je ne suis pas un homme rancunier, miss Cunningham.

— Heureuse de l'entendre, fit Georgina avec un large sourire.

Et désignant les dessins empilés sur la table :

— Vous avez dû beaucoup voyager de par le monde, monsieur Latimer, si j'en juge par la variété des paysages qui vous ont inspiré. Espagne, Italie, Belgique...

— J'ai été longtemps militaire, expliqua Edward, se gardant bien d'entrer dans les détails, au risque d'en dire trop. Je m'étais fait une règle de dessiner partout où j'allais. Comme je vous l'ai dit hier, on trouve toujours des sujets dignes d'intérêt, pour peu qu'on sache regarder.

— Vous avez raison, je suppose, acquiesça Georgina avec un brin de mélancolie dans la voix. N'ayant jamais quitté le Warwickshire, je n'ai pas eu la chance de pouvoir comparer ma région natale à d'autres contrées.

— N'êtes-vous jamais allée à Londres ? s'enquit-il, surpris. Je pensais que toutes nos demoiselles faisaient traditionnellement leur entrée dans le monde pendant la sacro-sainte Saison.

— Seulement les jeunes filles fortunées, monsieur Latimer. Le déplacement coûte très cher, et les chances de succès sont plutôt minces, si j'en crois ce que l'on m'a dit. Car soyons honnêtes : le motif réel de l'opération est de pêcher un mari, tout le monde sait cela…

Eh bien, quel franc-parler ! Il s'était attendu à tout, sauf à cela… Et il fallait avouer que la tranquille franchise des propos de Georgina n'était pas pour lui déplaire. D'autant que la vision qu'elle avait de cette véritable foire au mariage n'aurait pu mieux concorder avec la sienne.

— Mais où une jeune fille ira-t-elle découvrir l'élu de son cœur, si elle n'assiste pas aux assemblées londoniennes ? s'informa-t-il avec amusement.

Le rire argentin de Georgina résonna de nouveau sous les lambris du salon.

— Nous autres provinciales nous contentons des modestes réunions locales, où nous tâchons d'attirer les regards des célibataires du cru…

— … qui vous bombardent ensuite de poèmes à l'eau de rose, compléta Edward avec humour.

— Oh ! mon Dieu, vous devez vraiment me trouver bien prétentieuse et arrogante, s'excusa Georgina, confuse.

— Mais pas du tout, miss Cunningham. Vous êtes directe et usez d'un langage sans détour, ce que je trouve particulièrement rafraîchissant.

La jeune fille rougit sous le compliment, ce qui la rendit encore plus envoûtante à ses yeux. Mon Dieu, comme elle était charmante ! Le cœur battant d'espoir, il décida de pousser sa botte :

— Etant donné votre aversion pour les poètes de salon et autres célibataires insipides, dois-je en conclure qu'à vos yeux, le mérite personnel d'un homme passe avant sa situation et sa fortune ?

A ces mots Georgina ouvrit de grands yeux. De toute évidence, elle était surprise par cette question qui, selon lui, n'était pourtant pas dénuée de sens, quand on connaissait un tant soit peu la gent féminine.

— Mais cela va de soi, monsieur Latimer, répondit-elle le plus naturellement du monde.

— Cela va de soi *pour vous*, corrigea-t-il. Mais ce n'est certainement pas vrai pour la majorité des jeunes filles, qui se renseignent sur les revenus d'un homme avant de se hasarder à lui accorder leur main.

Georgina fronça les sourcils à cette remarque.

— Les jeunes filles ne sont pas les seules à blâmer, monsieur Latimer. Vous ne me ferez pas croire que les spécimens de votre sexe sont plus désintéressés que ces demoiselles… Combien d'entre vous ne songent qu'à prendre une riche héritière dans leurs filets ?

Edward admit avec bonne foi qu'elle avait marqué un point.

— J'aurais mauvaise grâce à le nier. Je vous objecterai cependant, à la décharge de mes congénères, que beaucoup d'entre eux se voient dénier la liberté de choisir à leur gré. A combien n'impose-t-on pas des mariages de convenance, sous prétexte qu'il faut assurer la continuité de la lignée ? Contrairement à ce que vous semblez croire, les jeunes gens ne sont pas toujours libres de leurs actes. Eux aussi sont soumis aux pressions de leur famille.

Georgina garda un instant le silence, l'air pensif.

— Il est vrai que je n'avais pas envisagé cet aspect de la question, admit-elle enfin.

— Nous voilà donc tous deux pourvus d'un nouveau sujet de réflexion, conclut Edward avec un sourire.

La jeune fille lui rendit son sourire, puis baissa les yeux, avant de se lever dans un doux bruissement d'étoffe.

— Il est grand temps que nous vous laissions, monsieur Latimer. Vous avez besoin de repos et je crains d'avoir déjà abusé de votre hospitalité.

Comment ? Pourquoi ce départ si brusque ? Pris de court,

il l'observa sans mot dire tandis qu'elle gagnait la porte pour héler Rupert, occupé à jouer devant le seuil avec les chiens. La taille fine et les hanches délicatement épanouies, elle avait une démarche si gracieuse qu'il regretta de ne pas l'avoir rencontrée dans un bal.

— Il est vraiment dommage que vous ne soyez jamais allée à Londres pour la Saison, déclara-t-il soudain, mû par une inexplicable impulsion. Vous y auriez éclipsé toutes les beautés de la bonne société.

Elle se retourna pour lui jeter un regard surpris.

— La bonne société ? A vous entendre, on croirait que le milieu vous est familier, monsieur Latimer.

— Euh… Pas exactement, s'empressa-t-il de répondre pour rattraper son inadvertance. Du moins, je ne voulais pas laisser entendre…

— Oh ! la grande pyramide ! s'exclama alors la petite Sophie, qui était restée en arrière pour feuilleter un carnet de croquis oublié sur le canapé. Etes-vous vraiment allé en Egypte, monsieur Latimer ?

Sauvé de justesse, Edward sauta sur la diversion, bien que gêné d'avoir à parler de lui-même.

— J'ai eu en effet la chance de visiter Gizeh il y a quelques années, et j'ai même participé à une petite expédition dans le désert.

Les yeux de Sophie s'arrondirent de surprise, tandis qu'une exclamation ravie s'échappait de ses lèvres.

— Il n'est guère courant de voir une jeune personne de votre âge s'intéresser à Kheops, mademoiselle, observa-t-il avec un sourire.

— Oh ! mais je suis passionnée par l'Antiquité, monsieur, affirma la fillette avec le plus grand sérieux. Les livres sur l'Egypte sont ceux que je feuillette le plus souvent dans la bibliothèque de mon père. J'aime tellement regarder les images !

Et d'ajouter avec gravité :

— Vous en avez de la chance, d'avoir vu les pyramides pour de vrai…

— Aimeriez-vous garder ce dessin ? proposa-t-il alors. Il n'est pas tout à fait terminé, mais je me ferai un plaisir de l'achever pour vous.

Séduite par la proposition, Sophie tourna vers sa sœur un regard implorant.

— Oh ! Georgina, est-ce que je peux ?

L'interpellée émit un bref toussotement.

— Eh bien… c'est très aimable de la part de M. Latimer, ma chérie, mais laisse-lui le temps de finir son œuvre. Il a certainement des tâches plus urgentes à accomplir. Ce qui me rappelle que nous ne devons pas le déranger plus longtemps. Venez, les enfants ! Maman doit attendre avec impatience que nous lui rapportions la réponse à son invitation.

Prenant Sophie par la main, elle se tourna vers Edward.

— Nous vous attendons avec M. Radley, n'est-ce pas ? dit-elle avec courtoisie.

Et comme il esquissait le geste de se lever :

— Non, non, je vous en prie, ménagez votre cheville. Nous n'avons pas besoin de vous pour retrouver notre chemin.

Et avant même qu'Edward n'ait eu le temps de se remettre sur ses pieds, le petit groupe avait disparu, le laissant seul avec son dessin, dont il s'empara pour le considérer d'un œil critique.

— Pas terrible du tout, grommela-t-il avec un haussement d'épaules.

Bon sang ! Mais à quoi rimait cette sotte comédie ? Il avait bien failli se trahir en évoquant la Saison londonienne. Perry avait raison, finalement. Toute cette histoire n'était que pure folie, et n'allait lui apporter que des déboires. Peut-être ferait-il mieux de renoncer à son plan et de rentrer tout droit à Londres, où il pourrait du moins redevenir lui-même au lieu de courir le risque d'être démasqué à chaque instant.

Mais le souvenir de deux prunelles bleues au regard aussi lumineux que profond l'arrêta net, et, poussant un soupir, il prit un crayon pour retravailler le croquis. S'il y avait désormais une chose qu'il souhaitait en ce monde, c'était bien gagner l'approbation de miss Cunningham !

*Que ne donnerais-je pas pour allumer une petite flamme d'amour dans ces yeux-là…*, s'avoua-t-il en cernant d'un trait plus net les contours de sa pyramide.

Le petit dîner improvisé se révéla succulent, Becky Harper ayant su délicieusement accommoder le gigot et les légumes envoyés ce matin-là par Mme Radley. Après le repas, les convives se réunirent dans le salon, où Edward dut faire appel à tout son art de l'esquive pour répondre aux questions de ses hôtes, tout en leur fournissant aussi peu d'informations que possible sur lui-même. Heureusement, les enfants lui fournirent innocemment une très utile diversion, en le priant de leur faire une démonstration de ses talents d'artiste. Ravi d'éluder ainsi l'interrogatoire courtois dont il était l'objet, il se mit en devoir de fabriquer des bateaux en papier, occupation dont il s'acquitta avec assez d'habileté pour susciter l'enthousiasme de Rupert.

— Oh ! monsieur Latimer, pourriez-vous nous faire maintenant une pyramide ? s'enquit la petite Sophie, dont le regard bleu scintillait de plaisir.

Georgina, qui tapait distraitement une mélodie sur le piano-forte, ne put s'empêcher d'admirer le savoir-faire de leur invité, dont les doigts souples pliaient le papier avec une remarquable dextérité. Après avoir travaillé quelques minutes, Edward déposa un modèle réduit de Khéops dans la paume de Sophie, qui la contempla quelques secondes en silence, muette de joie.

— Monsieur Latimer, voulez-vous voir le livre de mon père

sur les pyramides ? demanda-t-elle enfin d'une voix timide. C'est un ouvrage magnifique, avec de très belles illustrations.

Edward, qui sentait le regard de Georgina posé sur lui, acquiesça aussitôt, et se laissa conduire par Sophie, qui l'avait pris par la main, dans le bureau attenant.

— Regardez, fit-elle en choisissant sur l'étagère un épais volume, qu'elle ouvrit devant lui. Voici la pyramide que vous avez représentée. C'est bien la même, n'est-ce pas ?

— A quelques détails près, convint modestement Edward.

Décidément, la petite Sophie était très attachée à ce livre. Elle en tournait les pages avec une telle précaution... Mais au fait, songea-t-il tout à coup, peut-être cet ouvrage pourrait-il constituer un excellent prétexte...

— Croyez-vous que votre maman consentirait à me prêter l'ouvrage quelques jours ? demanda-t-il d'un ton aussi détaché que possible. Cela m'aiderait à terminer mon dessin.

La fillette lui jeta un regard dubitatif.

— Vous ne l'abîmerez pas, n'est-ce pas ? Je crois qu'il a beaucoup de valeur.

Amusé, il prit alors son air le plus solennel pour affirmer :

— Je m'engage à en prendre le plus grand soin, je vous le jure. Croix de bois, croix de fer, ajouta-t-il en crachant dans sa paume.

Mais la petite fille semblait encore indécise.

— Si vous l'emportez, je ne pourrai plus le feuilleter, objecta-t-elle. C'est un livre que j'aime beaucoup regarder à cause des images. Vous comprenez ?

— En ce cas, venez le consulter chez moi chaque fois que vous en aurez envie. Je suis sûr que votre sœur acceptera de vous accompagner au cottage, lui suggéra-t-il, ravi d'avoir trouvé un motif pour revoir Georgina.

Cette proposition emporta les dernières réticences de Sophie, qui retourna dans le salon avec lui pour présenter la requête à sa mère.

— Mais bien entendu, agréa aussitôt Mme Cunningham avec une charmante affabilité, avant de se tourner vers Edward. Notre notaire, M. Pickens, est justement en train d'évaluer la bibliothèque de mon mari, que je vais être obligée de vendre.

Elle poussa un lourd soupir et caressa les cheveux de sa fille avant d'ajouter :

— Sophie en est toute triste, mais je lui ai expliqué que nous ne pouvions faire autrement et elle s'est résignée à l'inévitable.

Il adressa à la fillette un sourire compatissant.

— C'est très courageux à vous de renoncer à vos trésors. J'espère que mon petit dessin aura au moins le mérite de compenser en partie cette perte. En tout cas, je vous promets d'y travailler avec diligence afin de pouvoir vous l'offrir très bientôt.

Cette affaire réglée, il laissa Sophie rejoindre son frère et s'approcha du piano-forte, où Georgina interprétait une barcarolle. Maladresse ou nervosité, la jeune fille manqua une note à son approche et il l'enveloppa d'un regard perplexe. Se pouvait-il qu'elle fût troublée par sa présence ? Dieu savait ce que cachait son joli visage aux cils pudiquement baissés, comme si elle craignait de laisser transparaître la moindre émotion qui aurait pu la trahir…

Accoudé à l'instrument, il écouta le morceau sans mot dire jusqu'à ce que l'interprète, ayant plaqué les derniers accords, laissât retomber ses mains dans son giron. Littéralement hypnotisé par le spectacle de son délicieux minois au teint frais et aux lèvres vermeilles, il se maudit à part lui de s'être laissé entraîner dans pareille aventure. Au lieu de l'aimable toquade qu'il s'était promis de vivre, voilà qu'il était bel et bien pris au piège de la passion ! Cette pensée lui arracha un involontaire soupir, et Georgina, relevant enfin les paupières, lui jeta un regard alarmé.

— Vous êtes resté trop longtemps debout sur votre cheville foulée, le gronda-t-elle. Vous devriez vous asseoir, à présent.

— Mais pas du tout ! Je me sens parfaitement bien, au contraire. L'enflure du cou-de-pied a pratiquement disparu.

— Vous m'en voyez heureuse. Il est vrai que vous boitez beaucoup moins que ce matin. Quelle chance que vous ayez accepté d'être ce soir des nôtres ! J'espère que Rupert et Sophie ne vous ont pas trop fatigué ?

— Certainement pas. J'apprécie beaucoup leur compagnie.

— Vous êtes très patient avec eux, monsieur Latimer. On voit que vous êtes habitué aux enfants. Peut-être avez-vous de jeunes frères et sœurs ? demanda-t-elle en se remettant à pianoter doucement son instrument.

Le terrain redevenait glissant et Edward eut un geste vague de la main.

— Malheureusement non. Je me contente de jouer avec ceux de mes amis.

Mais Edward eut beau rester évasif, Georgina semblait curieuse d'en savoir davantage à son sujet, malgré son ton détaché.

— De quelle région avez-vous dit que vous étiez originaire, monsieur Latimer ? Andrew vous a déjà posé la question à table, mais je n'ai pas bien saisi votre réponse dans le brouhaha des conversations.

Au nom du ciel, s'il ne faisait pas attention, il risquait de nouveau de se trahir... S'efforçant de dissimuler son embarras, il émit un bref toussotement.

— J'ai été élevé à Ruscombe, un petit village situé au sud de Londres, répondit-il, répétant les propos qu'il avait tenus à Radley pendant le repas. Mais comme vous l'avez déjà remarqué vous-même, j'ai tendance à avoir la bougeotte, ajouta-t-il avec un sourire.

— Comme la « pierre qui roule » du proverbe, commenta la jeune fille avec humour.

— En quelque sorte, marmonna-t-elle.

Où diable voulait-elle en venir ? se demanda-t-il, décidément sur ses gardes.

— Vous n'avez donc pas de foyer à vous ?

— Pas vraiment, répondit-il, embarrassé.

Puis, pris d'une subite inspiration, il s'en tira par une pirouette :

— Mais notre foyer n'est-il pas là où notre cœur s'attache ?

Il se félicitait déjà d'avoir su éviter l'écueil, quand Georgina s'arrêta brusquement de jouer pour darder sur lui un regard inquisiteur.

— Puisque vous venez de me dire que vous n'avez pas de foyer, dois-je en conclure que vous n'avez pas non plus de cœur ? demanda-t-elle avec malice.

Edward demeura coi quelques secondes, avant de partir d'un franc éclat de rire qui attira sur eux l'attention générale. Eh bien, on pouvait dire que la belle Georgina ne manquait pas d'esprit ! Interrompant leur tendre aparté, Kate et son fiancé vinrent les rejoindre.

— Quel est le sujet de la plaisanterie ? s'informa Andrew avec un sourire.

— Je crains que ce ne soit ma personne, répliqua Edward, amusé. Miss Cunningham vient de me citer un ou deux dictons assez mortifiants pour ma vanité.

— Moi ? Certainement pas ! protesta l'intéressée. Jamais je ne me permettrais d'être aussi incivile avec un invité.

Peu désireuse de s'expliquer davantage, elle se remit incontinent à sa musique, laissant Edward se tirer d'affaire comme il pouvait.

— Vous ne pourrez jamais la prendre de court, affirma Kate avec un hochement de tête. Elle a toujours une repartie toute prête, quel que soit le sujet.

— C'est ce dont je me suis aperçu à mes dépens, confirma-t-il avant de jeter un coup d'œil à la grande horloge du salon.

Je crois du reste qu'il est grand temps pour moi de prendre congé.

— C'est ce que j'allais vous suggérer, approuva Andrew. Nous autres fermiers nous levons de bonne heure, et il n'est guère dans nos habitudes de nous coucher à des heures indues.

Et se tournant vers sa fiancée avec un tendre sourire :

— A ce propos, Kate a émis le souhait de m'accompagner au marché samedi prochain. Comme ç'aurait dû être le jour de notre mariage, j'ai décidé de prendre une journée entière de congé pour l'escorter à Dunchurch, où je compte l'inviter à déjeuner à l'auberge.

La nouvelle fit tressaillir Georgina, qui coula à sa sœur un regard surpris. Se pouvait-il que cette dernière eût organisé cette sortie pour lui permettre de se rendre chez sir Arthur ? Si tel était le cas, elle était admirative de sa discrétion — il était impossible d'avoir un visage plus innocent que celui de Kate en cet instant.

— Pourquoi ne nous accompagneriez-vous pas, Gina ? demanda-t-elle avec sa pétulance habituelle. J'ai persuadé Andrew de faire les choses dans toutes les règles de l'art et nous utiliserons le landau, où nous serons moins à l'étroit que dans le cabriolet…

— Mais oui, venez donc, Georgina, appuya celui-ci. J'aurai grand besoin de votre renfort pour empêcher Kate de dévaliser la boutique de la modiste !

Après tout, pourquoi pas ? songea Georgina. C'était sans doute le meilleur moyen de mener à bien la mission qu'elle s'était fixée… Décidément, elle ne s'attendait pas à tant d'ingéniosité de la part de Katharine.

— J'accepte volontiers, bien que je craigne de ne pouvoir vous être d'un grand secours, finit-elle par déclarer en s'efforçant de ne rien laisser paraître de ce qu'elle avait en tête. Kate n'a jamais voulu écouter mes conseils, dès lors qu'il s'agit de choisir ses couvre-chefs !

Edward, qui suivait cet échange avec intérêt, sentit instinctivement qu'il y avait anguille sous roche. Manifestement, il ne s'agissait pas d'une simple histoire de chapeaux pour Georgina, dont les mimiques ne lui avaient pas échappé. Dévoré de curiosité, il décida aussitôt d'en avoir le cœur net.

— Accepteriez-vous de me laisser occuper la quatrième place dans votre landau ? demanda-t-il à Radley, d'un ton parfaitement naturel. Vous me rendriez grand service, car j'ai un paquet à porter à la poste.

— Magnifique, ce sera une vraie sortie ! s'écria Kate, en frappant joyeusement dans ses mains. Et Andrew va tous nous inviter à l'auberge des Grands Hommes. N'est-ce pas, mon chéri ?

— J'y penserai, la taquina l'intéressé, définitivement conquis par le caractère primesautier de sa promise.

Georgina fut la seule à froncer légèrement les sourcils. Pourrait-elle échapper assez longtemps à la compagnie des trois autres pour exécuter sa mission ? Cela dit, il fallait bien avouer que l'idée d'effectuer cette sortie avec leur énigmatique voisin n'était pas tout à fait dénuée de charme à ses yeux… Après tout, pourquoi ne pas en tirer parti ? Jusqu'à présent, ce dernier était parvenu à esquiver la plupart de ses questions, mais elle était bien décidée à percer le mystère de cet homme. *A nous deux, monsieur Latimer*, songea-t-elle non sans malice. *Nous verrons bien lequel de nous deux en apprendra davantage sur l'autre !*

# Chapitre 4

— Je me demande comment ce jeune homme va pouvoir se restaurer, maintenant qu'il est dans l'incapacité de marcher jusqu'à l'auberge.

Mme Cunningham, qui rentrait du jardin où elle venait de cueillir une brassée de roses, jeta à sa cuisinière un regard étonné.

— Que voulez-vous dire, Becky ?

— Annie Jacklin, qui fait le ménage au cottage, m'a raconté que M. Latimer faisait préparer ses repas au Renard d'Argent. Mais je doute qu'il ait pu s'y rendre ces deux derniers jours, vu l'état de sa cheville.

Mme Cunningham posa ses roses sur la table, consternée.

— Oh ! mon Dieu ! s'exclama-t-elle en ôtant ses gants de jardinage. Comment n'y ai-je pas pensé moi-même ? Préparons-lui vite un panier, Becky. Vous direz ensuite à Daniel de l'apporter au cottage.

Elle s'empressa d'aller ouvrir la porte de la réserve, et choisit dans le garde-manger quelques aliments de première nécessité, qu'elle empila dans un panier.

— Dan ne pourra pas s'y rendre, objecta Becky, tout en l'aidant dans sa tâche. Il a amené Poll chez le maréchal-ferrant et ne sera pas de retour avant 4 heures.

Mme Cunningham leva les yeux, hésitante.

— Je pourrais y aller moi-même, bien sûr. Mais je comptais répertorier les livres cet après-midi. M. Pickens a besoin d'un catalogue détaillé.

— Pourquoi n'envoyez-vous pas M. Rupert ? suggéra Becky, qui coupa une généreuse tranche de jambon et l'enveloppa dans un morceau de mousseline. Après tout, c'est sa faute si le pauvre jeune homme n'est pas en état de marcher.

— C'est vrai, admit Mme Cunningham dans un soupir. Mais vous connaissez Rupert. Avec lui, les provisions risquent de ne pas arriver entières à bon port. L'une des filles pourrait l'escorter, mais je me doute que Kate est chez les Radley ?

Becky confirma la supposition d'un hochement de tête.

— Et miss Georgina ? suggéra-t-elle alors. Elle est à la maison, elle. Elle raccommode des taies d'oreiller dans le salon.

Le visage de Mme Cunningham s'éclaira aussitôt.

— Mais c'est parfait ! Georgina ne verra pas d'objection à accompagner Rupert au cottage, j'en suis certaine. Elle a davantage d'autorité sur lui que Katharine et je me sentirai bien plus tranquille.

Consultée sur le sujet, Georgina acquiesça aussitôt, tout excitée à l'idée de revoir leur séduisant voisin. Elle prit garde cependant de modérer son enthousiasme. Mieux valait ne pas éveiller les soupçons de sa mère.

— Pourquoi n'amènerais-je pas aussi Sophie ? suggéra-t-elle. Je crois qu'elle apprécie beaucoup M. Latimer. En outre, ce sera pour elle une occasion de feuilleter l'ouvrage sur les pyramides.

Avec l'accord de sa mère, Georgina appela Sophie et Rupert, qui furent priés de se laver le visage et les mains avant d'enfiler leurs vêtements de sortie. Puis ils prirent tous trois le chemin du cottage, le cœur bondissant d'allégresse.

Maussade, Edward inventoriait le maigre contenu de ses placards : un quignon de pain, un petit morceau de fromage et une demi-pinte de bière... Avec tout cela, il ne risquait pas d'être rassasié. En louant le cottage, il ne s'était guère préoccupé des problèmes d'intendance, certain de trouver au bourg au moins une auberge convenable pour y prendre ses repas, ainsi que des boutiques pour acheter quelques aliments de première nécessité. Mais depuis deux jours, son entorse lui interdisait de marcher jusqu'au village et il n'avait pas pu renouveler ses provisions. Que faire en cette conjoncture ? A vrai dire, il n'avait guère le choix, tant que sa cheville le condamnait à l'immobilité.

Eh bien, tant pis, il utiliserait les moyens du bord. Il posa le pain et le fromage sur la table, et s'apprêtait à commencer son frugal déjeuner, lorsque la clochette de l'entrée tinta. Avec une légère grimace, il saisit sa canne et claudiqua jusqu'à la porte. Son humeur s'éclaircit aussitôt à la vue de l'éblouissante visiteuse qui se tenait sur le seuil, flanquée de Rupert et de la petite Sophie.

— Maman a pensé que vous n'aviez sans doute pas pu vous approvisionner au village, expliqua la jeune fille avec un sourire un peu gêné. Comme nous sommes responsables de votre accident, c'est bien le moins que nous vous fournissions en produits indispensables, le temps que vous puissiez faire vos propres arrangements.

— Mais c'est magnifique ! s'exclama Edward, incapable de dissimuler son plaisir. Entrez donc, je vous prie, ajouta-t-il en s'effaçant pour laisser passer le trio. J'étais justement en train de déplorer le vide de mon garde-manger. Et dire que je n'ai même pas pensé à faire des provisions... Une négligence impardonnable pour un ancien soldat !

Il conduisit ses visiteurs dans la cuisine et assista, l'œil gourmand, au déballage des présents.

— Becky a ajouté une grosse part de tarte à votre intention, dit Rupert non sans envie. Croyez-moi, cela prouve que vous êtes dans ses petits papiers !

— C'est si gentil à vous tous. Vraiment, je ne sais comment vous remercier…

— Ne soyez pas absurde, intima Georgina, occupée à garnir les étagères du placard. Nous sommes trop heureux de pouvoir vous être un peu utiles.

Elle se retourna soudain, comme frappée d'une pensée soudaine :

— Ne me dites pas que vous n'avez pas encore déjeuné à cette heure ?

— Eh bien… euh… je dois avouer qu'il ne me restait pas grand-chose en dehors d'un vieux bout de fromage et…

— Asseyez-vous tout de suite, dit-elle d'un ton péremptoire. Je vais vous servir quelques friandises.

Sans plus attendre, elle empila un assortiment de biscuits et de fruits sur une assiette, qu'elle déposa devant lui sur la table.

— Mais je…, commença-t-il, incertain.

— Taratata ! Vous ne guérirez jamais, si vous ne vous nourrissez pas convenablement.

Edward cependant hésitait encore. Il mourait de faim, c'était un fait, et la vue de la succulente tarte de Becky le faisait saliver d'avance. Mais ses visiteurs, jugeant leur mission accomplie, n'allaient-ils pas s'esquiver aussitôt qu'il aurait commencé à manger ? Cette crainte s'avéra fondée, car à peine eut-il pris une bouchée de gâteau que Georgina se tourna vers les enfants, autoritaire :

— Allons-nous-en, maintenant. Il faut laisser M. Latimer déjeuner en paix.

— Faut-il vraiment que vous partiez ? protesta-t-il, déçu d'avoir si peu profité de la présence de Georgina. Je peux très bien retarder mon déjeuner. Pour ne rien vous cacher, je me sens plus sevré de compagnie que de nourriture !

— Oh ! oui, Gina, restons encore un peu ! supplia Rupert, dont les yeux brillaient d'excitation. J'ai vu qu'il y avait des arceaux sur la pelouse. Cela fait une éternité que je n'ai pas joué au croquet.

— Excellente idée ! approuva aussitôt Edward, sautant sur l'occasion qui s'offrait à lui. Les maillets sont rangés dans le petit pavillon au fond du jardin. Peut-être les enfants peuvent-ils faire une partie, pendant que je vous fais visiter le jardin ?

Georgina, visiblement hésitante, semblait à la fois tentée par la proposition et sur ses gardes. Se méfiait-elle de lui ou d'elle-même ? Craignait-elle, une nouvelle fois, de ne pouvoir masquer le trouble dont — elle ne pouvait le nier — il était l'origine ? Cependant, devant le regard implorant qu'il lui adressa, elle esquissa un léger sourire, et se laissa fléchir.

— Vous êtes censé reposer votre jambe, monsieur Latimer, lui rappela-t-elle cependant, reprenant un air sérieux. Aussi serait-il plus raisonnable de vous asseoir sur un banc, pendant que je fais le tour de la roseraie. On dit que les Blanchard y ont réuni des spécimens magnifiques et qu'elle vaut vraiment la peine d'être vue.

Etait-ce sa manière à elle de garder une certaine distance entre eux ? Ce n'était pas tout à fait ainsi qu'il avait imaginé leur promenade dans le jardin, mais c'était mieux que rien. Installé sur la terrasse, il lui donna ses instructions et la suivit des yeux tandis qu'elle sortait les maillets de la remise et aidait les enfants à installer le jeu. Puis elle revint vers lui de sa démarche dansante, et pour sa plus grande satisfaction, se posa sur le banc à son côté.

— Je me suis souvenue que vous aviez manifesté le souhait d'avoir un peu de compagnie, expliqua-t-elle aimablement. Les roses après tout peuvent attendre.

Edward, ravi de l'avoir enfin tout près de lui, lui dédia l'un de ces sourires ravageurs dont il avait le secret.

— Votre visite du jardin n'est que partie remise et les splendeurs florales du cottage Blanchard vous seront toujours accessibles, déclara-t-il avec humour. Je me ferai une joie de vous servir de guide, dès que ma cheville me le permettra. Mais à vrai dire, je ne suis pas pressé de guérir. J'ai même la nette tentation d'exagérer les incommodités de mon état, pour le seul plaisir de jouir de vos charmantes attentions !

Georgina, dont les joues s'étaient empourprées sous le compliment, feignit l'indignation.

— Monsieur Latimer ! fit-elle en le menaçant d'un doigt qui se voulait sévère. Ne m'aviez-vous pas promis de vous abstenir de ces remarques oiseuses ?

— Pardonnez-moi, miss Cunningham, je plaide coupable, dit-il d'un ton exagérément solennel. Que voulez-vous, votre présence a tendance à me faire oublier tous mes serments.

— Eh bien, faites un effort pour vous les rappeler, monsieur l'étourdi !

— Hum… Je crois surtout que mon éducation laisse à désirer et aurait grand besoin d'être reprise de fond en comble.

Et coulant un regard oblique à sa voisine :

— Peut-être accepteriez-vous d'être mon institutrice ?

Georgina secoua la tête d'un air grave, que contredisait son regard pétillant de gaieté.

— Je crains que vous ne soyez trop encroûté dans vos habitudes, monsieur Latimer. Les mauvais penchants, hélas, ont étouffé en vous tout bon sens…

— Le bon sens ? Votre présence achève de me l'ôter, convint Edward, avec une œillade lourde de sous-entendu.

Il vit les joues de Georgina s'enflammer de nouveau. Peut-être avait-il filé trop loin le madrigal…

— Quant à ma cheville, je dois tout de même confesser qu'elle va beaucoup mieux, s'empressa-t-il d'ajouter, d'un ton beaucoup plus naturel.

Manifestement rassurée par cette affirmation, Georgina se reprit à sourire.

— Votre franchise vous honore, monsieur Latimer, et vous fait remonter dans mon estime.

A ces mots il se tut, envahi d'un sentiment de malaise. Cette franchise que miss Cunningham disait admirer n'était qu'un leurre. Depuis le début, il lui cachait sa véritable identité. Mon Dieu, mais comment pouvait-il jouer ainsi la comédie, quand Georgina était la sincérité même, la spontanéité incarnée ? Peut-être le moment était-il venu de révéler son subterfuge à sa voisine... Mais la jeune fille, qui avait remarqué l'altération de ses traits, se méprit sur la raison de son silence.

— Oh ! mon Dieu, voilà que je vous ai offensé ! s'exclama-t-elle en posant sa petite main sur son bras. Toutes mes excuses, monsieur Latimer. Il n'était pas dans mes intentions de vous blesser.

Dans un élan de tendresse, Edward s'empara de cette main avant de protester, sincère :

— Oh non ! C'est moi qui m'excuse, miss Cunningham. A vrai dire, je... j'ai quelque chose à vous avouer...

Mais une querelle éclata au même instant sur la pelouse, interrompant net ses confidences.

— Tu m'as frappée, ce n'est pas de jeu !

— Moi ? Allons donc, petite menteuse...

— Ah, c'est moi qui mens ? Eh bien, tu vas voir...

Paniquée, Georgina se leva d'un bond et courut vers Sophie, qui martelait la poitrine de son frère de ses petits poings fermés.

— C'est un méchant, Gina ! Il m'a donné un grand coup dans le bras ! Il l'a fait exprès, j'en suis sûre !

Georgina, indignée, écarta la fillette pour se tourner vers Rupert.

— En voilà des façons de jouer ! le gronda-t-elle. On ne peut décidément pas te faire confiance.

Le jeune garçon haussa les épaules d'un geste exaspéré, sans toutefois tenter de se disculper.

— Ce n'est pas drôle du tout de faire une partie avec

elle, expliqua-t-il. Elle ne sait pas viser et ses balles volent n'importe où. J'en ai eu assez, voilà tout.

Rouge de honte, Georgina jeta un regard d'excuse à Edward, qui suivait la scène depuis la terrasse. Mon Dieu, avec des enfants aussi intenables, ils risquaient de ne plus être les bienvenus au cottage…

— Je crois qu'il est grand temps que nous partions, décida-t-elle.

Edward, qui maudissait ce contretemps, dut toutefois s'incliner. Bon sang ! Pourquoi avait-il fallu qu'ils fussent interrompus à un moment si crucial ? Désappointé, il ne put s'empêcher de foudroyer des yeux le coupable.

— Voilà qui n'est guère franc-jeu de ta part, mon garçon, lança-t-il, lorsque Sophie et Georgina eurent regagné la maison. Ce n'est pas ainsi que se comporte un sportif digne de ce nom.

Rupert, qui rassemblait le matériel, accusa le reproche sans mot dire. D'une démarche raide, il alla ranger balles et maillets dans la remise, puis rentra à son tour, en évitant soigneusement le regard d'Edward qui, appuyé sur sa canne, claudiqua jusqu'à l'entrée, où le petit groupe l'attendait dans un morne silence.

— Veuillez nous pardonner, monsieur Latimer, murmura Sophie, contrite.

— Vraiment désolé, marmonna de son côté Rupert, qui venait sans doute de se faire chapitrer par son aînée.

Georgina elle-même se confondit en excuses, qu'Edward interrompit en s'emparant de sa main.

— C'est ma faute. J'aurais dû me rappeler que ce genre de jeu finit toujours mal, quand il oppose des frères et des sœurs. La prochaine fois, vous devriez jouer avec eux, miss Cunningham. Cela empêcherait la partie de dégénérer, j'en suis sûr.

La jeune fille lui lança un regard incertain.

— Souhaitez-vous vraiment qu'il y ait une prochaine fois, monsieur Latimer ?

— Mais bien entendu ! Ne vouliez-vous pas visiter la roseraie ?

— Oh si, ce serait avec joie ! répondit-elle, visiblement soulagée.

Après leur départ, Edward s'assit devant son repas solitaire, déçu tout de même par la tournure qu'avaient prise les événements. Quel dommage qu'il eût été coupé dans l'élan de ses aveux ! Maintenant, il allait lui falloir attendre une autre opportunité pour s'entretenir en tête à tête avec Georgina. *Un peu de patience… et un peu moins de badinage !* se promit-il avec sévérité.

# Chapitre 5

Le lendemain matin, le beau temps était au rendez-vous lorsqu'ils prirent le chemin de Dunchurch, confortablement installés dans le spacieux landau des Radley. A cette occasion, les deux jeunes filles avaient revêtu leur plus belle robe de mousseline, dont le corsage était lacé d'un ruban noir, assorti à celui qui ornait leur chapeau.

Si Katharine et Andrew, assis l'un près de l'autre sur la banquette avant, se plongèrent aussitôt dans une conversation chuchotée d'amoureux, selon leur habitude, Georgina et Edward demeurèrent un long moment silencieux, ensevelis dans leurs pensées. Confuse de l'incident de la veille, Georgina n'osait pas rompre la glace. Mais elle était indéniablement sensible à la proximité physique de son compagnon, qu'elle examinait à la dérobée sous couvert d'admirer le paysage.

Un bel homme, décidément, avec sa carrure athlétique et ses longues jambes négligemment croisées devant lui… Les vêtements qu'il portait étaient peut-être un peu râpés, mais ils n'entachaient en rien l'indéniable élégance qui émanait de lui, et son habit de velours lui allait si parfaitement qu'il semblait avoir été conçu spécialement pour lui.

Quant à son visage, il témoignait des épreuves de sa vie passée, avec son teint hâlé et la cicatrice qui barrait son front, à demi dissimulée par les mèches blondes d'une chevelure coupée court à la mode militaire. Un ancien soldat, sans doute, mais aussi un homme de la bonne société, comme en témoignaient ses manières parfaites. Sans doute sa famille avait-elle subi quelques revers de fortune, supposa-t-elle à la vue des poignets élimés de sa chemise.

— J'espère que vous n'avez pas eu trop de mal à enfiler votre bottine, lui dit-elle enfin, anxieuse de ne pas prolonger un silence qui menaçait de devenir pesant.

— Mais pas du tout, affirma Edward avec un sourire. Ma cheville va beaucoup mieux, vous savez. Elle paraît même supporter sans fléchir le poids de mon corps !

Il hésita une seconde avant d'ajouter :

— Puis-je me permettre de dire que je vous trouve ravissante, ce matin ?

— Bien entendu ! répondit-elle en sentant le rouge lui monter aux joues. Pourquoi le cacher, si vous le pensez vraiment ?

— C'est que je redoute de me faire encore traiter de séducteur, rétorqua-t-il, une lueur amusée dans le regard. Je vous ai donné ma parole de ne plus vous conter fleurette et je ne voudrais pas que vous m'accusiez de la trahir.

— Hum… Il fait si beau aujourd'hui que je me sens encline à l'indulgence, répliqua gaiement Georgina.

— Il faut donc que j'en profite…

— Non, non ! s'insurgea-t-elle en riant, décidément troublée par l'intérêt que lui portait cet homme, dont elle savait si peu de choses. Parlez-moi plutôt de vos bagages… Ce grand sac posé devant nous m'intrigue au plus au point. Serait-ce que vous vous apprêtez à envoyer quelques dessins ? En ce cas, je me réjouis de savoir que ce malheureux accident n'a pas nui à votre travail.

— Ce sont des commandes, en effet. Je vais tâcher de les faire partir par le courrier du soir. J'ai aussi une ou deux courses à faire en ville.

Et après une courte pause :

— Avez-vous l'intention de passer tout votre temps chez les modistes et autres couturières, miss Cunningham ?

— Certainement pas, si je peux m'en dispenser, répondit Georgina, horrifiée par cette seule perspective. J'ai moi aussi une affaire assez urgente à régler.

D'un rapide regard, elle s'assura que Kate et Andrew étaient toujours absorbés dans leur conversation intime. Puis elle baissa la voix :

— A ce propos, monsieur Latimer, puis-je me permettre de vous demander un service ? C'est assez délicat, je dois dire...

— Je serai ravi de vous venir en aide dans la mesure de mes moyens, assura Edward, l'air intrigué. De quoi s'agit-il ?

— Eh bien... Si vous pouviez manifester le désir de visiter l'église, je vous en serais vraiment très reconnaissante.

Bien qu'elle se fût efforcée de formuler sa requête d'un ton naturel, Edward perçut un léger tremblement dans la voix de Georgina et son cœur se serra de dépit. Ainsi, c'était cela ! Un rendez-vous galant, probablement avec le jeune vicaire de la paroisse... Radley n'avait-il pas évoqué devant lui les assiduités de ce John Mansell ? De toute évidence, miss Cunningham avait noué une intrigue avec le suppléant de son père à l'insu de sa famille.

Luttant contre l'assaut de la colère et de la déception, il répondit aussi calmement que possible :

— Voilà qui tombe bien, car j'avais précisément grande envie de visiter ce vénérable édifice. Peut-être consentirez-vous à être mon guide, mademoiselle ?

— J'en serai ravie, affirma aussitôt Georgina, visiblement satisfaite de sa réponse.

Soulagée, elle se laissa aller contre le dossier de son siège, tandis qu'Edward rajustait nerveusement sa cravate, irrité par la situation. Au nom du ciel, à quoi rimait tout cela ? Et dire qu'il avait concocté tout un plan pour tirer les Cunningham de leurs difficultés financières, sans avoir l'air de leur faire la charité ! *Tu perds ton temps*, songea-t-il furieusement. *Si elle est engagée avec quelqu'un d'autre, à quoi bon te mêler de leurs affaires ?*

Mais il eut tôt fait de repousser ce petit accès d'égoïsme. Au-delà de son indéniable attirance pour miss Cunningham, il éprouvait de l'affection pour les autres membres de la famille et était bien décidé à les aider, quel que fût l'avenir de sa relation avec Georgina.

Il était près de midi lorsque le landau fit son entrée dans la cour de l'auberge, où Andrew avait fait retenir un cabinet particulier. Composé de cinq plats délectables et arrosé de vins fins, le repas se révéla un véritable petit festin, auquel les quatre convives firent gaiement honneur.

Mais au dessert, Kate fut prise d'un accès de mélancolie, pour la plus grande désolation de son fiancé.

— C'était presque un vrai banquet de mariage, observa-t-elle avec un soupir de regret. Dire que ce jour aurait pu être le plus heureux de ma vie !

Devant son regard voilé de tristesse, Andrew écourta la fin des agapes et lui proposa de se rendre sans tarder chez la modiste.

— Quelques jolies acquisitions vous remonteront le moral, assura-t-il, l'air navré de la voir aussi chagrinée.

Comme ils quittaient l'auberge, Edward se rappela tout à coup la promesse qu'il avait faite à Georgina.

— Accepteriez-vous de vous passer quelques instants de miss Cunningham ? demanda-t-il à Radley. Je voudrais faire quelques croquis de l'église, et elle s'est aimablement proposée pour me montrer les points de vue intéressants.

Et se tournant vers Katharine :

— Si vous pouviez choisir votre couvre-chef sans l'aide

de votre sœur, je vous en serais infiniment reconnaissant, mademoiselle.

Kate allait manifester son étonnement, quand elle sentit la main de son aînée presser discrètement la sienne.

— Mais bien entendu, fit-elle, entrant aussitôt dans le jeu. Du reste, je ne comptais pas vraiment sur Georgina. Elle n'aime pas les garnitures, et avec son goût austère, elle m'aurait sûrement conseillé de prendre le moins attrayant des chapeaux !

Sa bonne humeur revenue, elle se hâta d'entraîner son fiancé chez la modiste, dont la boutique se trouvait sur la place du marché.

Parvenue sous le porche de l'église, qui s'élevait juste en face de l'auberge, Georgina se tourna vers lui et lui adressa un sourire de gratitude.

— Merci de votre présence d'esprit, monsieur Latimer. J'avoue que j'aurais eu le plus grand mal à m'esquiver sans votre aide.

Nerveuse, elle tritura un instant son mouchoir avant d'ajouter :

— A vrai dire, j'ai encore une faveur à vous demander. Puis-je vous prier de m'attendre à l'église, pendant que je fais de mon côté une petite course ? Je vous promets de ne pas être longue, trois quarts d'heure tout au plus.

Edward fronça les sourcils à cette requête. Décidément, la jeune personne semblait bien décidée à se servir de lui pour couvrir un rendez-vous galant. Si la courtoisie l'obligeait à accepter le rôle, il espérait ne pas prêter la main à quelque sottise qu'elle regretterait plus tard. Aussi fut-ce d'un ton froidement poli qu'il répliqua :

— Comme je vous l'ai dit, j'ai moi aussi quelques démarches à accomplir. Mais n'ayez crainte, ajouta-t-il en voyant l'expression inquiète de son visage. Je serai à l'heure à notre rendez-vous.

Et comme elle le remerciait avec chaleur :

— Miss Cunningham, je ne voudrais pas paraître indiscret, mais sachez que si vous avez la moindre difficulté, je ne demande pas mieux que de vous venir en aide.

L'espace d'un instant, Georgina faillit lui ouvrir son cœur en toute franchise. Mais n'était-ce pas elle qui avait tenu à sa sœur un discours sur l'absolue discrétion exigée par leurs affaires familiales ? Aussi fort que fût son désir de se confier à M. Latimer, elle devait rester cohérente avec elle-même.

— Tout va bien, monsieur Latimer, je vous assure, murmura-t-elle finalement, avant de tourner les talons.

Sans lui laisser le temps d'insister davantage, elle lui lança par-dessus l'épaule :

— Je serai de retour dès que possible, ne vous inquiétez pas.

Elle s'échappa sur ces mots et descendit les degrés d'un pas léger, sous le regard pensif d'Edward.

Resté seul, il hésita quelques secondes, pris d'un vague scrupule. Puis il dévala prestement les marches de l'église et se lança sur les traces de la jeune fille, juste à temps pour la voir se frayer un passage dans la foule qui encombrait la place du marché, avant de disparaître dans une rue perpendiculaire. Trop tard…

De toute façon, il ne lui restait guère de temps pour ses propres courses, aussi se hâta-t-il de gagner le bureau de poste, où il déposa un petit paquet et quelques lettres. Puis il s'enquit du domicile de Marcus Pickens, notaire et conseiller juridique à Dunchurch.

Muni des renseignements qu'on lui avait aimablement fournis, il traversa de nouveau la place du marché en évitant la boutique de la modiste, et s'engagea dans une ruelle où il eut tôt fait de découvrir l'étude qu'il cherchait, sise au-dessus de l'officine d'un pharmacien. Parvenu devant la porte de l'homme de loi, il actionna la clochette et pénétra sans attendre dans une petite antichambre, où un clerc était occupé à rédiger un acte derrière un bureau encombré de dossiers.

— Monsieur désire ?

— Je souhaiterais m'entretenir avec M^e Pickens, s'il vous plaît.

Le jeune homme hésita, méfiant. De toute évidence, ses habits râpés ne lui disaient rien qui vaille et il ne se sentait pas disposé à l'introduire auprès de son maître. Le voyant prêt à l'éconduire, Edward lui tendit avec impatience sa carte, qui fit l'effet d'un coup de baguette magique. Repoussant sa chaise, le clerc se leva avec empressement et alla prévenir son patron, qui vint lui-même l'accueillir.

— Monsieur le vicomte, c'est un honneur de vous recevoir céans…

Mais Edward l'interrompit d'un geste impérieux.

— Si vous n'y voyez pas d'inconvénient, monsieur Pickens, c'est sous le nom de Latimer que je souhaite traiter l'affaire qui m'amène ici. J'ai des raisons de vouloir garder l'anonymat.

Pickens s'inclina profondément, avant de serrer la main qu'il lui tendait.

— Ce sera comme il vous plaira…, monsieur Latimer. Asseyez-vous, je vous en prie, et dites-moi ce que je peux faire pour vous.

Edward prit place sur une chaise en face de Pickens et entra immédiatement dans le vif du sujet.

— C'est vous qui êtes chargé de régler la succession de feu le révérend Henry Cunningham, à ce que j'ai entendu dire ?

— C'est exact, acquiesça son interlocuteur, non sans quelque réticence. Mais il s'agit là d'affaires strictement confidentielles et je crains de ne pouvoir vous fournir la moindre information à ce sujet, même si vous êtes…

— Oui, oui, je vous comprends tout à fait, monsieur Pickens, l'interrompit-il avec un soupçon d'impatience. Mais j'ai entendu dire que la bibliothèque du révérend Cunningham allait être mise en vente, et je souhaite m'en porter acquéreur.

Croyez-vous que nous puissions conclure l'affaire dans les meilleurs délais ?

L'homme de loi hésita, visiblement pris de court par la proposition.

— C'est que… je crois qu'il y a des ouvrages rares dans cette collection, et je n'ai pas encore procédé à leur évaluation. Mais certains volumes devraient atteindre un prix assez élevé et…

— J'offre deux mille souverains pour le tout, le coupa-t-il.

La somme était si exorbitante que Pickens resta pendant quelques secondes la bouche ouverte, sans pouvoir proférer le moindre son.

— Evidemment, pour ce prix-là…, parvint-il enfin à balbutier.

— Très bien. Mon homme d'affaires viendra vous apporter le mandat mardi au plus tard. Il réglera les détails avec vous et vous fixerez ensemble les modalités de déménagement de la bibliothèque.

Pressé de regagner l'église, Edward se leva sur ces mots et tendit la main au notaire.

— Je suis heureux d'avoir pu m'entendre aussi rapidement avec vous, monsieur Pickens. Vous êtes un homme d'honneur en qui on peut avoir toute confiance. Je n'ai pas besoin de vous rappeler que notre entrevue doit demeurer strictement confidentielle. Je ne tiens pas à ce que mon nom soit cité dans cette transaction.

— Très bien, milord… euh… monsieur Latimer, répondit Pickens, qui ne savait plus que hocher la tête à chaque parole que prononçait son interlocuteur. Il en sera comme vous le souhaitez.

Satisfait de son entrevue, Edward quitta l'étude et regagna en hâte la place du marché, où il jeta un coup d'œil à sa montre. Quelques minutes lui restaient encore avant l'heure du rendez-vous fixé par Georgina. Il se remit alors lentement en route vers l'église, repris d'une inavouable anxiété. Où diable la jeune fille avait-elle passé ces trois-quarts d'heure et comment devait-il interpréter son étrange comportement ?

Les yeux levés vers l'imposante bâtisse de brique rose qui se dressait devant elle, Georgina hésitait, submergée par le flot de souvenirs mitigés que la vue de ces lieux éveillait en elle. Des moments de joie, certes, mais aussi de déplaisantes émotions, suscitées par des scènes de conflit dont aujourd'hui encore, elle n'aimait pas à se remémorer les traumatisantes images…

Paralysée par l'incertitude, elle demeura plusieurs minutes immobile après avoir poussé le portail de fer forgé, qui ouvrait sur une allée bordée de buissons soigneusement taillés. Allons, elle n'allait tout de même pas passer l'après-midi devant cette demeure ! Elle avait peu de temps devant elle, et se devait de le mettre à profit.

Prenant son courage à deux mains, elle monta les marches du perron et actionna nerveusement la clochette d'entrée.

Après quelques secondes d'attente, l'un des battants s'ouvrit, et un vieux majordome au dos voûté apparut sur le seuil, vêtu d'une livrée violette aux parements argentés.

— Mademoiselle ?

— Je suis miss Georgina Cunningham, se présenta-t-elle, feignant une assurance qu'elle était bien loin de ressentir. La nièce de sir Arthur, précisa-t-elle, comme le serviteur ne semblait pas réagir à l'énoncé de son nom.

Pendant quelques secondes, le vieil homme la dévisagea d'un regard quasi soupçonneux, puis son visage s'éclaira, tandis qu'une flamme s'allumait dans ses yeux d'un bleu délavé par le temps.

— Cunningham… Oh ! mon Dieu, seriez-vous la fille de M. Henry, par hasard ?

Georgina hocha la tête et adressa un grand sourire à son interlocuteur, soudain plus rassurée.

— C'est bien moi, en effet. Sir Arthur est-il là ? J'aimerais m'entretenir un instant avec lui, si c'est possible.

A sa plus grande stupéfaction, le majordome lui agrippa le poignet et la tira d'un geste sec à l'intérieur de la maison. Puis il lui fit traverser le vaste hall avant de lui ouvrir la porte d'un petit salon où il se hâta de la pousser, non sans s'être d'abord assuré du regard que les alentours étaient libres.

— Ne bougez surtout pas d'ici, lui intima-t-il à voix basse. Je vais informer sir Arthur de votre visite.

Il s'éclipsa sur ces mots et Georgina, alarmée par ses airs de conspirateur, marcha jusqu'à la fenêtre, où la vue de la place du marché fourmillant de chalands parvint à la rasséréner quelque peu. Au moins pourrait-elle appeler au secours si quelque chose n'allait pas, songea-t-elle avant de se reprendre dans un sursaut. Au nom du ciel, qu'avait-elle à craindre ? Il n'y avait tout de même rien de mal à rendre une visite inopinée à de proches parents !

Ainsi plongée dans ses réflexions, elle tressaillit en entendant la porte du salon s'ouvrir derrière elle. Elle se retourna brusquement. Devant elle, un homme de haute taille à la chevelure poivre et sel, et dont la silhouette ne manquait pas d'une certaine prestance, lui faisait face.

— Oncle Arthur..., murmura-t-elle, inquiète du regard insistant dont l'enveloppait le maître des lieux, qui ne proféra pas la moindre parole de bienvenue.

Mais après quelques instants d'un examen silencieux, sir Arthur s'avança vers elle et lui tendit les mains, mettant un terme à ses craintes.

— Est-ce vraiment vous, Georgina ? Je peux à peine en croire mes yeux. Ravi de vous voir, ma chère enfant...

Rassurée par ce préambule, Georgina voulut presser la main de son oncle, mais avant qu'elle n'ait eu le temps de faire un geste, il l'enveloppa d'une étreinte chaleureuse qui déséquilibra son chapeau et lui coupa le souffle l'espace d'un instant. Puis il la relâcha, lui faisant presque perdre l'équilibre.

— Asseyez-vous, ma chère, je vous en prie, fit-il en la conduisant vers un sofa.

Il attendit qu'elle se fût installée, puis prit place à côté d'elle, tandis qu'elle réparait tant bien que mal le désordre de sa coiffure.

— Je ne saurais vous dire à quel point votre visite me rend heureux, mon enfant, déclara-t-il d'une voix teintée d'émotion. J'avais fini par abandonner tout espoir de réconciliation avec les vôtres. Mon pauvre frère s'est montré si irréductible ! Non que je l'en blâme, notez bien, se hâta-t-il de préciser, comme s'il craignait de l'offenser en parlant ainsi de son père. Même à ses funérailles, votre maman s'est si bien ingéniée à m'éviter que j'ai supposé qu'elle tenait à honorer la volonté du défunt en me tenant à l'écart.

Georgina toussota, embarrassée. Bien qu'elle fût décidée à solliciter l'aide de son oncle, elle s'en serait voulu de lui laisser entretenir de faux espoirs, qui ne pouvaient le conduire qu'à une cuisante déception.

— Maman n'est pas au courant de ma démarche, mon oncle, lui avoua-t-elle. C'est moi seule qui ai conçu le projet de venir vous voir.

Ses mots durent avoir l'effet d'un coup de poignard, car les traits de son oncle s'affaissèrent aussitôt. Mon Dieu, quelle tristesse se peignit alors sur son visage ! Georgina en eut le cœur serré.

— Je vois, murmura-t-il…

Et esquissant le geste de se lever :

— Mais en ce cas, vous ne devriez pas être là, ma chère enfant. Il n'est pas bien d'agir ainsi sans l'assentiment de votre mère.

Dans un élan de désespoir, Georgina s'empara de sa main, le forçant à se rasseoir.

— Je vous en prie, mon oncle, écoutez-moi, l'implora-t-elle en sentant les larmes lui monter aux yeux. Si je suis venue, c'est pour vous supplier de nous accorder votre aide. Papa nous a laissés dans une situation financièrement très difficile. Pour vous dire la vérité, nous n'avons même plus les moyens d'assumer l'éducation de Rupert à Rugby. Quant à Sophie…

Elle fut obligée de s'interrompre, la voix brisée par un sanglot, et fouilla à l'aveuglette dans son réticule, à la recherche d'un mouchoir pour essuyer ses larmes.

D'un geste compatissant, sir Arthur lui releva le menton et se mit en devoir de lui tamponner les yeux avec sa propre pochette de batiste.

— Vous avez été très courageuse de venir, Georgina, murmura-t-il avec douceur.

Il attendit qu'elle eût repris ses esprits avant de poursuivre :

— J'ignorais que votre père eût des difficultés matérielles. Il avait hérité de Westcotes après la mort de votre grand-père, ce qui était bien normal, votre mère et lui ayant pris soin de l'aïeul dans ses vieux jours. Nous suivions un chemin très différent certes, mais je savais qu'il était un bon pasteur et j'avais le plus grand respect pour la vie qu'il s'était choisie.

— Ses paroissiens l'aimaient beaucoup, assura-t-elle, la voix encore tremblante. C'était aussi un bon père, chéri de ses enfants. Mais voyez-vous, il n'a plus été le même après la mort de Harry…

Elle fit une nouvelle pause, la gorge nouée. Qu'il était douloureux d'évoquer ces sombres mois, pendant lesquels son père avait été inconsolable de la mort de son aîné…

— Il avait le cœur brisé, c'était bien compréhensible, soupira sir Arthur en se penchant vers elle pour lui tapoter affectueusement la main. J'ai tenté de le rencontrer à ce moment-là, mais il était si rempli de colère et de ressentiment à mon égard qu'il a refusé de me recevoir. Puis j'ai entendu dire qu'il avait pratiquement cessé d'accomplir les devoirs de sa charge et s'était mis à mener une véritable existence d'ermite. J'aurais voulu renouer des liens fraternels avec lui, par affection pour vous tous, mais je n'avais aucun moyen de l'approcher, n'est-ce pas ?

— Je n'ai jamais compris qu'un homme aussi tendre que mon père ait pu parfois se montrer aussi obstiné, regretta Georgina. Depuis la mort de Harry, il n'avait plus guère de contacts avec nous non plus et passait son temps à lire dans son bureau ou à se promener seul dans les bois. C'est d'ailleurs là qu'il a dû contracter la fluxion de poitrine qui l'a emporté.

Sir Arthur, qui l'avait écoutée en silence, se leva soudain pour aller tirer le cordon de la sonnette.

— Je vais demander à Fisher de vous apporter du thé, mon enfant. Pendant que vous vous désaltérez, je vais moi-même aller parler à votre tante. Je ne serai pas long, je vous le promets. Ne craignez rien, j'ai bien l'intention de vous venir en aide.

Au moment où il quittait la pièce, il manqua se heurter au majordome, qui venait prendre ses ordres.

— Apportez du thé à miss Cunningham, Fisher. Et faites vite, voulez-vous ?

Pour le plus grand étonnement de Georgina, Fisher dévisagea son maître comme s'il venait de lui demander la lune.

— Du thé, monsieur ? Mais c'est la gouvernante qui a la clé de la resserre. Madame nous interdit de…

Sir Arthur se redressa, les sourcils froncés.

— Je sais, Fisher. Mais tout cela est du passé désormais. Dites à Mme Stacpole que *le maître* lui ordonne de faire servir le thé dans le petit salon. Avez-vous compris ?

Un sourire illumina le visage de Fisher, visiblement ravi.

— Bien, monsieur, fit-il avant d'aller transmettre l'ordre à l'office.

*
* *

Sir Arthur se hâta de gagner le boudoir du premier étage, où lady Cunningham avait coutume de passer ses après-midi. En quelques mots, il mit son irascible moitié au courant de la visite de leur nièce et lui exposa la situation de sa famille.

— Et cette effrontée a le toupet de venir mendier céans ! se récria lady Cunningham, qui se leva de sa chaise longue dans un bruissement de soie. Laissez-moi faire, Arthur. Je vais la renvoyer séance tenante d'où elle vient.

Son mari lui agrippa le poignet comme elle se dirigeait déjà vers la porte, toutes voiles dehors.

— Rasseyez-vous, Edwina, et écoutez-moi jusqu'au bout, intima-t-il d'un ton autoritaire auquel elle n'était guère habituée de sa part.

Son maigre visage défiguré par la colère, elle voulut l'écarter pour passer outre, mais il la poussa dans un fauteuil et se pencha vers elle, le regard flamboyant.

— Je vous ai laissé assez longtemps la bride sur le cou, mais c'est terminé, maintenant, déclara-t-il d'un ton glacial. Votre caractère impossible et vos préjugés m'ont coupé de mes proches et privé de quatorze années de bonheur. C'en est fini, à présent. Me suis-je bien fait comprendre ?

— Comment osez-vous me parler sur ce ton ! glapit Edwina, qui prit appui sur les bras de son fauteuil pour tenter de se relever. Après m'être fait littéralement chasser de la maison de ces gens, j'ai enfin l'occasion de leur rendre la pareille, et vous croyez que je vais m'en priver ? Vous avez perdu la tête, mon ami ! Je vais aller prier cette petite mijaurée de quitter ma maison sur-le-champ…

— *Votre* maison ? La mienne, Edwina ! rectifia sir Arthur avec superbe. Tout ici m'appartient, vous m'entendez ? Vous n'avez déjà que trop dicté votre loi dans cette demeure.

A ces mots, une expression haineuse s'alluma dans le regard sombre d'Edwina Cunningham.

— Pardieu, comme vous avez changé, Arthur ! Cette jeune sorcière a déjà distillé son poison dans votre esprit, à ce que je vois…

— Elle m'a simplement ouvert les yeux, la reprit-il avec un calme bien plus terrible qu'un accès de fureur. Je me suis montré trop longtemps faible avec vous, Edwina. A cause de votre incurable mesquinerie, j'ai perdu l'affection de mon frère et me suis éloigné de mes neveux et de mes nièces. Mais j'ai bien l'intention de faire amende honorable auprès des miens et de reconquérir le terrain perdu, s'il en est encore temps.

— Mais vous ne pouvez prendre en charge la famille de votre frère, voyons ! Nous avons nos propres enfants, faut-il vous le rappeler ? s'exclama Edwina, en espérant faire jouer une corde sensible. Vous les léseriez gravement en prodiguant votre argent à cette portée de va-nu-pieds.

— *Nos* enfants ? répéta sir Arthur d'un ton ironique. Une fille seulement, dont l'ingratitude et l'arrogance s'exercent à nos dépens, depuis qu'elle a épousé un vicomte. Faut-il vous rappeler que depuis son mirifique mariage, elle se juge trop haut placée pour franchir le seuil de cette maison ou nous inviter dans la sienne ?

Lady Cunningham haussa les épaules, décidée à justifier coûte que coûte l'attitude de sa fille chérie.

— Elle a beaucoup d'obligations sociales à remplir, voilà tout. Comment pouvez-vous songer à lui en faire reproche ? Elle mène la vie que nous avons toujours souhaitée pour elle.

— Que *vous* avez souhaitée, Edwina. Pour ma part, je me serais contenté de la savoir heureuse dans un foyer digne de ce nom, comme l'était celui de mon frère.

A cette seule évocation, le visage de lady Cunningham exprima le plus parfait mépris.

— Votre frère était un niais, dit-elle sans détour. Sa sentimentalité l'a perdu. Songez un peu, un simple pasteur de village, le nez toujours plongé dans un livre… Et vous appelez cela réussir sa vie ? Je ne m'étonne pas qu'il ait laissé sa famille sans le sou. Qu'a-t-il jamais fait pour améliorer leur sort ?

— Voulez-vous dire qu'il aurait dû suivre mon exemple ? riposta sir Arthur avec amertume. Toujours pris par les affaires et passant tout mon temps à accroître notre fortune, pour vous donner le plaisir d'éblouir vos amies et de jouer un rôle dans les salons londoniens !

Son épouse redressa le buste d'un air offensé.

— Mes relations à moi sont issues des meilleures familles du pays, argua-t-elle. Quant à ma famille…

— Votre famille ? interrompit sir Arthur, lâchant la bonde à des sentiments qu'il avait trop longtemps tenus en bride. Votre tante a épousé un obscur baronet et vous avez toujours été vous-même un objet de ridicule aux yeux des grandes dames que vous prétendiez imiter.

Il esquissa une moue sarcastique, avant d'ajouter :

— Je suis devenu moi-même la risée de tous, pour n'avoir pas su vous obliger à rester à votre place. Mais tout cela est terminé, Edwina. J'ai supporté assez longtemps votre égoïsme et vos sottises, à Clarissa et vous. Désormais, c'est moi le maître dans cette maison.

Elle accueillit cette déclaration d'un éclat de rire insultant.

— Et comment comptez-vous m'imposer ce nouvel état de choses, si je puis me permettre ? Avez-vous l'intention de me battre devant les serviteurs ?

Gardant son calme, sir Arthur eut un mince sourire.

— Je n'irai pas jusque-là, ma chère, bien que l'idée soit tentante, je dois en convenir. Il me suffira de vous couper les vivres, voilà tout. C'est moi qui tiendrai désormais les cordons de la bourse, pour tout ce qui concerne la vie domestique. La solution est si simple que je me demande pourquoi je n'y ai pas songé plus tôt.

Lady Cunningham fixa sur lui un regard horrifié.

— Arthur, vous… vous n'allez tout de même pas faire

cela ? balbutia-t-elle en tendant une main implorante vers lui. Je vous promets que…

— Nous verrons cela, répliqua-t-il froidement. Et maintenant, si vous voulez bien m'excuser, je dois retourner près de Georgina. Je l'ai déjà fait attendre trop longtemps, la pauvre enfant. Le meilleur conseil que je puisse vous donner, c'est de reprendre vos esprits et de nous rejoindre dans le petit salon. C'est à mon avis ce que vous avez de mieux à faire si vous voulez vous ménager un avenir supportable à mes côtés.

La bouche ouverte, elle regarda son mari quitter la pièce, incapable de croire au changement radical qui venait de s'opérer en lui. Voyons, ce n'était pas possible ! Il avait été si longtemps un époux malléable, soumis à ses moindres désirs… Bien entendu, ils menaient chacun leur vie de leur côté, mais jamais il ne s'était permis de contrer ses décisions ni d'intervenir dans la façon dont elle gérait la maisonnée. Et maintenant, voilà qu'il prétendait jouer les tyrans domestiques ?

Non, impossible, ce sursaut d'autorité ne pouvait être qu'un feu de paille. Il lui suffirait d'un peu d'habileté pour reprendre l'avantage, et elle était assez intelligente pour ramener Arthur dans le droit chemin, mine de rien.

Evidemment, elle était peut-être allée un peu trop loin cette fois, ce qui expliquait ce brusque mouvement de révolte chez un homme qu'elle avait toujours jugé mou et sans caractère. Mais il était bien trop tôt pour s'avouer vaincue. La femme combative qu'elle était ne se rendrait pas avant d'avoir livré bataille pour reconquérir son ancienne position !

# Chapitre 6

Son thé achevé, Georgina leva les yeux pour la dixième fois vers la pendule en argent qui ornait le dessus de la cheminée. Mon Dieu, l'heure qu'elle avait fixée à M. Latimer était passée depuis longtemps. Qu'allait-il penser de son retard ? Il l'avait gratifiée d'un regard si étrange, lorsqu'il lui avait proposé son assistance sur le parvis de l'église… Ses yeux gris foncé, dont la prunelle sombre contrastait avec la nuance dorée de sa chevelure, avaient interrogé les siens avec une profondeur dont le souvenir la troublait encore.

L'espace d'un instant, elle avait été sur le point de se confier à lui, mais un dernier reste de bon sens l'avait retenue, Dieu merci. A quoi bon lui faire des confidences ? Le malheureux n'était qu'un artiste désargenté, et l'eût-il voulu qu'il aurait été dans l'incapacité de l'aider.

Peut-être aurait-elle dû accepter l'offre de mariage de Frank Turner, après tout, se prit-elle à regretter. Elle serait aujourd'hui dûment mariée avec un homme fort à son aise, et sa famille n'aurait pas à affronter les affres de la misère. Le problème, c'était qu'elle n'éprouvait aucun sentiment particulier pour le fils du coroner, aussi agréable qu'il fût par ailleurs.

Non, il avait fallu qu'elle sentît son cœur battre pour un homme sans sou ni maille, un ancien militaire qui n'avait que son talent de dessinateur pour gagne-pain… *Pauvre sotte*, se morigéna-t-elle. *C'est bien à toi de reprocher à Kate sa tendance aux rêveries romantiques ! Tu ne vaux pas mieux qu'elle, décidément...*

Elle en était là de ses réflexions, lorsqu'elle entendit un bruit de pas résonner de l'autre côté de la cloison. Enfin, le maître des lieux revenait vers elle ! Soulagée, elle se tourna vers le seuil de la pièce, pleine d'espoir quant à l'issue de sa requête. Mais au lieu de sir Arthur, ce fut un inconnu aux façons dégagées qui pénétra dans le salon, dont il referma la porte derrière lui. Robuste et mafflu, l'homme avait la mine indéniablement florissante, et sa haute cravate blanche, qui faisait plusieurs fois le tour de son cou, tranchait sur le teint rougeaud de son visage.

— Que vois-je là ? s'écria-t-il en découvrant Georgina, qui fixait sur lui un regard au moins aussi étonné que le sien. Une agréable surprise, par ma foi !

Tirant un face-à-main de la poche de son gilet de satin coupé à la dernière mode, il l'examina sans la moindre vergogne, avec une arrogance qui la laissa pantoise. De toute évidence, elle avait devant elle l'un de ces dandys dont les excentricités défrayaient la chronique, aussi élégant dans son habit de velours bleu aux larges boutons d'argent que s'il sortait tout droit d'une réception londonienne.

— Hum..., fit-il pour tout commentaire, après avoir lorgné avec un évident dédain les moindres détails de sa toilette.

Et ajustant de nouveau son instrument pour le braquer directement sur ses seins :

— Que faites-vous donc là, ma poulette ?

Georgina se leva sous l'affront et fit instinctivement un pas en arrière, choquée par tant de vulgarité. Qui était cette brute ? Et pourquoi son oncle n'était-il toujours pas revenu ?

— Sir Arthur m'a demandé de l'attendre ici, expliqua-t-elle d'une voix contrainte, en s'efforçant, malgré ses craintes, de garder la tête haute. Il va redescendre d'une seconde à l'autre.

— Vraiment ? ricana son interlocuteur. Eh bien, pourquoi

ne pas nous distraire un peu en attendant son retour, hein ? Nous avons tout le temps, je pense…

Pour son plus grand effroi, l'homme s'avança vers elle, l'obligeant à reculer jusqu'au mur du fond, contre lequel elle se retrouva bientôt adossée.

— Jolie fille, vraiment…, grogna-t-il en lui passant un bras autour de la taille.

Sans lui laisser le temps d'esquisser un geste, il l'attira contre lui d'un geste brutal, si près de son torse qu'elle put sentir l'écœurante odeur de whiskey qu'exhalait son haleine. Poussant un cri de détresse, elle se débattit pour échapper à son étreinte, mais en vain. Il l'écrasait de tout son poids, la laissant à peine respirer, et avant qu'elle n'ait eu le temps de détourner la tête, elle sentit ses lèvres épaisses se poser sur les siennes.

Révulsée par ce contact, elle lutta de plus belle pour se dégager, les oreilles bourdonnantes et la gorge contractée par une violente nausée. Mais que faire contre un individu de cette stature, aux forces décuplées par le désir ? Elle aurait voulu hurler au secours, mais aucun son ne sortait de sa bouche. Horrifiée de sentir le corps massif du goujat se presser contre le sien, elle se mit à lui marteler la poitrine de ses poings fermés.

— Laissez-moi, espèce de mufle ! parvint-elle à articuler, lorsqu'il releva la tête pour reprendre son souffle.

Loin de le dissuader, ces insultes semblèrent exciter davantage son agresseur… Mon Dieu, ce cauchemar allait-il jamais prendre fin ? Mais c'est alors que la porte du salon s'ouvrit brusquement derrière eux. Avec un tressaillement, l'homme la relâcha aussitôt et s'écarta d'un pas, au moment même où sir Arthur pénétrait dans la pièce.

— Carstairs ! s'écria le maître des lieux, furieux à la vue du visiteur. Que faites-vous ici ?

Saisie d'un violent tremblement, Georgina se laissa tomber

sur le siège de la fenêtre, où elle tâcha tant bien que mal de retrouver sa respiration.

— Bonjour, Cunningham, fit le nommé Carstairs, qui se laissa choir négligemment sur le sofa et croisa ses lourdes jambes devant lui. Je passais dans le quartier et il m'est venu à l'idée de rendre une petite visite à ma cousine. Agréable maison, décidément, ajouta-t-il en désignant la pièce d'un geste nonchalant. L'ameublement est parfait, je vous félicite.

— Edwina est dans son boudoir, répliqua sèchement sir Arthur. Si vous voulez bien monter la retrouver… J'ai à m'entretenir en privé avec ma nièce.

Les yeux de Carstairs s'arrondirent de surprise à cette précision.

— Pas possible ! La belle enfant est donc votre nièce ? Du diable si je m'en doutais…

Quittant paresseusement son siège, il vint s'incliner devant Georgina qui, encore sous le choc de son agression, luttait pour se composer une attitude sereine.

— Enchanté, ma chère. J'étais sur le point de me présenter, lorsque votre oncle est venu inopinément m'interrompre.

— Georgina, voici Gerald Carstairs, intervint sir Arthur avec une courtoisie de commande. C'est le cousin de votre tante Edwina. Inutile de vous lever, mon enfant, ajouta-t-il, comme elle esquissait un vague geste en ce sens. M. Carstairs va nous laisser, à présent.

Comprenant qu'il était inutile d'insister, l'intéressé salua la jeune fille avec désinvolture et quitta le salon en sifflotant un air à la mode. Dès que la porte se fut refermée derrière lui, sir Arthur se précipita vers sa nièce.

— Il ne vous a pas manqué de respect, j'espère ? demanda-t-il avec inquiétude.

Georgina, qui ne voulait pas le mettre dans une situation difficile, lui pressa affectueusement la main.

— Rien de grave, mon oncle, assura-t-elle en s'efforçant

de réprimer son tremblement. Mais vous êtes arrivé au bon moment, je dois dire. Quel affreux individu, vraiment..., ajouta-t-elle d'une voix altérée.

Sir Arthur approuva d'un vigoureux hochement de tête.

— C'est une franche canaille. S'il n'était pas apparenté à votre tante, il y a longtemps que je lui aurais interdit de franchir le seuil de cette demeure. C'est une chose bien triste à dire, mais aucune femme n'est en sécurité en sa compagnie.

A ces mots il lui jeta de nouveau un regard alarmé :

— Vous êtes sûre que vous allez bien, ma chère enfant ? Quand je pense que cet odieux personnage a choisi ce moment précis pour nous imposer sa présence... J'en suis profondément navré. Moi qui étais si heureux de vous avoir ici ! Vous ne voudrez sans doute plus revenir, n'est-ce pas ? Comme si cette maison ne vous avait pas déjà laissé d'assez mauvais souvenirs...

— Voyons, mon oncle, ne dites pas cela, protesta Georgina, qui commençait à reprendre ses esprits. Vous m'avez réservé un accueil chaleureux et Dieu sait que je n'en espérais pas tant.

Elle lança un nouveau coup d'œil à la pendule avant d'ajouter :

— Mais je dois y aller, maintenant. Ma sœur va se demander ce qu'il est advenu de moi et je préférerais que ma visite ici reste confidentielle jusqu'à ce que j'en parle à maman.

— Gardez le secret encore un jour si vous pouvez, pria sir Arthur, qui se pencha pour lui embrasser la joue. Je rendrai visite à votre mère dès lundi, je vous le promets. Jusque-là, vous m'obligerez de n'en dire mot à quiconque.

Il sonna le majordome, qui accourut à son appel.

— Reconduisez Mlle Georgina, Fisher.

Le vieil homme s'inclina et montra le chemin à la visiteuse, à qui il ouvrit la porte avec un chaleureux sourire.

— J'espère vous revoir bientôt céans, mademoiselle, assura-t-il en inclinant sa tête chenue. Votre visite a été une grande joie pour mon maître.

— Moi aussi, je suis très heureuse d'être venue, affirma-t-elle, bien que le souvenir de l'affreux Carstairs lui fît courir des frissons dans le dos.

Parvenue dans l'allée, elle se retourna d'un mouvement machinal pour regarder la maison et crut voir bouger un rideau à l'une des fenêtres du premier. Sans doute Edwina guettait-elle son départ, supposa-t-elle avec un vague sentiment de malaise. Mais pourquoi sa tante n'était-elle pas venue la saluer dans le salon ? Peut-être aurait-elle l'occasion de la voir lors d'une prochaine visite.

Pour l'heure, il était plus que temps de reprendre le chemin de l'église. Elle était en retard d'une bonne demi-heure sur le rendez-vous fixé à M. Latimer, et ne voulait surtout pas le faire attendre davantage. Mais le marché devait être sur le point de fermer, car de nombreux marchands aux bras chargés de paniers encombraient le trottoir, l'obligeant sans cesse à descendre sur la chaussée. Hors d'haleine, elle descendit en courant l'allée qui menait au porche et s'apprêtait à en franchir les marches, lorsqu'elle se heurta de plein fouet à un jeune homme de haute taille, qui la saisit par le bras pour l'empêcher de tomber.

— Oh ! mon Dieu, monsieur Mansell ! s'exclama-t-elle, désolée. Pardonnez-moi, j'étais un peu pressée et…

— C'est moi qui m'excuse, miss Cunningham, fit le jeune vicaire avec empressement. Dieu sait que je ne m'attendais pas à vous rencontrer ici. A vrai dire, je pensais ne pas vous revoir avant la messe de demain à Compton Lacey.

Il sembla hésiter un instant, avant de fixer sur elle un regard plein d'espoir :

— Il y a deux semaines que je suis sans nouvelles et j'avoue que je me ronge les sangs. N'avez-vous rien de particulier à me dire ?

Georgina lui saisit les mains comme pour adoucir par ce geste la brutalité de sa réponse.

— Non, monsieur Mansell, rien du tout, assura-t-elle avec un sourire navré. Mais ne désespérez pas pour autant. Peut-être y aura-t-il du nouveau dans les jours qui viennent, qui sait ?

Pour la énième fois depuis une heure, Edward s'approcha de la porte et jeta un coup d'œil aux alentours. Ebloui par le soleil, après la pénombre de l'église, il mit quelques secondes à distinguer la scène qui s'offrait à ses yeux. Debout à quelques pas du porche, Georgina Cunningham serrait les mains d'un grand jeune homme à la chevelure blond pâle, dont le regard était rivé sur le sien avec une intensité quasi implorante.

Frappé au cœur par ce spectacle, Edward recula instinctivement dans l'obscurité de l'édifice, où il fut rejoint quelques secondes plus tard par une Georgina à la poitrine haletante, suivie du jeune homme inconnu qui semblait ne pas vouloir la quitter d'une semelle.

— Monsieur Latimer, comme je suis heureuse de vous retrouver ! Je craignais que vous ne vous soyez lassé de m'attendre.

Feignant un calme qu'il n'éprouvait guère, Edward examina la retardataire d'un regard inquisiteur et sa gorge se serra à la vue de ses lèvres légèrement enflées et rougies. *Elle l'a embrassé*, songea-t-il en serrant les mâchoires.

— La petite course que j'avais à faire m'a pris plus de temps que prévu, expliqua cependant Georgina, confuse et rieuse à la fois. Vous devez être très fâché contre moi, n'est-ce pas ?

Edward se contenta de hausser les épaules, résigné.

— Je vous avais promis de vous attendre, déclara-t-il d'un ton faussement placide.

Les joues de la jeune fille s'empourprèrent et elle se tourna vers son compagnon :

— Monsieur Mansell, je vous présente notre nouveau voisin, M. Latimer. Je ne crois pas que vous l'ayez déjà rencontré…

Mansell s'inclina en souriant devant Edward et lui tendit la main.

— Enchanté, monsieur Latimer. John Mansell, pour vous servir.

— M. Mansell était le vicaire de mon père, précisa aussitôt Georgina. Nous espérons qu'il obtiendra le bénéfice de Compton Lacey et pourra prendre sa succession.

Sa succession ? Mais alors... Se pouvait-il que Georgina eût choisi Mansell comme élu de son cœur ? Abattu par cette idée, Edward échangea une brève poignée de main avec le vicaire.

— Excusez-moi, mais il nous est impossible de nous attarder davantage, s'excusa-t-il sèchement. La sœur de miss Cunningham doit se faire un sang d'encre.

— Bien sûr, je comprends..., répondit Mansell, visiblement interloqué.

Le vicaire prit alors congé d'une inclination du buste et se dirigea vers la porte de la sacristie.

— A demain matin, miss Cunningham, murmura-t-il en échangeant un dernier regard avec Georgina.

L'insolent ! Comment osait-il ? songea Edward, qui serrait les poings de fureur.

La jeune fille lui jeta un regard désolé.

— Je vois bien que vous n'êtes pas content, monsieur Latimer. Mais vraiment, je n'ai pu faire autrement... Je croyais pouvoir m'acquitter plus rapidement de ma mission, mais il est survenu une complication imprévue.

Edward, qui n'était pas dupe, l'enveloppa d'un regard critique.

— Votre *mission* a surtout eu pour résultat d'aplatir les rubans de votre corsage, observa-t-il d'un ton sarcastique. Je vous conseille de les défriper avant d'aller retrouver miss Katharine, sans quoi elle va penser que je me suis livré à Dieu sait quel assaut sur votre vertu.

A ces mots, le visage de Georgina vira au pourpre, tandis

que ses yeux d'un bleu profond débordaient tout à coup de larmes.

Consterné par l'effet qu'avaient eu ses propos, il s'avança vers elle d'un mouvement impulsif et saisit son visage entre ses mains, l'obligeant ainsi à le regarder en face.

— Oh ! mon Dieu, je ne voulais pas vous bouleverser... Venez vous asseoir, je vous en prie, ajouta-t-il en la poussant vers l'un des bancs.

L'espace de quelques secondes, la jeune fille demeura tête baissée, ses frêles épaules secouées de sanglots silencieux. Edward, qui ne disait plus un mot, se sentit atrocement coupable. De quel droit lui avait-il tenu ce discours ? Aussi grande que fût sa déception de la savoir engagée à un autre, ce n'était pas une excuse pour être aussi cinglant. Mais toute de même, il n'était pas possible que sa remarque fût la seule cause de cette débâcle... Non, cela devait être lié à l'entrevue qu'elle venait d'avoir. Mansell y était-il pour quelque chose ? Il pria à part lui pour que ce dernier n'eût pas la malencontreuse idée de sortir de la sacristie. Mais Dieu merci, l'église resta vide et Georgina se calma peu à peu, rassurée par la tranquillité qui régnait sur les lieux.

— Au nom du ciel, Georgina, ne voulez-vous pas me dire ce qui s'est passé ? murmura-t-il enfin en lui tendant son mouchoir. Je ferai tout ce qui est en mon pouvoir pour vous aider, je vous le promets.

Pendant quelques secondes, Georgina se contenta de tamponner sans mot dire ses grands yeux bleu-violet tout noyés de détresse.

— Je... je ne peux pas vous le dire..., bredouilla-t-elle enfin. J'ai donné ma parole. S'il vous plaît, ne m'en demandez pas davantage.

— Ce scélérat vous a brutalisée, n'est-ce pas ? questionna-t-il en serrant les poings.

Et comme elle se taisait, le mouchoir pressé sur ses lèvres :

— Mais pourquoi le protégez-vous, palsambleu ?

Georgina leva vers lui un regard stupéfait. Se pouvait-il que M. Latimer… Non, impossible. A moins d'avoir un sixième sens, comment aurait-il pu être au courant de sa mésaventure avec Carstairs !

— De… de quel scélérat parlez-vous donc ? s'enquit-elle avec prudence.

— Mais de ce Mansell, bien sûr ! Il a le regard torve, du reste, et j'ai vu tout de suite que c'était un individu peu recommandable…

Georgina se releva d'un bond, horrifiée par le quiproquo.

— Mais non, vous vous méprenez complètement ! Je me suis heurtée à M. Mansell juste au moment où j'atteignais le parvis. Je me dépêchais parce que j'étais en retard, vous comprenez…

Edward haussa les sourcils, incrédule.

— Vous niez l'évidence. Il vous tenait les mains, je l'ai vu !

— Il m'a simplement retenue au moment où j'allais tomber. En fait, je… j'avais un message pour lui. Du moins…

Elle s'interrompit, confuse, puis secoua résolument la tête.

— Non, je ne peux pas vous le dire, fit-elle d'une voix contrite, tout en tortillant le mouchoir entre ses doigts fébriles. C'est un secret qui ne m'appartient pas.

Il accueillit la remarque d'un rire sarcastique.

— Décidément, vous êtes une inépuisable source de mystères, miss Cunningham !

*Comment ? Quel toupet !* s'indigna Georgina. Cette ironie était bien mal placée, de la part d'un homme aussi énigmatique que M. Latimer.

— Pas plus que vous, mon cher ! répliqua-t-elle en relevant le menton d'un geste belliqueux. Après tout, rien ne m'oblige à vous raconter mes affaires, n'est-ce pas ? Je vous avais demandé de m'attendre, ce que vous avez scrupuleusement fait, je dois dire. Sur ce, je me suis excusée pour mon retard. Il me semble que nous sommes quittes.

Décidément, il fallait toujours qu'elle eût le dernier mot... songea Edward. Ce qui était à la fois agaçant et terriblement charmant. Il plongea alors dans un salut railleur.

— Tout à fait quittes, mademoiselle.

Mais il n'était qu'à moitié sincère et une obscure rancune lui tenaillait le cœur. Enveloppant la jeune fille d'un regard critique, il avisa les rubans de son corsage.

— Si je puis me permettre ? ajouta-t-il d'un ton goguenard.

Sans attendre la réponse, il défripa d'un geste preste les coques de satin, pour la plus grande confusion de Georgina dont le visage s'empourpra de nouveau.

— Là, voilà qui est plus présentable ! commenta-t-il en reculant d'un pas pour juger de l'effet.

Et comme elle détournait les yeux, troublée :

— Y allons-nous, maintenant ? dit-il en lui offrant le bras. Dieu sait ce que vont penser votre sœur et Andrew ! Ils doivent s'imaginer que nous nous sommes perdus.

Après avoir repris ses esprits, Georgina posa la main sur son avant-bras et sortit avec lui dans la lumière adoucie du crépuscule, dont les rayons jouaient sur les toits de la ville.

Soucieuse de faire traîner ses achats en longueur, Katharine avait fait bouleverser de fond en comble les étagères de Mme Suzette, sans arrêter son choix sur la moindre coiffure. Mais après trois quarts d'heure de ce manège, elle nota quelques signes d'agacement chez son compagnon et commença à se désoler à part elle. Au nom du ciel, que faisait donc Georgina ? Si elle les faisait attendre encore longtemps, Andrew risquait fort de perdre patience. Les hommes n'aimaient pas s'attarder dans les boutiques, c'était un fait bien connu.

— Hum…, fit-elle en jetant un regard perplexe autour d'elle. Plus je vois de modèles, moins j'arrive à me décider.

Elle fit ouvrir quelques cartons de plus, tout en surveillant la porte du coin de l'œil.

— Ne croyez-vous pas que celui-ci irait parfaitement bien ? se risqua enfin à suggérer Andrew, comme elle essayait pour la troisième fois une capote de paille doublée de soie bleu ciel et ornée d'une délicieuse guirlande de roses. Il vous va à ravir, en tout cas.

— Hum…, répéta Kate, la bouche plissée dans une moue dubitative. Je crois tout de même que je vais essayer de nouveau le petit shako vert.

D'un geste empressé, Mme Suzette alla ôter le couvre-chef de son champignon de bois et le lui présenta, non sans zézayer avec son inimitable accent français :

— Celui-ci est idéal pour la chasse. Voyez ces superbes plumes rouges, qui frisent avec une délicieuse insolence ! Madame est une excellente cavalière, bien entendu ?

Kate ne put s'empêcher de rougir et jeta un regard gêné à son fiancé.

— Euh… Pas vraiment. Mais le chapeau pourrait aller à la rigueur avec un manteau de voyage, ne croyez-vous pas ?

— Ce serait plutôt… inhabituel, dirais-je, répondit la modiste en se permettant un petit sourire de dédain. Mais bien entendu, si c'est ce que souhaite madame…

Ennuyé par cet échange, Andrew s'approcha de la vitrine et jeta un regard sur la place du marché, qui commençait à se vider de ses étals et de ses chalands. Si seulement Kate pouvait enfin se décider ! Il ne demandait pas mieux que de lui acheter toute la boutique si elle le désirait, pourvu qu'elle arrêtât enfin son choix ! Mais comment lui en vouloir de son indécision ? La pauvre enfant était encore toute bouleversée par le report de leur mariage…

Comme il examinait d'un œil morne les alentours, il distingua un couple qui approchait sous les arcades de la place.

— Voilà Gina et Latimer ! s'écria-t-il en se tournant vers Kate. Votre sœur va certainement vous aider à choisir, ma chérie.

Eh bien, ce n'était pas trop tôt, songea Katharine en exhalant un soupir de soulagement. Il était temps de reprendre la situation en main.

— Veuillez emballer la capeline de paille, le chapeau aux rubans jaunes et le feutre, ordonna-t-elle à Mme Suzette sans la moindre hésitation. Oh ! Andrew, comment vous remercier ? Vous avez eu une patience d'ange, vraiment ! Et toutes ces belles coiffures… Je vais les mettre de côté jusqu'à notre mariage. Vous serez très fier de moi quand je les porterai, je vous le promets.

Andrew lui enlaça tendrement la taille et déposa un discret baiser sur sa joue.

— Je suis déjà fier de vous, ma colombe, lui chuchota-t-il à l'oreille.

Touchée, Kate le remerciait encore avec effusion, quand les deux retardataires firent enfin leur entrée dans la boutique. Impatiente de connaître l'issue de la démarche, Kate interrogea sa sœur du regard, pleine d'espoir, mais son sourire s'évanouit aussitôt. A en juger par l'air maussade qu'elle affichait, les choses ne s'étaient pas aussi bien passées qu'elle l'espérait. Elle se garda cependant bien de faire le moindre commentaire. Les deux sœurs auraient plus tard tout le temps de parler en privé.

— Qu'allons-nous faire maintenant ? s'enquit-elle en se tournant vers Andrew, occupé à régler la modiste.

— J'ai commandé un goûter à l'auberge, ma chérie. Ensuite, il sera grand temps de rentrer, car il me semble que le ciel s'est légèrement couvert. Etes-vous contente de votre choix, au moins ?

— Il faudrait que je sois difficile ! s'exclama-t-elle en se penchant à l'oreille de son futur mari pour ajouter dans un murmure : oh ! Andrew, vous êtes si bon pour moi… Quelle chance j'ai de vous avoir pour fiancé !

Sur cette charmante conclusion, tous les quatre retournèrent à l'auberge, où un thé copieux les attendait déjà dans l'un des cabinets particuliers. Mais le temps tournait décidément à l'orage et ils décidèrent d'un commun accord de ne pas s'attarder à la collation. Après s'être hâtivement restaurés, ils reprirent sans attendre le chemin de Compton Lacey, inquiets d'entendre résonner dans le lointain les premiers grondements de l'orage.

Etonné par le silence obstiné de sa voisine dans le landau qui les reconduisait à Compton Lacey, Edward lui jeta un regard de côté. Dieu du ciel, pourquoi avait-elle la mine si sombre ? Elle qui était si gaie d'habitude ! Quelque chose de grave avait dû se produire, il en avait l'intime conviction.

— Ne m'avez-vous pas assuré que je pouvais être au moins votre ami ? dit-il enfin, désireux de lui venir en aide coûte que coûte. En ce cas, permettez-moi de prendre ma part de vos soucis, miss Cunningham. Pourquoi ne pas vous confier à moi ? Un tourment partagé pèse moins lourd sur le cœur…

Une ombre de sourire se posa sur les lèvres roses de Georgina, sincèrement touchée par la sollicitude de son compagnon.

— Je vous suis très reconnaissante de votre offre, monsieur Latimer, vraiment. Mais j'ai bon espoir que mes problèmes se trouveront bientôt résolus. Ce n'est qu'une question de jours, j'ose le croire.

Du moins l'espérait-elle. Le seul souvenir de l'odieuse scène qu'elle avait vécue chez son oncle lui donnait des frissons.

— Il est vrai que j'ai eu une journée un peu difficile,

admit-elle en baissant les yeux. Mais d'ici peu de temps, tout cela n'appartiendra plus qu'au passé.

Tempérant son refus d'un sourire, elle releva la tête et s'excusa avec grâce :

— Pardonnez-moi de ne pas vous en dire davantage, mais il s'agit d'affaires de famille et la discrétion s'impose en pareil cas.

Edward se sentait démuni de ne pouvoir se rendre utile, mais il aurait été malséant d'insister davantage. S'inclinant devant ses réticences, il se contenta de lui saisir la main, qu'il pressa doucement avant de la reposer dans le giron de la jeune fille.

— Merci, monsieur Latimer, murmura-t-elle avec un adorable sourire, qui creusa des fossettes dans ses joues. J'apprécie infiniment votre délicatesse.

Sous le charme, Edward aurait voulu que le trajet n'eût jamais de fin. Mais Andrew, qui craignait de se faire devancer par l'orage, fit mener l'attelage grand train jusqu'à Compton Lacey, et le landau ne tarda pas à venir se ranger dans la cour de Westcotes, où le fermier mit promptement pied à terre. Avec une galanterie empressée, il se tourna vers Kate pour l'aider à sauter à terre. De son côté, Edward s'apprêtait à tendre la main à Georgina, lorsque Andrew l'arrêta d'un geste.

— Laissez donc, mon gars, je m'en occupe. Inutile de fatiguer votre jambe à descendre. Le temps de décharger ces boîtes à chapeaux et je vous rejoins pour vous conduire au cottage.

Ce fut donc avec un pincement au cœur qu'Edward vit les deux jeunes filles disparaître avec Andrew à l'intérieur de la maison. Du reste, celui-ci ne s'attarda pas plus qu'il n'était nécessaire, et deux minutes plus tard, il s'installait de nouveau sur le siège à côté de lui.

— L'un dans l'autre, c'était une fort agréable journée, fit-il avec un sourire béat. Evidemment, je me sens plutôt déplacé dans la boutique d'une modiste et je crains de n'avoir pas été à Kate d'un grand secours. Un véritable éléphant dans un magasin de porcelaine ! Autant vous dire que je vous attendais avec impatience, Georgina et vous. J'ai cru que je ne vous verrais jamais revenir.

Et d'ajouter avec un coup d'œil oblique :

— Que diable avez-vous fait pendant tout ce temps, dites-moi ? Vous êtes restés ensemble une bonne heure et demie, en fin de compte.

La question était épineuse, mais Edward, qui s'y était préparé, tenait déjà la réponse toute prête.

— Grâce à miss Cunningham, qui a bien voulu m'aider de ses conseils, j'ai pris de nombreux croquis de l'église sous ses meilleurs angles, affirma-t-il. Ensuite, je suis allé expédier un paquet à la poste, pendant que miss Georgina procédait à quelques emplettes. Mais j'en ai eu fini avant elle et suis allé l'attendre devant l'église. Vu l'extrême patience dont elle avait fait preuve à mon égard, il aurait été déplacé de ma part de lui reprocher son retard, convenez-en.

Andrew ponctua la remarque d'un petit rire complice.

— Les femmes mettent toujours un temps infini à choisir leurs falbalas, j'en sais quelque chose !

Il se tut un instant et fit mine de chercher autour de lui. Puis il remarqua, haussant un sourcil :

— Mais je ne vois pas votre attirail de dessin, voisin. Où diable l'avez-vous laissé ?

Edward se redressa, effaré.

— Grands dieux ! J'ai dû oublier mon carnet à la poste... A moins que ce ne soit dans l'église. Quel distrait je fais parfois...

— Oui, on se demande bien où vous aviez la tête, commenta Andrew d'un ton léger. Mais ne vous inquiétez pas, mon vieux. J'enverrai dès demain matin l'un de mes valets procéder à une enquête. Il serait dommage que vous perdiez tous les beaux dessins que vous avez faits aujourd'hui, n'est-ce pas ?

Attentionné, ou sarcastique ? Edward aurait été bien en peine de le dire et il ne put s'empêcher de sonder son voisin d'un rapide regard. Mais celui-ci semblait l'innocence même et il se détendit aussitôt à la vue de son profil tranquille, qui se détachait sur le ciel obscurci de nuages. Que lui prenait-il de soupçonner ce brave homme ? Il ne pouvait se douter de rien, voyons !

— Merci beaucoup de votre sollicitude, marmonna-t-il d'un ton aussi naturel que possible. Quelques dessins de plus ou de moins, c'est en effet important pour un modeste gribouilleur comme moi. Comme vous le savez, les artistes tirent souvent le diable par la queue !

Si Andrew avait encore des doutes, il eut la bonne grâce de ne pas les montrer, et le trajet s'acheva en silence, pour le plus grand soulagement d'Edward.

# Chapitre 7

Les deux sœurs pénétrèrent dans le salon, où Mme Cunningham attendait impatiemment le compte rendu de leur journée. Bien qu'elle tombât de sommeil, Katharine était décidée à prévenir les questions maternelles qui auraient pu se révéler embarrassantes pour Georgina. Aussi se lança-t-elle dans un récit enthousiaste de leur petite expédition à Dunchurch, laissant à peine à sa mère le loisir de placer une parole.

— Je suis heureuse que vous ayez apprécié cette sortie, déclara Mme Cunningham, lorsque sa cadette eut enfin achevé son récit. Après tout, ç'aurait dû être aujourd'hui *votre* jour, ma pauvre chérie, et il est normal que vous ayez profité de cette petite escapade. J'ose espérer que Georgina s'est tout de même un peu amusée elle aussi, ajouta-t-elle avec un brin de malice.

Georgina, légèrement embarrassée, se contenta de hocher la tête, tandis que Kate s'empressait de conclure, étouffant un bâillement :

— Je suis épuisée, nous ferions peut-être mieux de nous mettre au lit. Entendez-vous l'orage qui gronde ? Andrew n'avait pas tort de nous presser. C'est un fermier avisé, qui sent toujours quand le temps va tourner à la pluie, ajouta-t-elle avec fierté.

Assez lasses elles-mêmes, Mme Cunningham et Georgina suivirent le mouvement et éteignirent les candélabres avant de quitter la pièce. Mais au moment où elles se munissaient des bougeoirs que Becky avait préparés dans le hall, la maîtresse de maison avisa le courrier déposé sur une tablette.

— J'avais complètement oublié, déclara-t-elle en tendant à Georgina une large enveloppe cachetée. Voici ce qui est arrivé en votre absence, ma chérie. Ce doit être une lettre de Nell — j'ai reconnu le sceau de son grand-père. Vous me direz comment elle se porte.

— Volontiers, maman. Je suis si heureuse d'avoir enfin de ses nouvelles !

Ravie, Georgina glissa la missive dans son réticule — elle attendrait d'être dans l'intimité de sa chambre pour la lire. Puis les deux jeunes filles souhaitèrent une bonne nuit à leur mère avant de monter dans le sanctuaire de leur chambre. Kate, qui avait mystérieusement retrouvé son énergie, exigea aussitôt de sa sœur le récit circonstancié de sa visite chez sir Arthur.

— Dites-moi tout, pria-t-elle en s'asseyant sur le lit, le regard brillant de curiosité.

Après tout ce temps à garder cela pour elle, Georgina ne se fit pas prier. Elle raconta à sa cadette non seulement son entrevue avec son oncle, mais le regrettable incident avec Carstairs, qui avait trouvé le moyen de gâcher son après-midi. Les yeux de Kate s'agrandirent d'horreur à ce récit et elle entoura les épaules de son aînée d'un geste compatissant.

— Mon Dieu, ma chérie, comme vous avez dû avoir peur ! Ne pouvons-nous faire quelque chose contre cet affreux individu ? Nous devrions nous plaindre à quelqu'un, vous ne croyez pas ?

Mais Georgina, plus réaliste que sa sœur, secoua résolument la tête.

— Cela provoquerait un terrible scandale, Kate, et nous en subirions les retombées. Ce mufle ne l'ignore pas, c'est bien pourquoi il a agi ainsi. Sans doute ne se ferait-il pas faute de prétendre que je l'ai encouragé, et mon honneur en sortirait éclaboussé.

— Je n'avais pas pensé à cela, admit Katharine, navrée. Il en résulterait de vilains commérages et Dieu sait que maman n'a pas besoin de cela en ce moment. Mais tout de même, c'est si injuste pour vous, Gina ! Qu'allez-vous faire, ma chérie ?

— Tâcher d'oublier ce regrettable incident, affirma-t-elle d'un ton ferme.

Elle hésita un instant, embarrassée, mais le besoin de se confier fut le plus fort.

— Il y a autre chose, Kate. Je crains que M. Latimer ne soit allé penser… euh… qu'il y a quelque chose entre John Mansell et moi. Il a paru si bizarre après m'avoir surprise avec lui devant l'église !

Katharine ouvrit tout grand ses yeux bleu ciel frangés de cils d'or.

— John Mansell ? Mais c'est ridicule, voyons !

— Je sais bien, mais il m'a vue parler avec lui sur le parvis et il est allé s'imaginer Dieu sait quoi…

Kate eut un geste impatient de la main.

— Eh, qu'importe ce que croit M. Latimer ! Vous n'allez pas vous mettre martel en tête pour cela, n'est-ce pas ? Après tout, il n'est que de passage à Compton Lacey et je ne vois pas ce que…

Elle s'interrompit net en croisant son regard et une exclamation s'échappa de sa bouche ronde au tracé enfantin.

— Gina, au nom du ciel, vous n'êtes tout de même pas éprise de lui ?

Vexée par le ton de la question, Georgina jeta à sa sœur un regard de reproche.

— Et pourquoi ne serais-je pas amoureuse ? Ce n'est pas un privilège qui vous est réservé, je suppose.

— Bien sûr que non, idiote ! s'exclama Kate avec un petit rire. Mais vous aviez tant de dédain pour toutes ces histoires…

Comment appeliez-vous cela, déjà ? Ah oui, *des niaiseries sentimentales*. La formule vient de vous, je n'invente rien.

Georgina devait bien admettre que sur ce point, Kate n'avait pas tort. Elle était d'ailleurs la première étonnée de ses sentiments. Seulement voilà, sans qu'elle pût se l'expliquer, sa rencontre avec M. Latimer avait éveillé en elle la plus troublante des émotions.

— Je trouve seulement que vous auriez pu faire un choix plus adapté, poursuivit sa sœur en secouant la tête.

Elle hésita avant de préciser sa pensée :

— Après tout, M. Latimer n'appartient pas tout à fait au même milieu que nous…

A ces mots, Georgina sentit les larmes lui monter aux yeux. Tout cela n'était que la triste vérité. Pourquoi avait-il fallu qu'elle s'éprît d'un homme avec lequel aucun avenir n'était possible ? Décidément, le monde était bien cruel !

Sa sœur allait repartir de plus belle, mais en remarquant son chagrin, elle s'arrêta net.

— Oh ! Pardonnez-moi, ma chérie, je ne voulais pas vous faire de peine, assura-t-elle en lui jetant les bras autour du cou. Il faut toujours que je parle à tort et à travers, comme vous savez.

— Ne vous excusez pas, vous n'avez dit que la vérité, après tout, répliqua tristement Georgina. Je suis bien consciente du problème, mais que faire ?

Elle réprima un sanglot avant d'expliquer dans un murmure :

— J'ai essayé de lutter contre cette attirance, mais c'est plus fort que moi, à ce qu'il semble…

Katharine sourit d'un air supérieur, ravie de pouvoir lui dispenser ses précieux conseils.

— L'amour ne nous demande pas notre avis, professa-t-elle d'un ton doctoral. Et puis il faut avouer que ce M. Latimer est terriblement séduisant ! Mais tout de même, soyez prudente, Gina. Il n'y a guère que huit jours que vous le connaissez et vous ne savez quasiment rien sur lui. Andrew le trouve un peu bizarre, il est persuadé que l'homme nous cache quelque chose. J'espère qu'il n'a pas eu maille à partir avec la justice, au moins…

La justice ? Qu'allait-elle s'imaginer, au nom du ciel ?

— Je suis sûre que ce n'est pas le cas, rectifia aussitôt sa sœur devant son air horrifié, mais tout de même, vous ne m'ôterez pas de l'idée qu'il y a anguille sous roche. Je le soupçonne de se cacher pour fuir quelque chose ou quelqu'un. Des créanciers, peut-être. A moins qu'il n'ait quelque part une mégère de femme, dotée de quatre affreux marmots …

Cette dernière supposition était si cocasse que Georgina éclata franchement de rire.

— Voyons, Kate, vous lisez trop de mauvais romans ! M. Latimer doit traverser une mauvaise période, voilà tout. Beaucoup de soldats sont restés sur le pavé après la fin de la guerre et écument le pays à la recherche d'un emploi. Rappelez-vous, même les fils de Mme Jacklin ont eu du mal à retrouver du travail au pays, à leur retour de Waterloo. Heureusement qu'Andrew leur a proposé un emploi à la ferme.

— C'est vrai, admit Kate, qui bâilla longuement avant de grimper dans le lit. Mais vous devriez quand même faire attention, Gina. Cela ne vous ressemble guère de vous emballer ainsi, vous qui êtes d'habitude si réfléchie ! Vous n'iriez tout de même pas donner votre cœur à un charlatan, n'est-ce pas ?

Georgina se tut un instant, pensive. M. Latimer, un charlatan ? Le terme était pour le moins excessif. Cependant, il lui fallait bien convenir qu'aussi charmant fût-il, l'homme était mystérieux.

— Vous avez sans doute raison, commença-t-elle. Toutefois…

Elle s'interrompit — la respiration de sa sœur s'était faite régulière. La jeune fille dormait déjà, son charmant visage enfoui dans les dentelles de l'oreiller.

— C'est aussi bien ainsi..., murmura-t-elle en soufflant la bougie, avant de se glisser à son tour entre les draps.

Allongée dans la pénombre, elle repassa dans son esprit sa conversation avec Kate et dut s'avouer qu'elle n'était pas fière d'elle-même. Après avoir professé pendant longtemps le plus parfait mépris pour les rêveries sentimentales, voilà qu'elle tombait dans le piège à son tour. Et pour qui ? Pour un homme dont elle ne savait rien, mais dont le sourire ravageur lui avait littéralement tourné la tête ! Un vrai comportement de midinette, en somme.

Kate avait raison, songea-t-elle en se retournant sur sa couche. Son attirance pour M. Latimer était une toquade sans avenir, et elle ferait bien de reprendre ses distances avec lui, tant qu'il était encore temps. Bon gré, mal gré, Edward Latimer devrait se contenter de son amitié pendant tout le reste de son séjour au cottage. Et dire qu'il était allé s'imaginer qu'elle éprouvait de tendres sentiments pour John Mansell ! S'il avait pu se douter c'était de Nell que le malheureux vicaire attendait avec impatience des nouvelles... *Nell, mon Dieu, j'ai oublié sa lettre !* se rappela-t-elle dans un sursaut.

Sans faire de bruit, elle s'extirpa du lit, dont elle tira le rideau pour ne pas déranger sa sœur, et alluma la bougie fichée sur sa table de chevet. Puis elle fouilla dans son réticule et en sortit l'enveloppe de Nell, dont elle rompit le cachet du bout de l'ongle, et lut la lettre.

« Ma chère Gina

« Vous devez vous inquiéter de n'avoir pas eu de mes nouvelles, mais j'attendais d'avoir quelque chose de positif à vous dire. Enfin, le cauchemar est terminé et nous allons quitter Londres ! Vous imaginez mon soulagement et mon bonheur. Je griffonne ces quelques mots en hâte pendant que Betsy prépare mes bagages. Mon Dieu, quelle joie de vous retrouver bientôt, vous et *qui vous savez...* »

Songeuse, Georgina replia le billet. Rien n'était encore gagné, il ne fallait pas se réjouir trop vite, mais son amie était au moins momentanément tirée d'affaire. Pauvre Nell, toujours si sensible et aimante ! Il y avait déjà longtemps qu'elle avait donné son cœur à John Mansell, mais ses parents, qui ne pensaient qu'à lui voir faire un riche mariage, n'avaient pas jugé le soupirant assez fortuné pour entrer dans leur famille. N'écoutant que la voix de l'ambition, les Cornwell avaient traîné leur fille à Londres pour la Saison, dans l'espoir qu'il se présenterait là-bas un parti plus conforme à leurs vœux. Mais le plan semblait avoir échoué, Dieu merci, pour la plus grande joie de Nell.

*Les Cornwell doivent être furieux de cet échec*, conjectura Georgina, en rangeant la lettre dans son réticule. *Fasse le ciel que cette pauvre Nell n'ait pas à payer le prix de leur déception !*

Le cœur plein d'espoir pour son amie, elle se glissa de nouveau dans le lit et s'endormit enfin, comme les roulements de l'orage grondaient encore dans le ciel strié par les premières lueurs de l'aube.

Le lendemain matin, il pleuvait encore à l'heure de partir pour l'église, et la fidèle Becky dut bouleverser la réserve pour en extraire les imperméables de la famille.

— Il n'y a pas assez de caoutchoucs pour tout le monde, annonça-t-elle en revenant du cagibi, les bras chargés de capes de toile huilée et de vieux parapluies. Cela fait une éternité qu'on n'a pas vu un pareil déluge, Dieu me pardonne. Abritez-vous sous le riflard de votre père, recommanda-t-elle en déposant les vêtements sur la banquette de l'entrée.

Katharine fureta un instant dans la pile, les narines pincées de dégoût.

— Tout cela sent tellement le moisi ! Je crois que je vais

me contenter de ma pelisse. De toute façon, le bas de nos robes n'en sortira pas indemne.

— Prenez au moins le parapluie de papa, l'exhorta Georgina. Je vais mettre ma vieille mante rouge. Le capuchon est si vaste qu'il protégera bien mon chapeau, au moins jusqu'à l'église. Maman peut porter la cape et les grands caoutchoucs, et les autres iront pour les enfants. Quant à nous, nous tâcherons de ne pas mettre les pieds dans des flaques. L'allée n'a pas l'air trop boueuse, ajouta-t-elle en jetant un regard par la porte ouverte. Voulez-vous tout de même les bottines, ma chérie ?

Katharine jeta un regard dédaigneux aux galoches ferrées que lui désignait sa sœur.

— Certainement pas ! Avez-vous donc oublié ? La dernière fois que je les ai portées, je suis tombée et me suis couronné le genou !

— Allons, mes enfants, dépêchons-nous ! s'écria à cet instant Mme Cunningham, qui fit son entrée dans un bruissement de jupes. Nous allons être en retard pour l'office, si vous lambinez trop.

Ainsi houspillées, les jeunes filles achevèrent de s'habiller en toute hâte, et quelques instants plus tard, la petite troupe au grand complet, Becky et Dan Harper compris, franchissait le portail en baissant la tête sous l'averse. Georgina, qui avait été chargée de fermer la porte, marchait assez loin en arrière, le capuchon abaissé sur les yeux, son missel à la main. Mais elle avait à peine parcouru quelques mètres qu'elle sentit une présence à côté d'elle, et à sa grande surprise, un immense parapluie se dressa tout à coup au-dessus de sa tête, la protégeant de l'averse. *Oh ! M. Latimer !*

— Vous me faites penser au Petit Chaperon rouge, fit son voisin d'une voix enjouée. Si je promets de ne pas vous manger toute crue, accepterez-vous que je vous escorte à l'église ?

Georgina repoussa son capuchon en arrière et lui sourit, faisant de son mieux pour dissimuler son émotion. Elle était si proche de lui… Sous ce grand parapluie, ils étaient comme coupés du monde…

— Je ne crois pas qu'on puisse vous confondre avec le grand méchant loup, monsieur Latimer, répondit-elle avec humour. Vous n'avez pas tout à fait le physique de l'emploi.

— Plutôt le gentil bûcheron, en ce cas ? J'ai toujours rêvé de jouer les sauveurs providentiels auprès des jeunes filles sans défense…

— Eh bien, ce n'est déjà pas si mal de m'abriter de la pluie, dit-elle en riant. Vous avez là un remarquable parapluie, monsieur Latimer. Je crois que je n'en ai jamais vu d'aussi grand de ma vie.

— Moi non plus, à vrai dire. Je l'ai trouvé dans la remise des Blanchard et je me suis dit qu'il était l'instrument idéal pour affronter un pareil déluge. L'orage ne vous a pas empêchée de dormir, j'espère ?

— Oh ! ce n'est pas lui ! J'aime bien quand les éléments se déchaînent, avoua-t-elle en confidence. Cela a quelque chose d'exaltant, ne trouvez-vous pas ?

— Si fait. Je suis resté près d'une heure à ma fenêtre à contempler le spectacle des éclairs. C'était fascinant. A un moment, j'ai même sorti la tête pour le plaisir de me laisser fouetter par l'averse.

— Comme j'aurais voulu en faire autant ! s'exclama Georgina, les yeux brillant d'enthousiasme.

Bonté divine, comme elle était jolie ! Edward était littéralement transporté par sa beauté. Malheureusement, il fallait que la grâce de cet instant fût entachée par l'image douloureuse de la jeune fille pressant les mains de Mansell sur le parvis de l'église, la veille… Mais après tout, était-il si sûr d'avoir bien interprété cette scène ? Fatigué et irrité par sa longue attente, peut-être s'était-il fourvoyé sur le sens de cet épisode ?

*
* *

Fasse le ciel qu'il en soit ainsi ! pria-t-il à part lui, tout en dédiant un sourire à sa compagne. Jamais la délicieuse Georgina Cunningham ne saurait à quel point il avait envie de lui accorder le bénéfice du doute…

— M'accorderez-vous la permission de partager votre banc familial ? demanda-t-il, comme ils pénétraient dans la sacristie par une porte latérale. L'étranger que je suis aura peut-être besoin de discrètes directives pour ne pas se ridiculiser pendant le service. Le rituel n'est sans doute pas tout à fait le même que dans ma région natale…

— Oh ! je ne savais pas qu'il pouvait y avoir des différences, commenta naïvement Georgina. Mais je suis sûre que maman ne verra pas d'inconvénient à ce que vous vous joigniez à nous. Maintenant, si vous voulez bien m'excuser un instant, je dois me rendre présentable avant de pénétrer dans l'église…

Joignant le geste à la parole, elle se débarrassa de sa mante rouge, qu'elle suspendit à une patère, à côté des autres manteaux des fidèles. Puis elle lissa du plat de la main ses boucles humides avant de redresser les rubans de son corsage.

— Décidément, vous avez une propension à écraser vos nœuds de satin, miss Cunningham, observa Latimer avec malice.

Leurs yeux se rencontrèrent, et pendant quelques secondes, Georgina eut l'impression que le temps et l'espace s'abolissaient autour d'eux, les laissant seuls face à face comme sur une île déserte.

— Gina…, chuchota-t-il d'une voix rauque.

D'un geste impulsif, il posa les mains sur ses épaules et l'attira vers lui, le cœur battant d'un désir insensé. Incapable de lui opposer la moindre résistance, elle se laissait aller à son étreinte, lorsque le son des orgues qui entamaient un cantique leur parvint tout à coup par l'entrebâillement de la porte. Revenant à elle, Georgina poussa une légère exclamation et s'écarta d'Edward avant de porter les mains à ses tempes. Seigneur, qu'était-elle en train de faire ? Et dans un lieu consacré encore ! Honteuse d'elle-même, elle se hâta de fuir vers la porte battante qui séparait la sacristie de l'église.

— Je vous demande pardon, murmura Edward, recouvrant lui aussi ses esprits. Je me suis complètement oublié, c'est la seule explication. Me pardonnerez-vous mon inqualifiable attitude ?

Georgina se retourna, la main sur la poignée.

— Je vous en prie, monsieur Latimer, n'en dites pas davantage. Oublions cela, voulez-vous, et dépêchons-nous de rejoindre l'assemblée. Maman va se demander ce que je suis devenue.

Le cœur serré, Edward la suivit jusqu'au banc familial, où il salua d'une courbette la souriante Mme Cunningham, avant de prendre le siège libre à côté de Georgina. Il n'accorda qu'une attention distraite à l'office, qui, contrairement à ses allégations, se déroulait selon le même immuable rituel que partout ailleurs en Angleterre. Encore un mensonge qu'il lui faudrait ajouter à la longue liste de ses péchés ! songea-t-il avec contrition. Mais que n'aurait-il inventé pour avoir le privilège de s'asseoir près de la délicieuse miss Cunningham ?

L'office achevé, John Mansell monta en chaire pour prononcer son sermon. Mais cette fois-ci, au lieu de commencer son discours avec un verset de la Bible, il survola l'assistance du regard avec un large sourire.

— Mes chers frères, déclara-t-il, j'ai reçu hier une convocation de l'évêque, qui a souhaité me rencontrer à l'église de Dunchurch. A l'issue de cette entrevue, j'ai appris de la bouche de monseigneur que le bénéfice de l'église de Compton Lacey venait de m'être accordé. J'ai donc la grande joie de vous annoncer que je suis désormais votre nouveau pasteur. Vous savez tous le respect et l'affection que j'éprouvais pour le révérend Cunningham, ajouta-t-il après avoir repris sa respiration. J'ose espérer que vous reporterez sur mon humble personne un peu de l'amitié et de la loyauté que vous lui avez toujours témoignées.

Un murmure d'approbation parcourut l'assistance, mais le nouveau pasteur imposa le silence en se tournant vers l'organiste.

— Veuillez jouer l'hymne final, intima-t-il avec un petit geste de la main.

Edward, qui ne savait plus que penser, jeta un regard surpris vers sa voisine. Si Mansell était allé la veille à Dunchurch pour s'entretenir avec l'évêque, il était fort peu probable qu'il ait passé une partie de l'après-midi avec miss Cunningham. Se pouvait-il alors qu'il se fût trompé du tout au tout sur la scène du parvis ? Son étonnement ne fit que croître lorsqu'il vit Katharine et Georgina échanger force sourires et œillades, comme si la déclaration du jeune pasteur comblait tous leurs vœux. *Du diable si je comprends ce que cela veut dire*, songea-t-il en haussant les sourcils.

Le service achevé, les fidèles se dirigèrent lentement vers la sortie, chacun d'eux tenant à féliciter au passage leur nouveau pasteur, debout à la porte de l'église. Edward emboîta le pas aux Cunningham, qui se trouvaient les derniers dans la file, et en profita pour essayer de capter les propos que les deux sœurs échangeaient devant lui avec une animation suspecte. Mais il eut beau tendre l'oreille, il ne perçut que les mots « Mansell » et peut-être bien « mariage », qui lui parurent déjà lourds de signification.

Le pasteur était tout sourires lorsque les Cunningham arrivèrent enfin à sa hauteur. Mais son visage reprit toute sa gravité alors qu'il s'avançait vers la veuve, les mains tendues dans un geste où se mêlaient la gratitude et le respect.

— Chère madame, je n'oublierai jamais ce que je dois à votre mari, commença-t-il d'un ton pénétré. Il a toujours été la bonté même à mon égard. Vous vous êtes tous montrés les meilleurs amis du monde et je vous en remercie du fond du cœur.

— Mes enfants et moi nous réjouissons de votre promotion, John, répondit aimablement Mme Cunningham. Henry aurait été ravi… Il a toujours professé pour vous la plus profonde estime.

Le pasteur inclina la tête, manifestement touché par cette déclaration.

— C'est un grand honneur pour moi d'avoir été son vicaire, affirma-t-il. Le révérend Cunningham était un homme de bien dans le plein sens du terme.

— Merci, John, murmura-t-elle, émue. Que diriez-vous de partager notre dîner dominical, afin de célébrer l'événement ? Nous serions tous très heureux de vous avoir parmi nous.

Le révérend Mansell accepta avec empressement.

— Ce sera avec grand plaisir, madame Cunningham. J'ai gardé un excellent souvenir de la cuisine de Mme Harper, en particulier de sa sauce à la menthe !

Et se tournant vers les plus jeunes membres de la tribu, qui le congratulaient à leur tour :

— Rupert et Sophie… Miss Katharine… Merci beaucoup, vraiment.

— Nous sommes si heureux pour vous, monsieur Mansell… oh, pardon, *révérend* Mansell, corrigea Kate en rougissant, tandis que Rupert et Sophie étouffaient un petit rire.

— Ne vous excusez pas, je vous en prie. Il va me falloir moi-même du temps pour m'accoutumer à mon nouveau titre, affirma plaisamment le pasteur.

Puis il fit un pas vers Georgina, qui fermait le cortège avec Edward.

— Ah, miss Cunningham ! Comment allez-vous depuis hier ?

— Mais parfaitement, assura la jeune fille d'une voix enjouée.

Elle lui tendit la main, tandis qu'Edward s'écartait légèrement par discrétion, et se pencha vers lui pour murmurer :

— J'ai des nouvelles pour vous...

Edward, qui ne quittait pas le pasteur des yeux, vit le jeune homme tressaillir à ces mots.

— Miss Cornwell m'annonce son retour, lui chuchota Georgina d'un ton confidentiel. Sa lettre est arrivée hier en mon absence.

— Oh ! mon Dieu, quelle joie !

Emporté par la gratitude, il saisit les deux mains de son interlocutrice, à la grande indignation d'Edward qui observait la scène, dévoré de jalousie. C'en était trop ! Incapable de contenir plus longtemps son dépit, il fit mine de gagner la porte. Mais Georgina, qui ne l'avait pas oublié un seul instant, dégagea ses mains et le héla avant qu'il n'atteignît le seuil.

— Attendez, monsieur Latimer ! Maman m'a prié de vous inviter à dîner avec nous, si du moins vous n'avez rien d'autre de prévu.

Edward se retourna, les sourcils froncés. Subir pendant tout un repas le spectacle de Georgina et du révérend Mansell échangeant œillades et sourires ? Non, décidément, c'était plus qu'il n'en pouvait supporter.

— C'est très aimable à votre mère, mais je ne voudrais pas abuser de son sens de l'hospitalité, répondit-il avec raideur. Votre famille doit commencer à se lasser de ma constante présence.

— Mais c'est absurde, voyons ! se récria Georgina. Les enfants n'attendent que vos visites, et maman ne vous aurait pas invité si votre présence n'était pas la bienvenue.

Et désignant d'un geste le pasteur :

— En outre, je crois que M. Mansell va aussi se joindre à nous. Ce serait une excellente occasion pour vous deux de lier un peu mieux connaissance.

Edward était sur le point de réitérer son refus, mais c'eût

été abandonner le terrain à son rival. Cette pensée réveilla le militaire qui sommeillait en lui.

— Je serai ravi, en ce cas, répondit-il d'une voix brève. Je suppose que vous dînez avant l'office du soir ?

Georgina hocha la tête, un peu froissée par la sécheresse du ton.

— A 5 heures, comme d'habitude, monsieur.

— Très bien, je serai exact, assura Edward, qui la salua d'une raide inclination du buste avant de s'éloigner d'un pas vif.

Le révérend Mansell le regarda disparaître, un léger pli au front.

— Etrange paroissien, commenta-t-il. Que savez-vous exactement de lui, miss Cunningham ?

— Oh ! c'est un artiste doué d'un réel talent. Un ancien soldat, je pense.

— Quoi qu'il en soit, il ne semble guère m'apprécier. Je me demande s'il est très judicieux pour moi d'accepter l'invitation de votre mère dans ces conditions…

— Oh ! mais il faut que vous veniez ! Je pensais vous faire lire la lettre de Nell…

Le visage du pasteur s'illumina à ces mots.

— Vous feriez cela ? Comme c'est aimable à vous, miss Cunningham ! murmura-t-il avec chaleur, visiblement aux anges.

Et s'emparant de nouveau de sa main, il s'inclina, un sourire de gratitude aux lèvres.

— Mais votre mère vous attend, et je ne veux pas vous retenir davantage. A ce soir, mademoiselle.

Georgina rejoignit en hâte les siens et dut subir une mercuriale de Becky, qui prétendait l'avoir vue frissonner pendant l'office.

— Remettez vite votre mante ! lui enjoignit la fidèle servante en lui tendant sa cape, qu'elle avait récupérée dans la sacristie. A-t-on idée de se vêtir aussi légèrement par une journée si pluvieuse !

Georgina se tut, impuissante à se disculper. Comment expliquer à la sévère Becky que ce n'était pas la fraîcheur de l'église qui lui avait arraché des frissons, mais bien l'émotion de sentir près d'elle la présence, ô combien troublante, du mystérieux M. Latimer ?

— Kate ne sera pas des nôtres en fin de compte, annonça Mme Cunningham, qui s'affairait déjà à la préparation du dîner. J'aurais été heureuse de réunir tout le monde à table, mais les Radley l'ont prise dans leur voiture pour la ramener avec eux à la ferme. Andrew voulait s'entretenir avec elle d'un ouvrage sur l'agronomie qu'il vient juste de lire.

Une lueur de malice pétilla dans son regard bleu, tandis qu'elle ajoutait :

— Croyez-vous que le sujet intéresse vraiment notre Kate ?

Georgina s'approcha du fourneau de fonte et tendit les mains au-dessus des cercles rougis pour se réchauffer les doigts.

— J'en doute, mais elle est assez intelligente pour donner le change. Pourquoi pas, si Andrew s'en contente ?

Sa mère leva brusquement sur elle des yeux étonnés, surprise par le sérieux de sa réponse.

— Vous voilà d'humeur bien sévère, ma chérie. Je suis heureuse en tout cas que vous ayez pu échanger quelques mots avec John Mansell. Pour être franche, je m'inquiète du retour des Cornwell. Sir Richard a déjà rejeté une fois la demande de John et il ne reviendra pas aussi facilement sur son veto, je le crains.

— Mais maintenant que M. Mansell a obtenu le bénéfice de Compton Lacey, cela changera peut-être les données du problème, ne croyez-vous pas ? Il jouira d'une honnête aisance, suffisante en tout cas pour entretenir femme et enfants. Et puisqu'il n'y a personne d'autre sur les rangs…

— Nous verrons bien, soupira Mme Cunningham avec un brin de tristesse. Les Cornwell avaient investi tellement d'argent dans cette campagne londonienne ! Sans doute ne renonceront-ils pas de gaieté de cœur aux espoirs qu'ils avaient formés pour leur fille.

— Sans même demander l'avis de Nell ! s'exclama Georgina, véhémente. Comment ont-ils pu être insensibles à ses sentiments au point de la traîner à Londres contre son gré, et de l'obliger à parader dans les salons comme une pouliche à la foire ? Ce sont eux qui veulent un gendre titré et fortuné. Nell s'en moque bien, elle !

— Mais ils ne souhaitent que son bien, observa Mme Cunningham, plus pondérée. Tous les parents ne sont-ils pas ainsi ? Ils veulent le meilleur pour leurs enfants, cela se comprend.

Georgina secoua la tête, peu convaincue.

— Tous les parents ne soumettent pas leurs enfants à un tel chantage. Papa et vous n'auriez jamais forcé aucun de nous à se marier contre son gré, j'en suis sûre. Andrew est plutôt riche, évidemment. Mais je suppose que ce n'est pas pour cela que vous avez donné votre consentement à son mariage avec Kate, n'est-ce pas ?

— Bien sûr que non ! s'exclama Mme Cunningham, choquée. Evidemment, nous nous sommes réjouis de savoir qu'Andrew aurait les moyens d'offrir une vie décente à sa femme. Mais c'était un sentiment bien naturel, après tout.

Georgina rougit, embarrassée. Une question lui brûlait les lèvres, mais elle hésitait à la poser.

— Mais si elle s'était éprise d'un homme moins… euh… moins argenté, dirais-je, se lança-t-elle timidement, vous seriez-vous opposés au mariage ?

Sa mère la considéra un instant en silence avant de soupirer :

— Sans doute pas. Rappelez-vous, votre père avait coutume de répéter : « Mieux vaut un déjeuner de racines dans une chaumière où on s'aime, qu'un festin dans un palais sans amour… »

Elle s'interrompit un instant pour sortir des serviettes du placard.

— Cela ne nous aurait pas empêchés de nous faire du souci, évidemment. Dieu merci, Kate a choisi Andrew Radley de son plein gré et c'est un homme de bien, en plus d'être un propriétaire fort à son aise. Quant à vous, vous n'avez jamais éprouvé la moindre inclination pour quiconque, que je sache, riche ou miséreux. Aussi la question ne se pose-t-elle pas… pour l'instant du moins.

Georgina, émue, vint lui passer un bras autour des épaules.

— Je suis si heureuse d'avoir une mère comme vous ! assura-t-elle en déposant un baiser sur sa joue. C'est ce qui a manqué à la pauvre Nell. Elle n'a pas eu la chance d'avoir des parents aussi merveilleux que les miens !

Essuyant les larmes qui lui étaient montées aux yeux, Mme Cunningham repoussa doucement son aînée.

— Assez de sottises, mon enfant, ordonna-t-elle, luttant contre l'attendrissement qui menaçait de l'envahir. Allez plutôt mettre la table. Si nous continuons à lambiner ainsi, nos invités arriveront avant même que le dîner ne soit sur le feu !

# Chapitre 8

Une légère brise commençait enfin à disperser les nuages, lorsque Edward se présenta vers 5 heures à la porte des Cunningham. Le grand parapluie noir qui s'égouttait sous la véranda acheva d'assombrir son humeur. Le pasteur était déjà arrivé. Mon Dieu, cette soirée risquait d'être une véritable épreuve… Rassemblant son courage, il carra les épaules, et afficha une expression aussi impassible que possible en tirant sur la cloche. Au bout de quelques instants, Dan Harper vint lui ouvrir, un sourire de bienvenue aux lèvres.

— Si vous voulez me suivre dans le salon, lui dit aimablement le valet.

Le cœur battant, Edward emboîta le pas à Harper, qui le conduisit dans l'accueillante pièce tendue de jaune d'or, où Georgina se tenait déjà avec sa mère et le révérend Mansell.

A son entrée, la jeune fille se leva promptement et s'avança vers lui, les mains tendues.

— Très heureuse de vous accueillir ici, monsieur Latimer ! Je craignais que vous n'ayez changé d'avis à la dernière minute.

S'emparant de son bras, elle le conduisit vers un canapé, juste en face du sofa occupé par sa mère et le pasteur. Puis, à la grande surprise d'Edward, elle s'assit près de lui sans plus de façons.

— Quelque chose de magnifique vient d'arriver, commença-t-elle, incapable de contenir son enthousiasme. Figurez-vous que M. Mansell vient de recevoir une merveilleuse nouvelle.

Edward sentit sa gorge se serrer au point qu'il dut déglutir deux fois avant de parvenir à articuler :

— Vraiment ?

— Mais oui, répondit Georgina, qui parut ne pas remarquer son malaise. M. Mansell ne verra pas d'inconvénient à ce que je vous en informe, je suppose ?

Elle lança un regard au pasteur, qui hocha la tête en guise d'acquiescement.

— Eh bien, pour tout vous dire, M. Mansell espère pouvoir convoler bientôt avec la dame de ses pensées. Il a tant attendu ce bonheur qu'on ne peut que s'en réjouir pour lui.

Edward blêmit à ces paroles. C'était officiel, il n'y avait plus d'espoir. Son *ange* était engagé à un autre. Mais il devait à tout prix se ressaisir. Surtout ne pas faire étalage de ses états d'âme.

— Des félicitations s'imposent, marmonna-t-il, la gorge tellement serrée que les mots eurent du mal à franchir ses lèvres. Puis-je me permettre de demander le nom de l'heureuse élue ?

— Oh ! vous ne la connaissez pas, s'empressa de répondre Georgina. Il s'agit de Nell, ma meilleure amie. Elle habite à Compton Lacey, de l'autre côté de la rivière.

— Votre… meilleure amie ? répéta Edward, dans la confusion la plus complète.

— Mais oui ! Ses parents ne voulaient pas entendre parler de M. Mansell, à cause de son manque de fortune. Ils ont donc emmené leur fille à Londres pour la Saison, mais Dieu merci, elle n'est pas parvenue à « décrocher » un brillant parti, comme on dit, et ils se sont résignés à la ramener à Compton Lacey. Les choses en étaient là il y a quelques heures à peine, mais le révérend vient de recevoir un mot de Nell. Elle a réussi à persuader son père de recevoir M. Mansell. Il est prié de se présenter chez eux dès demain matin. N'est-ce pas merveilleux, dites-moi ?

— Merveilleux ? répéta Edward qui sentit son cœur exploser dans sa poitrine. Vous voulez dire que c'est un véritable miracle !

C'était donc cela ! Dieu du ciel, comment avait-il pu se fourvoyer à ce point ? Mû par une impulsion irrésistible, il se leva d'un bond et se précipita vers le jeune pasteur, dont il serra la main avec un enthousiasme démesuré.

— Toutes mes félicitations, cher ami ! Quelle nouvelle extraordinaire, vraiment... Jamais de ma vie je n'ai été aussi heureux de pouvoir congratuler quelqu'un, je vous en donne ma parole.

Le révérend Mansell demeura perplexe devant ce brusque changement d'attitude. Latimer, sautant de joie ? Lui d'ordinaire si antipathique et peu démonstratif...

— Je vous remercie, monsieur Latimer. Bien entendu, les choses ne sont pas encore réglées, mais j'ai bon espoir qu'elles le seront bientôt.

— Oh ! tout va s'arranger, soyez-en certain, affirma Edward, euphorique. Vous connaissez le dicton : « A cœur vaillant, rien d'impossible. »

Sur ces mots, il retourna s'asseoir, le visage épanoui dans un large sourire.

— Votre joie vous honore, monsieur Latimer, observa Mme Cunningham, stupéfaite de ces démonstrations qu'elle jugeait quelque peu excessives.

Mais Georgina n'était pas dupe. Il n'était pas possible que ce soudain excès d'enthousiasme fût lié au seul bonheur de M. Mansell. Elle sentit le rouge lui monter aux joues. Mon Dieu, se pouvait-il que M. Latimer eût conçu pour elle un sentiment plus profond qu'elle n'aurait pu l'imaginer ? Son cœur s'emballa à cette seule pensée et elle eut le plus grand mal à dissimuler son émoi.

Dieu merci, elle fut sauvée par l'entrée de Becky Harper, qui apparut sur le seuil après avoir frappé un coup discret à la porte.

— Le dîner est servi, madame. M. Rupert et miss Sophie sont prêts à descendre.

— Merci, Becky, murmura Mme Cunningham.

Se levant aussitôt, elle proposa avec un geste engageant :

— Si nous passions à côté ?

Le révérend Mansell s'empressa de lui offrir le bras et tous deux quittèrent la pièce, devançant Georgina et Edward dans la salle à manger tiédie par un feu crépitant. Lorsque tous les convives eurent pris place autour de la table, la maîtresse de maison se tourna vers son aînée.

— Que diriez-vous d'une petite réception pour fêter le retour de Nell, ma chérie ? Oh ! quelque chose de très simple, bien entendu. Nous sommes encore en deuil et il n'est pas question d'attirer l'attention sur nous. Du reste, si la proposition de M. Mansell est acceptée, ce dont je ne doute pas, les parents de Nell donneront sans doute un grand bal pour annoncer les fiançailles. Mais rien ne nous empêche de lui offrir de notre côté une petite réunion amicale. Après tout, cet heureux dénouement se doit d'être célébré !

Le pasteur avait froncé les sourcils à l'évocation du bal.

— Je ne voudrais pas que l'événement entraîne les parents de Nell à des dépenses inconsidérées, déclara-t-il. J'ai entendu dire qu'ils étaient un peu à court, et Nell et moi nous contenterons volontiers d'une cérémonie intime, dont ma propre famille ne demandera pas mieux que de partager les frais.

— Vous avez sans doute raison, opina Mme Cunningham. Mais je doute que les parents de Nell s'y résignent facilement.

Et s'adressant de nouveau à sa fille :

— Qu'en pensez-vous, ma chérie ? Nell est votre meilleure amie, après tout. Vous la connaissez mieux que personne.

Absorbée dans ses propres réflexions, Georgina eut un peu de mal à s'extraire de sa rêverie pour considérer la question.

— Oh ! je… je suis tout à fait d'accord avec M. Mansell, mère. Nell est comme moi, elle déteste l'ostentation et les réunions mondaines l'ennuient affreusement. Cette Saison londonienne lui a semblé assommante, ce qui ne m'a pas étonnée du tout.

— Peut-être parce que son bien-aimé n'y assistait pas, tout simplement, intervint Edward, se mêlant à la conversation. S'il avait été présent, les choses auraient pris un tout autre aspect pour elle.

A ces mots Georgina leva les yeux, et croisa furtivement le regard de M. Latimer. L'instant ne dura qu'une seconde, mais son intensité fut telle que son cœur s'emballa de nouveau. Mon Dieu, que M. Latimer parlât ainsi d'amour la troublait au plus haut point… Elle qui était si heureuse qu'il fût parmi eux pour ce dîner souhaitait presque que le repas finît promptement, tant il lui était difficile de dissimuler son embarras ! Mais Becky, dont les placards avaient été fraîchement approvisionnés par la généreuse Mme Radley, semblait s'être surpassée, et les plats fins se succédaient avec une profusion qui semblait inépuisable. Dinde, pommes de terre au four, gratin de poisson, sabayon… Cela ne finirait-il donc jamais ? se demanda la jeune fille, dont les joues cramoisies trahissaient la croissante émotion.

Ce ne fut qu'après le dessert que Mme Cunningham permit enfin aux deux plus jeunes de quitter la table, avant de se lever elle-même, un sourire aux lèvres.

— Nous allons laisser ces messieurs déguster leur porto, pendant que nous les attendons dans le salon. Rejoignez-nous lorsque vous aurez terminé, n'est-ce pas ? Il reste un peu de temps avant le début de l'office…

Comme Georgina s'apprêtait à se lever, Edward tenta d'accrocher son regard au sien. En vain, malheureusement…

La jeune fille quitta la pièce sans tourner la tête de son côté. Pourquoi semblait-elle si pressée de fuir sa présence ?

— Ah, l'amour… C'est décidément la pierre d'achoppement ! déclara tout à coup le révérend Mansell, dont la voix le tira brusquement de ses pensées.

De toute évidence, le pasteur n'avait pas gardé les yeux dans sa poche pendant le repas !

— Pardon ? marmonna Edward, surpris par cette entrée en matière.

Son interlocuteur eut un sourire complice et se pencha en avant pour affirmer :

— Je sais ce que vous ressentez, mon cher, je suis passé par là. C'est un grand tourment que de s'éprendre d'une femme qui n'est pas à votre portée…

— Pas à ma portée ? Que voulez-vous dire ? demanda sèchement Edward, vexé par ce qu'il prit d'abord pour une insulte.

Mais pour qui se prenait donc ce Mansell ? L'espace de quelques secondes, le gentilhomme de haut lignage se rebella en lui, oubliant le rôle qu'il s'était imposé à lui-même. Puis il se souvint du rang social qu'il était censé occuper et ajouta en hâte :

— Je crains que vous ne vous mépreniez, révérend. Loin de moi l'idée de prétendre à la main de qui que ce soit dans cette maison.

— Allons donc ! Je sais reconnaître un homme épris quand j'en vois un, monsieur Latimer. N'oubliez pas que je suis pasteur et habitué à sonder l'âme de mes ouailles. Sans parler de ma propre expérience, bien entendu, et croyez-moi, elle fut parfois douloureuse.

Edward s'éclaircit la gorge, embarrassé par la tournure qu'avait prise la conversation. Oh ! après tout, à quoi bon nier l'évidence à présent ? Mansell n'était pas stupide, l'intérêt qu'il portait à Georgina n'avait pas pu lui échapper. En outre, peut-être était-ce l'occasion pour lui d'obtenir quelques renseignements…

— Je ne nie pas éprouver… euh… une certaine sympathie pour miss Cunningham, avoua-t-il enfin, mais la chose n'est pas allée aussi loin que vous le pensez et je n'ai jamais eu l'occasion de lui exprimer mes sentiments.

Il offrit un autre verre de vin au pasteur, qui refusa d'un signe, et se servit lui-même une nouvelle rasade avant de se lancer, d'un ton faussement désinvolte :

— Vous pensez donc que je n'aurais aucune chance, si la fantaisie me prenait de la demander en mariage ?

Le révérend Mansell secoua aussitôt la tête, visiblement désolé de s'être mal fait comprendre.

— Il serait mal à moi de vous décourager d'avance, monsieur Latimer. En l'occurrence, je pensais surtout à miss Cunningham. Serait-il honnête de lui proposer de partager votre vie, quand vous avez si peu à lui offrir ?

— Je dois avouer que je n'ai pas envisagé cet aspect de la question, répondit Edward, intérieurement amusé par cette inquiétude.

S'il y avait bien une chose dont il n'avait pas à se préoccuper, c'était la question de sa fortune. Dieu savait combien il avait à offrir à Georgina, en plus de son amour…

— Je suis d'autant mieux placé pour vous en parler, que Nell et moi avons énormément souffert de la différence de nos conditions, poursuivit le pasteur. L'an dernier, les Cornwell m'ont proprement éconduit, lorsque j'ai manifesté l'intention d'épouser leur fille.

A l'énoncé de ce nom, Edward se leva d'un bond, stupéfait.

— Cornwell ? Vous avez bien dit Cornwell ?

— Tout à fait, confirma le révérend Mansell, surpris de cette réaction. C'est là le nom de mes futurs beaux-parents.

Edward se laissa retomber dans son fauteuil, furieux de sa propre sottise. Mais bien entendu ! Voilà précisément pourquoi le nom de Compton Lacey lui avait paru vaguement familier, la première fois qu'il l'avait lu dans le journal. C'était Eleanora Cornwell qui lui avait parlé de ce bourg ! *Mon Dieu, comment me sortir de cet imbroglio ?* songea-t-il en se prenant la tête avec accablement. *La petite Cornwell va me reconnaître au premier regard, c'est certain !*

Inquiet, le pasteur se leva et vint le secouer par l'épaule.

— Vous êtes malade, mon cher monsieur ? Peut-être faudrait-il que j'aille chercher Mme Cunningham…

— N'en faites rien, je vous en prie, s'exclama-t-il, revenant aussitôt à lui. J'ai peut-être bu un peu trop de vin, voilà tout.

Dérouté par son attitude, le révérend Mansell le considéra un instant d'un regard dubitatif. Puis il émit un soupir et tira sa montre de son gousset.

— Si vous êtes sûr que tout va bien, je vais devoir vous demander de m'excuser, monsieur Latimer. Il se fait tard et je dois prendre congé de notre hôtesse avant de regagner l'église.

— Je… je vous accompagne, marmonna Edward.

Après tout, dans la situation rocambolesque où il se trouvait, la seule solution qui s'offrait à lui était tout bonnement la fuite.

Georgina était installée au piano-forte, lorsque les deux hommes pénétrèrent ensemble dans le salon. Le cœur battant, elle tourna la tête à leur entrée et observa les adieux du pasteur, qui s'inclina devant Mme Cunningham en lui adressant ses plus chaleureux remerciements. Comme il se tournait ensuite vers elle, Georgina se leva dans l'intention de le reconduire jusqu'à la porte d'entrée. Mais quel ne fut pas son désappointement, lorsqu'elle vit M. Latimer s'avancer également vers sa mère et la saluer d'une courbette !

— Je vous remercie infiniment de ce délicieux dîner, madame Cunningham. Vous ferez mes compliments à Mme Harper.

Et après avoir adressé un rapide sourire à Rupert et Sophie, absorbés dans leur partie de *menteur*, il leur souhaita à tous un bonsoir collectif et s'en fut avant même que Georgina n'ait eu le temps d'esquisser un geste.

Déconcertée par ce brusque départ, la jeune fille se rassit devant son instrument et tâcha vainement de se concentrer sur sa partition. Au nom du ciel, que s'était-il passé ? Pendant tout le repas, M. Latimer n'avait cessé de lui prodiguer des œillades brûlantes, et chaque fois qu'elle avait eu le courage de soutenir son regard, le message qu'elle y avait lu lui avait semblé sans équivoque. *Vous êtes loin de m'être indifférente*, lui disaient ses prunelles grises, où scintillait la flamme du désir.

Et maintenant, voilà qu'il quittait la maison comme un voleur, sans même lui adresser un sourire d'adieu ! Se pouvait-il qu'elle se fût méprise ? Après tout, elle avait pu prendre pour un intérêt particulier ce qui n'était que l'expression de la civilité naturelle à un homme de bonne compagnie. A moins que…

Tout à coup, elle songea à la conversation que M. Mansell et son compagnon avaient dû avoir dans la salle à manger, pendant que tout le monde était dans le salon. Le changement d'humeur de M. Latimer était-il dû à quelque propos que lui aurait tenu le pasteur ? Et si celui-ci l'avait découragé ? se demanda-t-elle, la gorge nouée d'angoisse.

Profondément troublée par cette énigme, elle tressaillit lorsque sa mère se leva pour donner le signal du départ.

— Allons, les enfants, rangez vos cartes et prenez vos livres de prières ! intima-t-elle aux plus jeunes. Il est temps de nous mettre en route, si nous ne voulons pas manquer l'office du soir.

Pendant le trajet de Westcotes à l'église, Georgina ne cessa de jeter de furtifs regards derrière elle, dans l'espoir de voir la haute silhouette de M. Latimer émerger de la pénombre. Mais aucune trace de celui-ci, qui ne se trouvait pas non plus parmi les fidèles déjà assemblés dans l'église. Il n'assisterait donc pas à la messe…

Profondément déçue, ce ne fut qu'avec une attention

distraite qu'elle suivit le déroulement de l'office. L'ironie du sort voulut que le pasteur ait pris pour thème de son sermon la fameuse injonction « Aimez-vous les uns les autres ». Georgina, sarcastique, ne put retenir un sourire en l'entendant prêcher ainsi l'amour du prochain. *Un amour dont j'aurais mieux fait de m'abstenir moi-même !* se dit-elle avec un soupçon d'amertume.

# Chapitre 9

D'une démarche lasse, Annie Jacklin poussa la porte de service du cottage Blanchard, et alla déposer son panier de linge sur la table de l'office. La somme que lui allouait M. Blanchard pour l'entretien de la maison suffisait à peine à couvrir la note de son boucher, et elle se réjouissait que le locataire actuel lui donnât son linge à laver, ce qui arrondissait un peu ses fins de semaine.

Sans se presser, elle alla étendre sur les tréteaux de la lingerie les chemises encore légèrement humides, puis rangea dans le placard le reste du linge qu'elle avait déjà soigneusement repassé. Cette tâche accomplie, elle prit une paire de draps pliés sur son bras et gravit l'escalier qui menait à la chambre du locataire.

Alerté par le bruit de ses pas, Edward jeta promptement son coffret de toilette dans le sac de voyage ouvert sur le lit, et se retourna pour la saluer.

— Bonjour, madame Jacklin ! Vous êtes bien matinale, aujourd'hui.

— Bonjour, monsieur Latimer, répondit la femme de ménage, qui remarqua instantanément le sac. Est-ce que je vous dérange ? C'est le jour où je change les draps, mais je peux revenir un peu plus tard, si vous préférez.

— Non, non, faites votre travail, dit Edward en secouant la tête. J'en ai terminé.

S'emparant du sac, il se dirigea vers la porte.

— Avez-vous rapporté mon linge propre ? demanda-t-il.

— Oui, monsieur. Je l'ai rangé dans la lingerie, répondit Mme Jacklin, qui ne put se retenir d'ajouter, poussée par la curiosité : Auriez-vous l'intention de faire un petit voyage, monsieur Latimer ?

Edward hésita, puis se tourna vers elle, résolu à mettre les choses au clair.

— En fait, madame Jacklin, je suis désolé de devoir vous informer que je retourne à Londres. Une affaire urgente me rappelle là-bas.

La brave femme fronça les sourcils.

— Mais vous allez revenir, bien entendu ? s'enquit-elle d'une voix alarmée. J'avais cru comprendre que vous aviez loué le cottage pour tout l'été.

— C'est vrai, mais quelle importance si j'abrège mon séjour ? répondit-il avec un geste d'impatience. Cela ne lésera en rien les Blanchard, puisque je leur ai payé le loyer d'avance.

Mais cela ne faisait pas l'affaire Mme Jacklin, qui voyait tout à coup la perspective de ses petits extra s'envoler en fumée. Réprimant à grand-peine sa déconvenue, elle répliqua d'un ton vexé tout en ôtant les draps du lit :

— Il n'y a pas que les Blanchard, monsieur. Et pour commencer, je connais une jeune demoiselle à qui l'annonce de votre départ ne fera sûrement pas plaisir.

Edward, qui connaissait l'amour invétéré de Mme Jacklin pour les cancans locaux, se raidit aussitôt à cette allusion.

— De qui parlez-vous, si je puis me permettre ? demanda-t-il d'un ton glacial. J'espère ne pas être devenu l'objet des potins du village ?

— Pas que je sache, répliqua-t-elle, sans se laisser démonter le moins du monde. Mais Becky Harper n'a pas les yeux dans sa poche, vous savez. Elle a fort bien remarqué que miss Cunningham semblait en pincer pour vous, sauf votre respect.

Et voyant son interlocuteur se renfrogner, elle ajouta avec un haussement d'épaules :

— Vous allez pouvoir au moins lui laisser vos dessins. Ce serait la moindre des choses.

Cette fois, Edward fixa la brave dame avec un visible étonnement.

— Pourquoi me dites-vous cela, par tous les saints ?

— Croyez-vous que je sois aveugle, moi aussi ? Ces derniers jours, vous avez passé votre temps à croquer miss Georgina sur toutes les coutures. Son visage, ses yeux, son buste... Il n'y en avait plus que pour elle !

Edward, gêné, secoua la tête avec un petit rire nerveux.

— Je suis un artiste, voyons ! se justifia-t-il avec un brin de mauvaise foi. Il est normal que je sois inspiré par un si charmant modèle. Mais cela ne vous donne pas le droit de supposer...

Mme Jacklin se campa devant lui, les poings sur les hanches.

— Voulez-vous que je vous dise, mon bon monsieur ? Eh bien, vous m'avez tout l'air d'un homme qui s'apprête à prendre la poudre d'escampette !

— Et vous m'avez tout l'air d'une fieffée impertinente, riposta Edward, qui ne s'attendait pas à cette sortie. La façon dont je passe mon temps ne vous regarde en rien, madame Jacklin. Contentez-vous de faire ce pour quoi on vous paie, sans vous mêler de mes affaires.

Il pensait en avoir fini avec elle, mais c'était compter sans l'obstination de Mme Jacklin.

— Devrai-je dire à la jeune fille que vous êtes parti ? questionna-t-elle, tandis qu'il se dirigeait vers l'escalier.

Mais la seule réponse qu'elle obtint fut un grognement peu amène, tandis qu'il descendait les marches.

Au rez-de-chaussée, il se mit en devoir de rassembler son attirail de dessin, et force lui fut d'admettre qu'Annie Jacklin avait raison au moins sur un point. Indéniablement, la plupart des esquisses qu'il avait crayonnées ces derniers temps représentaient Georgina sous tous les angles possibles, comme si ses doigts, échappant à sa volonté consciente, s'étaient obstinés à répéter inlassablement les mêmes contours. De toute évidence, il était littéralement possédé par son image. Comment, dans ces conditions, arriverait-il jamais à l'oublier ?

Incapable de fermer l'œil, il s'était tourné et retourné toute la nuit dans son lit, à essayer de trouver une issue au piège qu'il s'était tendu à lui-même. Partagé entre des sentiments contradictoires, ce n'était qu'aux premières lueurs de l'aube qu'il était enfin parvenu à un semblant de décision : quitter Compton Lacey dès le lendemain à la première heure.

Mais maintenant, à la lumière de son échange avec Mme Jacklin, il n'était plus aussi sûr du bien-fondé de cette résolution. Allait-il donc fuir comme un lâche en abandonnant le champ de bataille ? *Ce n'est pas digne d'un soldat, mon vieux*, se morigéna-t-il.

Non, il ne lui restait plus qu'une chose à faire : implorer le pardon de Georgina en jouant cartes sur table. C'était la seule façon honorable de sortir de ce guêpier sans gâcher toutes ses chances auprès de la jeune fille. Sa décision était prise, mais il lui fallait agir vite, avant d'être pris de court par les événements, ce qui risquait de lui être fatal. Car si la petite Cornwell avait déjà eu une entrevue avec son amie... Dieu du ciel, il n'osait songer au gâchis qu'il lui faudrait affronter !

Il repoussa son sac sous la table, décidé à aller voir Georgina sur-le-champ. Mais il fut tout à coup pris d'un doute, et s'assit sur le sofa, les yeux dans le vague. La jeune fille accepterait-elle de le recevoir ? Après l'indigne façon dont il s'était esquivé la veille, il y avait de grandes chances pour qu'elle lui fermât tout bonnement sa porte au nez...

— Et le pire, c'est que je ne saurais lui donner tort, marmonna-t-il entre ses dents. Je me suis décidément conduit comme le dernier des goujats !

*
* *

Edward était toujours assis, lorsque Mme Jacklin descendit quelques instants plus tard, son balai et ses brosses à la main.

— J'avais cru vous voir partir, observa-t-elle d'un ton caustique. Auriez-vous déjà changé d'avis ?

— Asseyez-vous là, fit-il en lui désignant une chaise. Je voudrais vous parler un instant.

Méfiante, la femme de ménage lui jeta un regard oblique avant de se poser sur l'extrême bord du siège, comme prête à prendre la fuite au premier mouvement intempestif de sa part.

— Qu'est-ce qui vous prend ? Je ne vais pas vous mordre, vous savez, ironisa Edward. Vous étiez plus hardie tout à l'heure…

— Hum… C'est que vous m'avez l'air un peu imprévisible, mon cher monsieur, soit dit sans vous offenser.

Edward fronça les sourcils, mais prit sur lui pour ne pas relever l'insolence. Il y avait quelques informations dont il avait impérativement besoin et il ne voyait pas comment les obtenir, sinon par l'intermédiaire de Mme Jacklin.

— Vous aviez raison tout à l'heure, admit-il à contrecœur. J'avoue que j'ai été amené à développer… euh, comment dirais-je… certains sentiments pour miss Cunningham.

Il toussota avec embarras, tandis qu'elle se permettait un sourire de satisfaction à cet aveu.

— Malheureusement, les choses ne sont pas aussi simples que vous pourriez le penser, poursuivit-il. Il y a des obstacles à surmonter, et je dois admettre que vos accusations étaient fondées : j'ai eu effectivement la tentation de fuir. Mais grâce à votre judicieuse intervention, j'ai été amené à reconsidérer les choses sous un autre angle, conclut-il avec un zeste d'ironie.

Perplexe, Mme Jacklin resta quelques secondes silencieuse. Que diable attendait-il d'elle ? s'interrogea-t-elle in petto. Mais comme il semblait espérer une réponse, elle hasarda enfin, prudente :

— Y a-t-il quelque chose que je puisse faire pour vous, monsieur ?

— Eh bien, pour tout vous dire, votre aide pourrait m'être précieuse, en effet. Vous savez sans doute que les Cornwell sont de retour à Compton Lacey ?

Le visage anguleux de Mme Jacklin s'illumina d'un large sourire.

— Certes, et je m'en réjouis, comme tout le village. Il y a longtemps que miss Nell et ce pauvre vicaire auraient dû être mariés. Si ce n'est pas malheureux de l'avoir ainsi éconduit ! Mais ce vieux Cornwell se croit sorti de la cuisse de Jupiter, ma parole…

— Vous ne travaillez pas pour eux, par hasard ? l'interrompit Edward avec espoir.

— Il m'est arrivé d'aider leur lingère, quand ils avaient des invités. Mais l'une de mes filles est servante à Cornwell Park, et je suis au courant par elle de tout ce qui s'y passe.

Edward hésita un instant. Qu'allait penser Mme Jacklin de sa requête ? Allait-elle accepter de l'aider sans lui poser plus de questions ? De toute façon, il ne voyait pas d'autre solution. Alors il se jeta résolument à l'eau.

— Croyez-vous que votre fille pourrait faire passer un billet de ma part à miss Cornwell ?

Elle se raidit sur-le-champ, le regard franchement réprobateur.

— Quel besoin avez-vous d'écrire à miss Nell ? Je pensais que c'était de miss Georgina que vous étiez amoureux !

— Et vous ne vous êtes pas trompée, je vous l'ai dit. Mais j'ai des raisons d'espérer que miss Cornwell pourra m'aider à résoudre une difficulté inattendue.

La femme de ménage le scruta de son petit œil suspicieux.

— Faites cela pour moi, Annie, la supplia-t-il. Vous n'aurez pas lieu de le regretter, je vous le promets.

Pendant quelques angoissantes secondes, Mme Jacklin hésita

visiblement, la bouche serrée dans une moue dubitative. Puis elle hocha la tête, pour le plus grand soulagement d'Edward.

— Très bien. Donnez-moi le message et je verrai ce que Lucy pourra faire. Mais ce n'est qu'une fille de cuisine, vous savez, et il ne lui sera pas si facile d'approcher mademoiselle.

— Oh ! je lui fais confiance ! Mais dites-lui bien qu'elle doit faire preuve de la plus grande discrétion, n'est-ce pas ? la conjura-t-il, avant de se lever pour aller chercher son écritoire.

D'une plume hâtive, il griffonna quelques mots sur un morceau de papier, qu'il plia en quatre avant de le sceller. Puis, à la grande stupéfaction d'Annie Jacklin, il sortit une chevalière en or de sa poche et la pressa sur la cire encore molle pour y imprimer son monogramme.

— C'est un secret entre nous, vous me le promettez ? insista-t-il, en voyant la femme de ménage écarquiller les yeux, manifestement dévorée de curiosité. Si vous savez vous taire, je saurai me rappeler comme il se doit le rôle que vous aurez eu dans cette affaire, vous en avez ma parole. Mais si vous divulguez la chose à qui que ce soit, vous n'aurez rien du tout.

Elle haussa ses maigres épaules.

— Qu'est-ce que vous imaginez ? Je le fais pour miss Georgina, c'est tout. Son père a toujours été très gentil pour moi et il m'a beaucoup aidée quand mes deux aînés sont partis à la guerre. Je ne voudrais pas qu'il lui arrive le moindre mal, la pauvrette, ajouta-t-elle d'un ton quasi menaçant.

— Moi non plus, Annie, assura Edward avec le plus grand sérieux. C'est pourquoi il est si important que cette lettre soit remise en mains propres. Si Lucy ne peut s'acquitter de cette mission, qu'elle me retourne la missive. Avez-vous bien compris ?

Mme Jacklin prit la lettre qu'il lui tendait et l'enfouit dans la poche de son tablier.

— Si c'est vraiment pour le bien de miss Georgina…, marmonna-t-elle.

— Je vous en donne ma parole, dit solennellement Edward, qui hésita avant de demander : L'auriez-vous aperçue ce matin, lorsque vous êtes passée devant chez elle ?

Elle se leva et reprit ses instruments de travail avant de répondre :

— J'ai seulement vu Becky Harper. Miss Cunningham serait au lit avec un rhume. Elle aura pris froid hier, avec toute cette pluie.

— Mon Dieu ! Ont-ils envoyé chercher un docteur ? questionna-t-il, alarmé par la nouvelle. Et si c'était plus sérieux ?

Mme Jacklin retint à grand-peine un sourire devant cet excès d'inquiétude.

— C'est ce que m'a affirmé Becky, monsieur. C'est elle qui soigne miss Georgina, voyez-vous. Une personne capable, au service des Cunningham depuis bien des années… Lorsqu'elle a vu débarquer M. Pickens, le notaire de la famille, dès potron-minet, elle a tout de suite conseillé à sa jeune maîtresse de se recoucher.

— Pourquoi donc ?

— Dame, elle a pensé qu'il n'avait rien à leur annoncer de bon, et qu'il était inutile que miss Georgina reste debout à écouter de mauvaises nouvelles.

*De mauvaises nouvelles ? C'est vous qui le dites*, songea Edward, curieux de savoir comment les Cunningham allaient accueillir l'aubaine qui était sur le point de leur échoir. Oh ! comme il aurait aimé pouvoir partager avec elle la joie de Georgina… Malheureusement, il était sans doute la dernière personne à qui ils feraient leurs confidences à ce sujet, surtout maintenant. Après tout, n'était-il pas pour eux qu'un étranger au comportement pour le moins déroutant ?

Plongé dans ces tristes pensées, il tressaillit en entendant résonner la clochette de la porte d'entrée.

— Annie ? appela-t-il.

Mais pas de réponse. La femme de ménage, qui s'était

éclipsée sans bruit pendant qu'il ruminait ces sombres réflexions, devait être occupée dans une autre partie de la maison. Il alla donc ouvrir la porte en grommelant et poussa une exclamation de surprise. Sur le seuil, la petite Sophie et sa sœur Katharine étaient accompagnées des deux inévitables dogues de la maison, qui se trémoussèrent de joie à sa vue et se dressèrent sur leurs pattes arrière pour lui lécher la figure, indifférents aux injonctions de Katharine.

— Couché, désobéissantes créatures ! leur intima alors Edward de sa voix la plus sévère.

Penauds, les dogues obtempérèrent sur-le-champ, pour le plus grand étonnement de Kate.

— Quelle autorité, monsieur Latimer ! Jamais ils ne m'obéissent ainsi. Quel est votre secret ?

— Vous devez faire preuve de fermeté, voilà tout, expliqua-t-il. Il faut qu'ils sentent qui est le maître.

Et considérant d'un regard surpris les joues rosies et les yeux brillants des deux sœurs, il demanda non sans étonnement :

— Mais à quoi dois-je le plaisir de votre visite, mesdemoiselles ?

— Vous avez bien dit *plaisir*, monsieur Latimer ? répéta Kate avec un petit gloussement d'écolière. Je m'en réjouis en ce cas. Pour tout vous dire, maman n'était pas très favorable à cette visite matinale. Selon elle, nous ne ferions que vous déranger dans votre travail. Mais Sophie a insisté et, Gina étant au lit avec un rhume, j'étais la seule à pouvoir l'accompagner. Cela dit, nous ne faisons que passer, ne vous inquiétez pas…

— J'espère bien que vous resterez un peu plus longtemps, fit courtoisement Edward, qui ajouta avec un sourire : Mais vous ne m'avez toujours pas dit en quoi je pouvais vous être utile ?

— C'est au sujet de mon livre, monsieur Latimer, intervint Sophie. Enfin, celui de papa… Il faut que je le récupère, car les hommes vont bientôt venir le chercher et je n'aurai pas eu le temps de le feuilleter en entier !

Sa voix trembla sur ces derniers mots et Edward, haussant les sourcils, se tourna vers Kate.

— Pardonnez-moi, mais je crains de ne pas très bien comprendre. De quels hommes s'agit-il ?

— Ce sont les représentants d'un certain M. Templeton. M. Pickens est venu ce matin et a informé maman qu'il avait trouvé un acheteur pour notre bibliothèque. Vous ne devinerez jamais quelle somme il nous en a offert !

Elle s'apprêtait à révéler le montant, mais il posa un doigt sur ses lèvres.

— Chut, Katharine ! Je suis sûr que votre mère n'aimerait pas que vous divulguiez cette information. C'est d'ordre strictement privé et cela ne concerne que votre famille.

Kate rougit sous la réprimande.

— Vous avez raison, admit-elle. Gina me reproche toujours d'être trop bavarde. Mais cette vente signifie tant pour nous ! Nous allons voir enfin le bout du tunnel.

— C'est une excellente nouvelle, en effet, approuva-t-il avec un sourire.

Mais les grands yeux bleus de Sophie s'étaient embués de larmes.

— Ne soyez pas triste, ma petite, tenta-t-il de la rassurer. Peut-être ce M. Templeton ne voudra-t-il pas le livre sur les pyramides, après tout. Je suppose qu'il ignore jusqu'à son existence. Pourquoi ne le garderiez-vous pas pour vous ? Votre maman n'y verra sans doute pas d'inconvénient.

— Mais ce serait malhonnête, monsieur Latimer, observa la petite fille, choquée. M. Pickens a bien dit *toute* la bibliothèque !

Edward, à court de réponses, conduisit ses deux visiteuses dans le salon. Mais une idée lui vint au moment où il prenait le volume sur une étagère.

— Ce livre est bien trop lourd pour vous, déclara-t-il après avoir soupesé l'ouvrage. Je vais le porter moi-même, si vous me permettez de vous raccompagner toutes deux à Westcotes.

— Volontiers, agréa aussitôt Katharine, ravie de la proposition.

Mais la petite Sophie avait une dernière requête à formuler.

— Et mon dessin, monsieur Latimer ? s'enquit-elle en levant sur lui un regard implorant. Vous ne l'avez pas encore terminé, n'est-ce pas ? Si vous ne le finissez pas, il ne me restera plus rien du tout, acheva-t-elle d'une voix désolée.

— Ce sera fait dès demain, je vous le promets, la consola Edward, qui lui tapota l'épaule d'un geste affectueux. Et maintenant, en route pour Westcotes, mesdemoiselles !

# Chapitre 10

En dépit des protestations de Georgina, Mme Cunningham avait confiné son aînée dans la chambre de Sophie, où la malade ne risquerait pas de passer son indisposition aux autres membres de la famille. Depuis la mort de son époux, la maîtresse de maison s'alarmait au moindre signe de fièvre et ne redoutait rien tant que la contagion pour ses enfants.

— Il faut rester couchée et vous tenir tranquille, ma chérie, intima-t-elle en glissant une brique chaude dans le lit. Becky va vous apporter une tisane, et je vais recommander aux autres de ne pas vous déranger.

— Mais voyons, maman, je ne suis pas si malade que cela ! se récria Georgina, peu désireuse de rester consignée toute la journée dans la chambrette de Sophie. J'ai un peu de migraine et quelques frissons, voilà tout. Cela n'a rien d'étonnant après le déluge d'hier !

— La prudence n'a jamais nui à personne, que je sache, répondit fermement Mme Cunningham. Soyez raisonnable et reposez-vous jusqu'à demain matin. Nous verrons ensuite comment vous vous sentez. A tout à l'heure, ma chérie.

Comprenant qu'il était inutile d'insister, la malade s'appuya contre les oreillers avec un soupir de résignation. Comment avouer à sa mère que son mal de tête n'était en rien lié à son rhume ? La vérité, c'était qu'elle n'avait pas dormi de la nuit, trop tourmentée par l'étrange attitude d'Edward Latimer.

Les yeux ouverts dans l'obscurité, elle s'était torturé l'esprit pendant des heures à chercher en vain une explication à son incompréhensible conduite. Comment avait-il pu quitter la maison sans même lui faire l'aumône d'un regard, après l'avoir couvée des yeux toute la soirée ? C'était décidément à n'y rien comprendre !

Et comme si elle n'était pas déjà assez perturbée, l'annonce de la vente de la bibliothèque avait achevé de la bouleverser. Elle en était très heureuse, cela allait sans dire, mais la nouvelle était si inattendue ! Elle qui avait mis tous ses espoirs dans la visite à son oncle… A posteriori, cette démarche semblait pour le moins inutile, et dans ces conditions, sa mère risquait fort de lui reprocher d'avoir fait appel à sir Arthur. Mais après tout, n'était-il pas temps de passer enfin l'éponge sur les querelles du passé ? *Pourvu que l'entrevue se passe bien*, pria-t-elle avec une fébrilité qui n'était pas seulement due à son rhume.

Elle commençait à s'assoupir malgré son inquiétude, lorsqu'un bruit de pas crissant sur le gravier du jardin la tira brusquement de sa torpeur. Sir Arthur, déjà ? Le cœur battant d'appréhension, elle rejeta ses couvertures et courut pieds nus vers la fenêtre, d'où elle jeta un regard prudent à travers les rideaux de mousseline.

Edward Latimer ! Le buste bien droit comme à son habitude, il remontait l'allée entre Katharine et la petite Sophie, qui bavardaient gaiement avec lui. Etait-il venu s'excuser pour son départ précipité de la veille ?

Mais à cet instant, elle remarqua le volume qu'il portait sous le bras, et fut prise d'un amer sentiment de déception. Bien entendu, il était seulement venu rapporter le livre de Sophie… Quelle sotte elle avait été d'imaginer une autre raison à sa visite !

Désappointée, elle retourna s'asseoir sur son lit, où elle demeura un instant à écouter le bruit lointain des voix qui résonnaient dans le hall. M. Latimer, sans doute, allait s'informer d'elle. Comment sa mère allait-elle expliquer son absence ? N'y tenant plus, elle se leva doucement et ouvrit sa porte avec d'infinies précautions, avant de se glisser dans le corridor. Puis elle s'avança à pas prudents vers la balustrade de la galerie et prêta l'oreille aux propos qui se tenaient en bas.

— Transmettez-lui mes meilleurs vœux de rétablissement, n'est-ce pas ? disait la voix d'Edward. Et dites-lui bien combien je regrette de n'avoir pu la voir. Quand pensez-vous qu'elle sera assez bien pour recevoir des visites ?

— Voilà ce que je ne saurais vous dire, répondit Mme Cunningham avec son affabilité habituelle. Mais je lui transmettrai vos bons souhaits, n'ayez crainte. Merci encore d'avoir bien voulu nous rapporter le livre de Sophie.

Sur cet échange de politesses, la maîtresse de maison reconduisit Edward jusqu'à l'huis. Déçu, il s'apprêtait à prendre congé, lorsqu'en levant machinalement les yeux vers la galerie du premier, il aperçut dans la pénombre une silhouette vêtue de blanc, qui prit lestement la fuite lorsqu'elle se vit découverte.

*Miss Georgina...*, devina-t-il avec un sourire aux lèvres. Ce fut donc nettement moins découragé qu'il reprit un instant plus tard le chemin du cottage. Qui sait, peut-être avait-il plus de chances qu'il ne le croyait de se voir pardonner son incartade de la veille ? Une jeune fille enrhumée qui quittait son lit pour venir l'épier, ce n'était pas forcément de mauvais augure, songea-t-il en sifflotant avec allégresse. *Dieu me pardonne, je crois même qu'elle était en chemise de nuit !* se souvint-il avec enthousiasme.

Dissimulée derrière le rideau de sa chambrette, Georgina faisait de son mieux pour reprendre sa respiration, tandis qu'elle regardait le visiteur s'éloigner dans l'allée d'une démarche guillerette. Les joues en feu, elle se mordait nerveusement les lèvres, en proie à toutes les affres de la honte. Qu'allait-il penser d'elle à présent, bonté divine ? Non contente d'avoir été surprise à écouter aux portes, il avait fallu qu'elle se laissât voir pieds nus et en chemise de nuit, qui plus était ! Non que ce vêtement révélât grand-chose de ses formes, mais tout de même, quelle indécence ! Et bien entendu, il allait maintenant être fondé à s'imaginer Dieu savait quoi…

Mortifiée, elle regagna son lit en toute hâte et fit semblant d'être endormie lorsque la porte s'ouvrit quelques instants plus tard.

— Miss Georgina ? fit la voix inquiète de Becky Harper. Désolée de vous déranger, mais je vous apporte une tisane. Etes-vous assez bien pour vous asseoir ?

La malade ouvrit les yeux, incapable de feindre davantage.

— Oh ! mais je vais parfaitement bien, Becky. A vrai dire, je crois que je suis tout à fait capable de me lever, à présent…

— Il n'en est pas question, répliqua fermement la gouvernante. Vous devez rester au lit jusqu'à demain, ce sont les ordres de votre mère. Inutile de discuter, miss, cela ne prend pas avec moi !

— Mais je meurs de faim, protesta Georgina. Vous savez bien que je n'ai même pas eu de petit déjeuner.

— Vous connaissez le dicton, miss : « Il faut nourrir le rhume, mais affamer la fièvre », répondit sentencieusement Becky, qui vint placer sa main sur le front de la jeune fille. Vous allez mieux, c'est évident, mais vous êtes encore un peu rouge. Un jour de repos ne vous fera pas de mal, croyez-moi.

Et lui tendant la tasse de tisane :

— Buvez cela comme une bonne fille, et si vous êtes sage, je vous apporterai un grand bol de bouillon de poulet tout à l'heure.

— Magnifique ! soupira Georgina, lugubre.

Elle grimaça légèrement en avalant la première gorgée de la mixture dont le goût d'ipéca, à peine masqué par le citron et la réglisse, lui était bien connu depuis son enfance. Mais elle n'osa pas reposer la tasse sous le regard vigilant de Becky et, bon gré mal gré, ingurgita le breuvage jusqu'à la dernière goutte.

— Très bien, la complimenta son cerbère. Et maintenant, vous allez faire une bonne petite sieste. Votre maman viendra vous voir un peu plus tard.

Restée seule dans la minuscule chambre, Georgina n'eut d'autre ressource pour charmer son ennui que de feuilleter un vieux volume de contes de Perrault, où elle eut tout lieu de méditer sur *Le Petit Chaperon Rouge*, qui voisinait avec *Cendrillon* et *La Belle au bois dormant*. Les trois héroïnes, en somme, ne manquaient ni de courage ni d'entregent, et il était juste qu'elles aient vu les obstacles s'aplanir devant elles après avoir surmonté toutes les épreuves semées sur leur chemin. Si seulement la vie ressemblait aux contes de fées !

Confuse, Georgina se souvint de la façon fort peu glorieuse dont elle avait fui dans la sacristie, au moment où M. Latimer s'apprêtait très probablement à l'embrasser. Décidément, l'amour vous faisait perdre tous vos moyens, quand il ne vous rendait pas tout bonnement ridicule…

A la lumière de ce qu'elle ressentait aujourd'hui, elle commençait à comprendre ses anciens soupirants. Comme elle s'était montrée impitoyable à leur égard, se gaussant de leurs supplications et de leurs plaintes ! Sa seule excuse, c'était qu'elle ignorait alors ce qu'ils pouvaient ressentir. Si elle avait su ce qu'il en était, elle aurait certainement éprouvé davantage de compassion pour ces pauvres diables…

L'après-midi s'étirait, lorsque Becky apporta enfin le bol de bouillon promis que Georgina, affamée, eut tôt fait d'avaler en quelques coups de cuillère.

— Je suis sûre que je peux me lever, à présent, plaida-t-elle ensuite, tandis que Becky replaçait le bol vide sur son plateau. Mon mal de tête n'est plus qu'un mauvais souvenir et je n'ai plus trace de fièvre.

La gouvernante l'examina d'un regard critique avant de laisser tomber son diagnostic.

— Il est vrai que vous semblez beaucoup mieux. C'est certainement l'effet de ma tisane. Ce breuvage fait vraiment des miracles. Il vous a toujours tirées d'affaire lorsque vous étiez malades, miss Katharine et vous.

— Oh ! oui, Becky, acquiesça hypocritement Georgina, qui se garda de la contredire.

Combien de fois Kate et elle n'avaient-elles attendu le départ de Becky pour jeter l'amer breuvage par la fenêtre, pour le plus grand dommage des fuchsias du parterre ? Mais ce n'était pas le moment de s'aliéner l'austère gouvernante en lui révélant ce détail.

— Je ne sais ce que je serais devenue sans vos remèdes. Je me sens tellement mieux maintenant ! Peut-être pourrais-je aller m'habiller, qu'en dites-vous ?

— Hum… Attendez tout de même la visite de votre maman. La pauvre a été occupée une partie de la journée dans la bibliothèque, avec tous ces livres à emballer…

Le bruit d'un attelage roulant sur le gravier de l'allée attira brusquement l'attention de la gouvernante, qui se précipita vers la fenêtre.

— Dieu me pardonne, c'est sir Arthur en personne ! s'exclama-t-elle d'une voix stupéfaite. Il faut que je prévienne tout de suite votre mère.

Abandonnant son plateau sur la table de chevet, elle se précipita hors de la pièce dans un grand bruissement de jupes. Restée seule, Georgina rejeta en hâte les couvertures et courut à son tour vers la fenêtre. L'élégant coupé de son oncle était stationné au bas du perron. Le cocher en livrée était occupé à allumer sa pipe, tandis que le valet semblait plongé dans la lecture d'un journal. De toute évidence, l'équipage avait été prévenu que l'attente risquait d'être longue.

Impatiente d'en savoir davantage, la jeune fille se risqua de nouveau dans la galerie où elle prêta l'oreille. Mais le hall était désert et nul son ne filtrait à travers la porte rembourrée du salon. Déçue, elle retourna se coucher, et de longues minutes s'écoulèrent encore avant que Becky ne pénétrât de nouveau dans la chambre.

Outre un broc d'eau fumante, la gouvernante apportait une tranche de pain beurré, ainsi qu'un verre de lait en guise de goûter.

— Mangez cela, ma chère enfant. Puis vous pourrez descendre, après vous être débarbouillée.

Le visage plissé dans un large sourire, elle déposa l'eau chaude sur la table de toilette, avant de se hâter vers la porte.

— Faites vite, n'est-ce pas ? recommanda-t-elle avant de sortir. Ils sont tous réunis dans le salon.

Georgina ne se le fit pas dire deux fois. Après avoir avalé goulûment sa tartine, elle procéda en hâte à ses ablutions, puis regagna sa propre chambre, où elle s'habilla en un tournemain. Dix minutes plus tard, elle faisait son entrée dans le salon, vêtue de sa plus belle robe de mousseline et les cheveux noués sur la nuque par un ruban de velours.

— Ah, vous voilà, Georgina ! s'écria son oncle, comme elle s'avançait pour le saluer, le cœur battant d'émotion.

Se levant du fauteuil qu'il occupait près de Mme Cunningham, il tendit les bras à sa nièce, une lueur d'inquiétude dans le regard.

— Etes-vous sûre que vous êtes tout à fait remise, ma chère enfant ? Vous n'auriez pas dû quitter votre lit à cause de moi.

— Mais je vais tout à fait bien, mon oncle, assura la jeune fille avec un sourire. Ce n'était qu'une migraine, mais maman a craint que je n'aie pris froid et a voulu éviter aux plus jeunes tout risque de contagion.

Sir Arthur l'étreignit affectueusement avant de la conduire vers le sofa.

— Votre maman a eu raison de s'inquiéter, commenta-t-il. Elle a dû surmonter de telles épreuves ces derniers mois que je comprends sa prudence.

Embarrassée, Georgina prit place sur le sofa et coula un regard anxieux à sa mère, qui aborda aussitôt le vif du sujet.

— Vous avez eu tort de rendre visite à sir Arthur sans m'en parler, ma fille, commença Mme Cunningham d'une voix qui se voulait sévère.

Les joues de la jeune fille s'empourprèrent sous la réprimande, mais elle fut rassurée de constater que le regard de sa mère exprimait plus d'attendrissement que de colère.

— Malgré cela, votre oncle a plaidé votre cause avec éloquence, poursuivit la maîtresse des lieux. Aussi ne vous gronderai-je pas davantage, par égard pour lui. Il s'est montré si aimable et généreux !

— Ne dites pas cela, je vous en prie, protesta aussitôt sir Arthur, manifestement touché. C'est vous qui avez été l'amabilité même de m'ouvrir de nouveau le cercle de votre foyer. J'avoue que je n'osais même plus espérer ce bonheur. Il est si doux pour moi de me retrouver ici après tant d'années, au milieu de votre famille…

— Une famille qui est aussi la vôtre, Arthur, interrompit Mme Cunningham avec une profonde émotion. Si je ne vous ai pas accueilli plus tôt parmi nous, c'est parce que je me devais d'être loyale envers Henry et de respecter jusqu'au bout sa volonté.

— Je comprends quel dilemme vous avez dû affronter, Amelia. Enfant déjà, Henry faisait preuve parfois d'un entêtement que nos parents avaient le plus grand mal à dompter. C'était le seul défaut de cette belle âme…

Et comme Georgina rougissait à ces derniers mots, il ajouta avec un sourire :

— Dois-je comprendre que vous avez hérité de lui ce trait de caractère, ma nièce ?

Cette remarque déclencha chez Katharine un gloussement très peu protocolaire.

— Voyons, Kate ! protesta Mme Cunningham d'un ton réprobateur.

Mais sir Arthur intervint aussitôt pour défendre la coupable :

— Ne la grondez pas, Amelia. Comme vous venez de le souligner, nous sommes en famille, n'est-ce pas ? J'ai été privé de vous tous pendant tant d'années que je serais très heureux si nous pouvions bannir tout formalisme de nos rapports.

Et se tournant vers Kate :

— J'ai entendu dire que vous étiez sur le point de vous marier, mon enfant. Pourrai-je briguer l'honneur de vous conduire à l'autel ?

— Rien ne pourrait me faire un plus grand plaisir, mon oncle, assura vivement la jeune fille, toute rose de plaisir.

— Mon Dieu, Arthur, je me sens de plus en plus coupable, soupira Mme Cunningham, son regard bleu tout embué de larmes. Vous nous dispensez tant de bonté, alors que je me suis montrée si inexorable avec vous…

— C'est absurde, Amelia. Vous n'êtes en rien responsable de tous les malentendus qui nous ont séparés. Mais voyez-vous, j'ai déjà perdu tellement de temps que je veux profiter des quelques années qui me restent pour vous choyer tout mon content, si Dieu me prête vie. A partir de maintenant, attendez-vous à me voir chaque fois que vous voudrez bien m'en fournir l'occasion.

— Ce que je ne manquerai pas de faire, acquiesça sa belle-sœur avec un hochement de tête solennel. Ce sera une joie de vous recevoir chaque fois que vous ressentirez l'envie de nous faire une visite.

Sur ces mots, elle tira le cordon de la sonnette, et ajouta non sans malice :

— Je crois qu'il est temps de faire venir les petits, à présent. Pour vous dire la vérité, Arthur, j'avais demandé à Becky de les garder un moment dans sa cuisine, afin que je puisse m'entretenir avec vous en toute tranquillité. Je les soupçonne d'avoir pris un acompte sur le goûter en savourant une énorme part de tarte aux pommes !

Georgina observa sa mère et son oncle avec curiosité. Qu'avaient-ils bien pu se dire qui requît tant de confidentialité ? Inutile en tout cas de les questionner à ce sujet. Sa mère avait un sens des convenances bien trop développé pour lui fournir la moindre information devant son oncle. Il lui faudrait donc attendre le départ de sir Arthur.

Après avoir pris le thé avec sa famille dans une atmosphère d'affectueuse cordialité, sir Arthur quitta Westcotes en promettant d'y revenir bientôt.

— Il y a longtemps que je ne m'étais senti aussi heureux et comblé, ma chère Amelia, déclara-t-il d'un ton pénétré, en prenant congé de sa belle-sœur.

Fort émus eux-mêmes, les Cunningham le reconduisirent jusqu'au perron et agitèrent la main en guise d'au revoir, tandis que l'élégant attelage décrivait un demi-cercle devant eux avant de s'engager dans l'allée gravillonnée.

— Eh bien, maman, que vous a dit sir Arthur ? demanda sans plus attendre Georgina, lorsqu'elle se retrouva enfin seule dans le salon avec sa mère. Va-t-il prendre en charge les frais de pension de Rupert à Rugby ?

Mme Cunningham s'assit dans une bergère et désigna à sa fille la causeuse voisine.

— Il va faire bien plus que cela, mon enfant, déclara-t-elle avec émotion. Il veut rétablir la pension de votre père, dont l'annuité nous sera de nouveau versée comme de son vivant. A vrai dire, il en a même augmenté le montant. Et il tient à assumer tous les frais de l'éducation de Rupert, jusqu'à sa majorité !

Elle exhala un soupir avant d'ajouter :

— Je dois dire que je me suis d'abord montrée très réticente à la seule idée d'accepter quoi que ce soit de lui. Mais il m'a démontré à quel point je ferais tort à mes enfants si je repoussais son aide. « Faites-le pour eux, Amelia », a-t-il insisté. C'est ce dernier argument qui m'a convaincue, je l'avoue.

Mais elle semblait tiraillée entre le soulagement et la culpabilité.

— Croyez-vous que j'aie eu raison, ma chérie ? demanda-t-elle en levant un regard troublé vers Georgina. Votre père est toujours resté si inflexible dans sa décision de ne pas revoir son frère ! Peut-être aurais-je dû me montrer plus ferme moi aussi ?

Georgina secoua fermement la tête.

— Papa ne se rendait pas compte de la précarité de notre situation, sans quoi il aurait sans doute considéré la chose sous un autre angle. Depuis la mort de Harry, il avait un peu perdu le sens des réalités, je le crains. S'il avait su que nous en serions réduits au plus total dénuement, il aurait certainement été le premier à faire appel à son frère.

Elle observa une pause avant d'ajouter :

— Avez-vous remarqué qu'oncle Arthur n'a pas fait la moindre mention de tante Edwina, comme s'il tenait à nous ménager ? Après tout, c'est elle qui a été à l'origine de toute cette querelle, pas lui !

— Je m'en suis aperçue, en effet, acquiesça Mme Cunningham. Cela dit, je ne refuserai pas de la recevoir, s'il l'amène un jour avec lui. Mais ce ne sera pas facile pour moi, je l'avoue. Cette femme m'a toujours été affreusement antipathique.

Dieu merci, il y avait peu de chances pour que sa mère ait à affronter la terrible Edwina Cunningham, songea Georgina. Elle qui ne s'était même pas donné la peine de descendre son propre escalier pour venir saluer sa nièce ne risquait pas d'accompagner son mari à Westcotes !

— Il y a autre chose, Georgina, reprit Mme Cunningham après un instant de silence. Sir Arthur assure que nous n'avons plus besoin de vendre la bibliothèque à présent. Il a été stupéfait de savoir quelle somme M. Pickens avait obtenue pour nos livres, mais il m'a suggéré de les garder si nous le préférions, maintenant que nous voilà à l'abri du besoin. Mais je dois vous avouer que je suis un peu perdue… Je ne sais quelle décision prendre à ce sujet.

Georgina prit à peine le temps de réfléchir à la question.

— La plupart de ces livres sont des ouvrages de spécialistes, maman. Aucun d'entre nous ne s'y intéressera jamais, à part Sophie pour deux ou trois volumes. Vendez-les donc, cela fera une belle somme qui nous assurera à tous un minimum d'indépendance.

— Vous avez raison, approuva Mme Cunningham, consciente de la sagesse du conseil. Nous ne sommes pas à l'abri de dépenses inattendues, et ne pouvons nous reposer totalement sur votre oncle.

Sur ces mots, elle leva les yeux vers la pendule et se leva d'un bond.

— Mon Dieu, je n'ai pas vu le temps passer ! Il est grand temps de songer au dîner. Et pour commencer, je vais aller apprendre aux Harper la bonne nouvelle. Ils seront aussi soulagés que nous, je présume.

— Becky s'en doute déjà, si vous voulez mon avis. Elle semblait rayonnante lorsqu'elle est montée me chercher.

— Décidément, rien ne lui échappe, s'exclama Mme Cunningham. Mais ils seront tout de même heureux d'entendre que leur situation ici n'est plus du tout menacée.

La mère et la fille gagnèrent le hall d'un pas léger, et elles s'apprêtaient à se séparer au pied de l'escalier, lorsqu'elles entendirent tinter la cloche de l'entrée.

— Qui cela peut-il être à une heure pareille ? s'étonna la maîtresse de maison. Jamais je n'ai eu autant de visites en un seul jour, ma parole !

Intriguée, elle alla elle-même entrebâiller l'huis et poussa une exclamation de surprise en découvrant sur le seuil un énorme bouquet de roses, tenu par le révérend Mansell. Le regard brillant d'un ineffable bonheur, le jeune homme lui mit les fleurs dans les bras sans autre forme de procès.

— Avec toute ma gratitude pour votre constant soutien, déclara-t-il d'une voix émue.

Mme Cunningham demeura muette l'espace d'une seconde, d'abord incrédule. Puis, brusquement, un immense sourire illumina son visage.

— Les Cornwell ont agréé votre demande ! devina-t-elle, transportée de joie.

Le pasteur acquiesça de la tête, radieux.

— Pardonnez ma visite tardive, mais je brûlais de vous annoncer la nouvelle. Sir Richard et lady Cornwell ont tous deux donné leur accord. En fin de compte, ils n'ont pu supporter de voir leur fille si malheureuse et ont décidé de ne plus faire obstacle à notre union. Je vais requérir de l'évêque une licence spéciale, et j'espère que nous pourrons nous marier d'ici la fin du mois.

Mme Cunningham se récria, abasourdie par cette subite accélération des événements.

— Si vite, mon cher John ? Mais les parents de Nell n'auront jamais assez de deux semaines pour préparer la cérémonie !

— Ils ont accepté de s'en tenir à une célébration intime, qui réunira seulement les parents et les amis les plus proches, expliqua le révérend Mansell. A vrai dire, la suggestion semble même les avoir plutôt soulagés. Nell et moi les soupçonnons d'être matériellement un peu gênés, après leur séjour dispendieux dans la capitale.

— Quoi qu'il en soit, n'hésitez pas à faire appel à nous s'il en est besoin, proposa Mme Cunningham avec empressement. Et pour commencer, vous allez rester dîner avec nous, n'est-ce pas ? Becky ne va pas tarder à servir, je pense.

— Je vous remercie, madame, mais je me vois contraint de décliner votre aimable invitation. Vous comprenez, je dois dîner ce soir à Cornwell Park et il ne convient pas que je me fasse attendre, un soir comme celui-ci…

— Ce serait la dernière chose à faire, en effet, admit Mme Cunningham en riant. Merci pour ces magnifiques roses, John. Je vais vite aller leur chercher un vase digne de leur beauté. Georgina va se faire une joie de vous reconduire jusqu'au portail, ajouta-t-elle, certaine que sa fille mourait d'impatience d'obtenir du révérend Mansell de plus amples détails sur cet heureux dénouement.

— Mais bien entendu, agréa le pasteur, qui s'inclina sur la main de son interlocutrice avant de suivre Georgina.

— Je suis très heureuse que vos vœux aient été enfin comblés, révérend, commença la jeune fille, après avoir fait avec lui quelques pas dans l'allée bordée d'églantiers. Inutile de vous dire que je grille d'impatience d'entendre aussi la version de Nell…

— Je ne doute pas de l'intérêt que vous portez à l'événement, mademoiselle. Mais il y a autre chose qui vous préoccupe, n'est-ce pas ?

Georgina se tut un instant, stupéfaite. Aurait-il deviné le fond de sa pensée ?

— C'est vrai, j'aurais une question à vous poser… Mais vous allez la trouver sans doute bien impertinente, murmura-t-elle enfin, les joues rouges de confusion.

— Voilà une chose que je ne me permettrai jamais de penser, affirma gentiment le pasteur.

Mais Georgina, embarrassée, hésitait encore.

— Votre question concernerait-elle M. Latimer, par hasard ? finit-il par demander, devant son trouble.

— En effet, s'empressa de confirmer la jeune fille, heureuse de se voir épargner une gênante entrée en matière. De toute évidence, il n'était plus le même avec moi après votre entretien d'hier soir dans la salle à manger. Aussi ai-je pensé que vous lui aviez peut-être dit quelque chose qui avait modifié son opinion sur moi.

Le révérend Mansell, visiblement étonné par cette inquiétude, parut fouiller sa mémoire.

— Franchement, je ne vois pas, fit-il enfin. Jamais je n'aurais pu exprimer la moindre chose désobligeante à votre sujet, Dieu m'en garde. Tout ce que je lui ai dit, c'est qu'il n'était pas toujours rose de s'éprendre d'une jeune fille au-dessus de sa condition. Après tout, c'est ce que j'ai pu vérifier moi-même à mes dépens.

A ces mots Georgina se tourna vers lui, soudain animée d'un léger regain d'espoir.

— Croit-il que sa situation financière lui interdit de... euh... de penser à moi, par hasard ?

— Je le pense, en effet. Voyez-vous, M. Latimer a sa fierté. Sans doute craint-il d'avoir fort peu à vous offrir... On ne saurait le blâmer de faire passer votre bonheur avant le sien.

Un indicible soulagement se peignit aussitôt sur le visage de Georgina, qui se prit même à sourire. L'imbécile ! Comment avait-il pu se croire indigne d'elle ?

Lorsque les deux jeunes gens eurent atteint l'extrémité de l'allée, le pasteur salua sa compagne d'une inclination du buste.

— Bonsoir, miss Georgina. Je vous remercie d'avoir bien voulu me reconduire jusque-là. C'était très aimable à vous, vraiment.

Mais la jeune fille leva les yeux vers lui, une lueur implorante dans le regard.

— Priez pour moi, révérend, murmura-t-elle. Je crois que j'aurai bien besoin de l'assistance du ciel.

Le révérend Mansell hocha la tête, visiblement apitoyé de la voir si inquiète.

— Je n'y manquerai pas, affirma-t-il. Mais de votre côté, il vous faut avoir confiance en notre créateur, miss Georgina. Si Latimer et vous êtes faits l'un pour l'autre, la solution se présentera d'elle-même, j'en suis certain. Ayez la foi, voilà tout, et vous surmonterez tous les obstacles. N'en suis-je pas un vivant exemple ? ajouta-t-il avec un sourire.

Sur ces paroles réconfortantes, il tourna les talons pour gagner Cornwell Park par le plus court chemin, sous le regard songeur de Georgina.

La foi, bien sûr, se dit-elle pour elle-même, tout en humant le parfum des fleurs exalté par la brise crépusculaire. Mais M. Latimer, qu'en penserait-il ? L'aimerait-il assez pour ravaler sa fierté et l'accepter telle qu'elle était, sans se soucier de la différence de leurs conditions ?

# Chapitre 11

Après s'être assurée qu'aucun serviteur ne traînait dans les parages, Edwina Cunningham pénétra dans le bureau de son mari, dont elle referma soigneusement la porte derrière elle. Non qu'elle craignît une apparition inopinée de Fisher. Désireuse de fouiller en paix dans les dossiers de sir Arthur, elle avait pris la précaution d'envoyer le majordome à l'office sous un prétexte et se sentait tranquille de ce côté-là. Mais elle aimait autant que personne ne fût témoin de son intrusion dans le saint des saints. Après tout, n'était-ce pas la discrétion qui avait assuré le succès de ses manœuvres depuis près de vingt ans ?

Elle commença par passer rapidement en revue les divers dossiers empilés sur le bureau, mais ce qu'elle cherchait n'avait bien entendu pas été laissé en évidence parmi les paperasses. Aussi confiant que fût sir Arthur, il avait tout de même dû user d'un minimum de précautions.

Sans hésiter, Edwina sortit de sa poche la fausse clé qui lui permettait d'ouvrir le tiroir secret du bureau. Elle en fouilla le contenu et, au bout de quelques instants… *Eurêka !* Elle venait de mettre la main sur ce qui l'intéressait. Jetant un rapide coup d'œil à l'horloge, elle s'enfonça dans le grand fauteuil en cuir de son époux et se hâta d'examiner sa trouvaille.

Ainsi, c'était bien cela ! songea-t-elle en parcourant des yeux le papier recouvert d'une fine écriture régulière, où les initiales de sir Arthur paraphaient chaque page. C'était ce qu'elle craignait. Le vieux fou avait modifié son testament. C'était la visite de Marcus Pickens à 9 heures qui l'avait alertée — à juste titre, d'ailleurs. En voyant l'homme de loi se glisser presque furtivement dans le bureau d'Arthur, elle avait tout de suite compris de quoi il retournait.

Le visage durci, elle prit connaissance du nouveau document, et la colère monta en elle tandis qu'elle avançait dans sa lecture. Les poings serrés jusqu'à s'enfoncer les ongles dans la chair, elle lut le testament jusqu'au bout, en lâchant de temps à autre une interjection de dépit. Puis, les doigts tremblants, elle alla replacer le dossier dans le tiroir, qu'elle referma à clé avant de retourner s'asseoir.

— Ah, il croit que les choses vont se passer ainsi, marmonna-t-elle, les mâchoires contractées de fureur. S'il pense que je vais le laisser faire, il se trompe lourdement…

Blême de rage, elle passa plusieurs minutes immobile à envisager toutes sortes d'improbables scénarios de vengeance, encore animée par la colère. Mais, consciente de leur irréalisme, elle parvint à se calmer et à reprendre ses esprits.

*Il faudrait autre chose, un moyen plus radical…*, songea-t-elle en secouant la tête, bien décidée à ne pas se laisser spolier sans réagir.

Elle en était là de ses réflexions, lorsqu'elle entendit carillonner au loin la cloche de l'entrée. Se levant d'un bond, elle alla coller l'oreille à la porte et entendit les pas glissants du majordome se diriger vers le hall. Puis un bruit de voix traversa le panneau de chêne.

— Je crois que madame est dans son boudoir. Si vous voulez bien vous asseoir, je vais aller l'informer de votre visite.

— Ne vous donnez pas cette peine, mon vieux, répliqua un baryton bien connu, dont le timbre fit agréablement tressaillir la maîtresse de maison. Je vais m'annoncer moi-même, comme d'habitude.

D'un geste prompt, Edwina entrouvrit la porte et se glissa hors du bureau, avant de gagner discrètement le salon situé juste de l'autre côté du corridor. Puis elle passa dans le hall, juste à temps pour héler Carstairs qui gravissait déjà l'escalier deux à deux.

— Je suis ici, Gerald ! Revenez, voulez-vous ? J'ai justement un service à vous demander.

Les sourcils froncés, Carstairs fit demi-tour sur le palier et redescendit en trombe, sans se soucier du regard réprobateur dont le suivait Fisher.

— Venez, lui intima Edwina, qui le saisit par la manche et l'entraîna vers le salon, dont elle referma soigneusement la porte.

— Eh là, faites donc un peu attention ! protesta-t-il en se dégageant. Vous allez déchirer mon meilleur habit.

— Vous vous en remettrez, rétorqua Edwina en haussant les épaules, avant de le pousser d'autorité sur une chaise.

Carstairs s'assit à contrecœur, et la considéra d'un air maussade.

— Vos préoccupations vestimentaires peuvent passer au second plan, commença-t-elle. J'ai des choses plus importantes à vous dire.

D'une voix hachée par l'indignation, elle lui conta alors par le menu les désastreux événements survenus depuis sa dernière visite.

Unique fils d'une tante d'Edwina mariée à un baronnet, l'honorable Gerald Carstairs avait dilapidé en une décennie la fortune paternelle, et à trente-huit ans passés, il en était réduit à vivre d'expédients. Joueur et séducteur impénitent, il avait la réputation d'un fort mauvais sujet, et on racontait sous le manteau que plus d'un père avait dû le payer généreusement pour l'éloigner de sa fille, dont le gaillard s'était mis en tête de compromettre toutes les chances de mariage.

Malgré cette réputation déplorable, Edwina avait gardé un

faible pour son cousin et se considérait comme sa débitrice, depuis qu'il avait présenté à Clarissa le distingué vicomte qui devait devenir son mari…

— Vous voulez dire qu'Arthur veut laisser sa fortune à ces va-nu-pieds ? s'écria-t-il avec stupéfaction, lorsque Edwina eut achevé de le mettre au courant. Il est devenu fou, ma parole ! Lorsque j'ai découvert la gamine dans le salon, je l'ai prise pour une femme de chambre à la recherche d'une position. Du reste, ne m'avez-vous pas assuré que vous teniez votre époux bien en main et qu'il n'y avait aucun risque de ce côté-là ? ajouta-t-il avec une nuance de reproche.

— C'est ce que je pensais, reconnut Edwina. Mais il est allé dire au vieux Fisher que les domestiques, désormais, ne devraient recevoir leurs instructions que de lui. Il a repris les clés à Mme Stacpole et a ordonné qu'à l'avenir, tous les comptes de la maisonnée lui soient soumis. Il veut régler lui-même les factures, vous imaginez cela ?

Carstairs fit la grimace à cette nouvelle.

— Voilà qui est pis que tout…, grommela-t-il. Et moi qui dois encore une petite fortune à mon tailleur ! Sans compter les bookmakers, qui commencent à s'impatienter…

Elle fronça les sourcils.

— Et la somme que je vous ai donnée la semaine dernière ? N'était-elle pas censée payer votre tailleur ? Je me suis montrée plus que généreuse ces derniers mois, il me semble…

— N'avez-vous pas obtenu ce que vous vouliez en échange ? rétorqua Carstairs. Dieu sait si j'ai dû faire des pieds et des mains pour vous avoir cette invitation au bal de la comtesse Gresham !

Ce qu'il se garda bien de préciser, c'était qu'il avait eu gain de cause en remettant au plus jeune fils Gresham une dette de jeu que celui-ci était incapable de solder. En échange de quoi, il avait obtenu du jeune homme la promesse de faire inscrire Edwina Cunningham sur la liste d'invités de sa mère.

— Ne parlons pas de cela, marmonna Edwina, qui n'aimait guère s'entendre rappeler qu'elle n'était pas *persona grata* chez les Gresham, malgré le mariage de Clarissa avec l'aîné de la famille.

— C'est tout de même une tuile que vous ayez perdu le contrôle du porte-monnaie, observa Carstairs, la mine sombre. Je ne comprends pas comment je peux vous être du moindre secours en l'occurrence…

A ces mots, il cligna de l'œil avant d'ajouter, cynique :

— A moins que vous ne vouliez faire expédier votre cher époux de vie à trépas, ce qui serait encore la solution la plus simple. Mais le crime n'est pas dans mes cordes, vous savez.

Edwina secoua la tête avec un sourire. Puis elle se pencha vers lui pour suggérer, baissant la voix :

— Il y a une autre solution, Gerald. Sir Arthur semble complètement subjugué par l'aînée des filles Cunningham et ne jure que par elle. Il a l'intention de lui léguer une importante somme d'argent qui doit lui être versée le jour de ses vingt-cinq ans, ou même plus tôt, si elle venait à se marier avant. Dans ce cas, pourquoi n'épouseriez-vous pas la donzelle vous-même ? Ce serait toujours quelques milliers de livres de récupérées.

Carstairs réfléchit un instant à la proposition, mais n'était pas complètement convaincu.

— Ce serait parfait pour moi, mais qu'en retireriez-vous ? demanda-t-il enfin à Edwina, incrédule. Du diable si je comprends quel est votre intérêt dans tout cela…

Une lueur de méchanceté dansa dans le regard d'Edwina, tandis qu'elle expliquait :

— Ce que j'en retirerais ? La satisfaction d'avoir contribué à ruiner la précieuse famille d'Arthur ! Cela lui apprendra à me ridiculiser dans ma propre maison et aux yeux de mes domestiques. Vous rendez-vous compte ? A présent, même les filles de cuisine se permettent de ricaner lorsque je leur donne des ordres !

Emportée par la colère, elle fit de son mieux pour reprendre le contrôle d'elle-même. Après une longue inspiration, elle se pencha vers Carstairs, posa une main sur son bras et se fit cajoleuse.

— Dites que vous acceptez, Gerald ! le supplia-t-elle. Enlevez la fille et exigez de l'épouser en guise de rançon. Ou contentez-vous de la séduire si vous préférez. Peu m'importe, pourvu que je puisse savourer le plaisir de la vengeance. Et le plus tôt sera le mieux, si vous m'en croyez. Arthur m'a l'air décidé à commettre toutes les sottises et mieux vaut le prendre de vitesse.

Mais Carstairs, que les exigences réitérées de sa cousine commençaient à lasser, prit tout le temps de peser le pour et le contre. Qu'est-ce qui lui garantissait que le plan d'Edwina réussirait, après tout ? Pour l'heure, tout ce dont il était sûr, c'était qu'il avait un besoin urgent de numéraire. Jetant un regard torve sur les doigts de sa cousine, où scintillaient des pierres précieuses, il observa d'un ton faussement détaché :

— Vous avez encore vos bagues, à ce que je vois. Je me souviens aussi d'un beau collier de diamants et saphirs... L'avez-vous toujours, ma chère ?

Edwina se raidit à ces mots.

— Pas mes bijoux, Gerald, fit-elle d'une voix ferme, n'y comptez pas. C'est tout ce qu'il me reste, et du train dont vont les choses, ce n'est pas demain que je pourrai en acquérir d'autres.

— Voyons, Edwina, juste une petite bague ou une broche... Si vous voulez que votre plan se réalise, il faudra investir un minimum de fonds. J'aurai certainement besoin de payer un complice ou deux et de louer un attelage, par exemple.

Edwina malgré ses réticences, dut admettre le bien-fondé de l'argument. Avec un léger soupir, elle se leva de son siège.

— Venez, intima-t-elle, je vais vous montrer le contenu de ma cassette et vous ferez votre choix. J'espère que le résultat de cette affaire sera à la hauteur de nos espérances et que je n'aurai pas consenti pour rien à ce sacrifice !

Heureux du résultat de sa visite aux Cunningham, sir Arthur se sentait d'humeur joyeuse lorsqu'il regagna enfin sa demeure en fin d'après-midi. Aussi fut-ce avec un sourire bienveillant qu'il pénétra dans le boudoir de sa femme, où lady Edwina se reposait languissamment après le départ de Carstairs.

— J'espère que vous avez passé une bonne journée ? s'enquit-il d'un ton affable.

Mais il en fallait davantage pour dérider la maîtresse des lieux, qui plissa les lèvres dans une moue d'amertume.

— Aussi bonne qu'elle pouvait l'être dans ce trou perdu. Dunchurch me rend littéralement abattue. Vous savez bien que je n'ai aucun goût pour les petites villes de province et que chaque année je n'attends qu'une chose : retourner à Londres.

Sir Arthur fronça les sourcils.

— Pour ma part, je préfère passer les mois d'été chez moi. Mais qu'à cela ne tienne, je ne vois pas d'inconvénient majeur à ce que vous regagniez la capitale d'ici à une quinzaine, si cela vous sied.

Les yeux d'Edwina s'éclairèrent à cette proposition, mais elle eut tôt fait de se renfrogner de nouveau.

— A cette époque de l'année ? Mais toute la bonne société aura déserté la ville, voyons ! Tout le monde sera à Bath ou à Harrowgate pour prendre les eaux et il n'y aura pas âme qui vive à Berkeley Square.

— C'est exact, mais cela ne devrait pas vous causer le moindre souci, puisque vous n'habiterez plus à Berkeley. J'ai résilié hier soir la location de la maison que nous y occupions.

Son épouse poussa une exclamation horrifiée à cette nouvelle. Elle s'apprêtait à déverser un flot de protestations, quand sir Arthur l'arrêta d'un geste impérieux.

— Du calme, Edwina, je n'ai pas fini. Connaissant votre amour pour la capitale, j'ai loué à la place une charmante petite maison à Hans Crescent, où vous séjournerez désormais toute l'année.

— A Hans Crescent ! se récria sa femme d'un ton outragé. Aucune personne de qualité ne condescendrait à vivre là, voyons ! C'est un quartier de gens obscurs et médiocres…

— Raison de plus ! Vous vous y sentirez parfaitement à l'aise, rétorqua sir Arthur, cinglant.

Edwina blêmit sous le sarcasme.

— Et si je refuse ? tenta-t-elle de le menacer d'une voix étranglée.

— Oh ! mais j'en doute fort, ma chère. Pour une fois, vous vous conformerez strictement à mes instructions. La maison que j'ai louée pour vous est parfaitement honorable et convient tout à fait à une dame seule. Mme Stacpole vous accompagnera, bien entendu, et vous pourrez amener avec vous tous les domestiques qui consentiront à vous suivre, à moins que vous ne souhaitiez en embaucher de nouveaux. Je vous laisse toute latitude sur ce point. Loin de moi l'idée de vous faire déroger à votre rang…

Elle leva les yeux vers le plafond, comme pour prendre le ciel à témoin.

— Comment pourrai-je vivre dans ces conditions ? Il est inhumain à vous de me condamner à passer le reste de mes jours dans quelque sordide ruelle où l'on ne voit jamais le soleil. Que vont penser les gens, Arthur ? Je suis tout de même votre femme, pour l'amour du ciel ! le supplia-t-elle avec désespoir.

— Je ne l'oublie pas, Edwina, et je n'ai aucune intention de vous exposer à l'ostracisme de la société, répondit sir

Arthur, sans s'émouvoir le moins du monde de l'intensité dramatique avec laquelle sa femme prenait la nouvelle. Je ne demanderai pas le divorce, sachez-le, et je vous allouerai une confortable pension mensuelle, qui vous permettra de tenir dignement votre rang. J'ai également mis de côté une somme conséquente, qui devrait vous permettre de vous meubler à votre goût. Bien entendu, vous pourrez prendre ce que vous jugerez bon dans les pièces que vous occupiez ici. Je vous laisse aussi vos bijoux, à l'exclusion des bagues et des broches qui appartenaient à ma mère.

Pendant quelques secondes, Edwina tenta de digérer ces informations, le front plissé.

— Et la maison que vous avez louée est acceptable, dites-vous ? demanda-t-elle enfin d'un air méfiant.

— Suffisamment confortable pour que vous l'appréciiez, assura sèchement sir Arthur. Et quoi que vous en pensiez, elle est située dans un quartier respectable, où ne vivent que des gens de bien. Il n'est pas dans mon intérêt de vous laisser vivre dans une abjecte pauvreté, bien que vous ne méritiez pas mieux, en toute justice.

Elle baissa les yeux à ces mots d'un air pitoyable, et sir Arthur, qui avait le cœur tendre, dut s'endurcir pour ne pas céder à la compassion qui menaçait de s'immiscer en lui. Pendant combien d'années cette femme l'avait-elle humilié et rabroué, allant jusqu'à le rejeter de la couche conjugale ? se rappela-t-il en serrant les lèvres, tandis qu'un flot de souvenirs pénibles remontait douloureusement du tréfonds de sa mémoire. Il n'était que juste qu'elle payât enfin pour son égoïsme, son arrogance, et la constante dureté dont elle avait fait preuve à son égard.

— Très bien, acquiesça enfin Edwina, qui avait pesé le pour et le contre. J'accepte votre proposition, Arthur, et je partirai pour Londres dès que vous aurez pris les arrangements nécessaires.

— Voilà une sage décision, approuva sir Arthur, soulagé de cette prompte capitulation. Je pense que vous vous sentirez beaucoup plus à l'aise dans votre propre maison, où vous pourrez retrouver la haute main sur vos domestiques. Je vais donner des instructions à Pickens, qui chargera son clerc d'organiser les détails matériels de votre déménagement aussi rapidement que possible.

Contre toute attente, son épouse n'émit pas la moindre protestation, et se contenta de garder le silence.

— Vous avez bien compris qu'il s'agit d'une séparation définitive ? insista-t-il alors, vaguement inquiet de son absence de réaction. Il n'y aura pas de réconciliation, inutile de vous bercer de faux espoirs. Nous ne reviendrons pas en arrière, le long épisode de notre vie commune est définitivement clos.

Le visage d'Edwina demeura étrangement impassible, et contre toute attente, elle n'éleva pas d'objections.

— C'est parfait, Arthur. Pour une fois, je suis tentée d'approuver tout ce que vous venez de dire. Et maintenant, si vous voulez bien m'excuser, je dois voir Mme Stacpole et régler avec elle toutes les modalités de mon très prochain départ.

Elle se leva sur ces mots et quitta la pièce dans un bruissement de soie, sous le regard perplexe de son époux, qui n'osait encore se réjouir de ce dénouement. Se pouvait-il qu'il fût enfin débarrassé d'elle, après avoir souffert tant d'années de son mauvais caractère et de son incessante tyrannie ? La passivité avec laquelle elle venait d'accepter leur séparation ne laissait pas de l'étonner, de la part d'une femme aussi vindicative et pugnace. *Cacherait-elle quelque chose ? Allons, c'est impossible, elle a simplement compris qu'il n'y avait rien à faire, voilà tout…*

Cependant ce raisonnement, aussi sensé fût-il, ne parvint pas à chasser toutes ses inquiétudes. En fin de compte, il n'aurait définitivement la paix que lorsque Edwina aurait quitté Dunchurch pour de bon. Il ne lui restait plus qu'à espérer un départ rapide, pour en avoir fini au plus vite avec ce pénible épisode.

Mais sans doute aurait-il été plus alarmé encore s'il avait pu voir le sourire triomphant qui s'était affiché sur les lèvres de sa femme, dès qu'elle avait refermé derrière elle la porte du salon.

— Vous vous croyez très fort, n'est-ce pas ? murmura-t-elle, une lueur machiavélique dans le regard. Mais patience, mon cher époux ! Votre belle assurance ne durera pas longtemps, faites-moi confiance. Quant à moi, Dieu merci, je serai à l'abri quand le scandale éclatera…

Et de conclure avec satisfaction :

— En somme, vous ne pouviez me rendre de plus grand service que de m'éloigner de Compton Lacey en ce moment !

# Chapitre 12

Dépité de n'avoir pu s'entretenir avec Georgina, Edward avait passé la journée à se creuser l'esprit pour inventer un prétexte qui lui permît de la revoir promptement. Certes, Mme Cunningham l'accueillait toujours les bras ouverts. Mais encore lui fallait-il une raison valable de renouveler sa visite du matin.

*Pourquoi pas le dessin ?* se dit-il enfin, songeant au paysage d'Egypte qu'il avait promis d'achever pour Sophie. Oui, le dessin était une bonne excuse. Son carton sous le bras, il reprit donc le chemin de Westcotes à la fin de l'après-midi, le cœur battant d'impatience.

Mais en approchant du portail des Cunningham, il distingua de loin deux personnes engagées dans une conversation. Plissant les yeux, il parvint à identifier le révérend Mansell et… *Georgina ?* Il sentit son pouls s'accélérer. Pour autant qu'il en pût juger, la jeune fille semblait se porter parfaitement bien, et à voir ses gestes animés, il était difficile de croire qu'elle relevait d'une indisposition. Avait-elle inventé son prétendu rhume de toutes pièces, afin de ne pas le recevoir ce matin-là ?

Accablé par ce soupçon, il fit discrètement demi-tour pour ne pas être aperçu des deux jeunes gens et regagna le cottage, la mort dans l'âme. Comment parviendrait-il à s'expliquer avec

Georgina, si elle persistait à l'éviter ? La situation semblait décidément sans issue…

Tenaillé par des sentiments contradictoires, il passa toute la journée du lendemain à errer de pièce en pièce. Bon sang, ce contretemps n'arrangeait pas ses affaires. Plus le temps passait, plus il courait le risque de tomber sur Eleanora Cornwell, et il osait à peine en imaginer les désastreuses conséquences… Si au moins la fille de Mme Jacklin avait pu s'acquitter de sa mission ! Mais il n'avait pas la moindre nouvelle et son angoisse ne faisait que croître au fil des heures.

De guerre lasse, il s'apprêtait à monter dans sa chambre, lorsque trois coups légers retentirent à la porte de service. Le cœur plein d'espoir, il s'empressa d'aller ouvrir. Annie Jacklin se tenait debout sur le seuil, ses maigres épaules drapées dans un châle de mérinos.

— Ça n'a pas été facile, vous savez, grommela la femme de ménage. Lucy a été surprise dans l'escalier comme elle redescendait du premier après avoir vu mademoiselle, et la femme de charge a failli la renvoyer !

— Et mon billet ? s'enquit anxieusement Edward. A-t-elle pu le remettre à miss Cornwell ?

Elle acquiesça, maussade, et lui tendit une feuille de papier pliée en quatre.

— Voici la réponse. J'espère au moins que c'est celle que vous attendiez.

Avec des gestes fébriles, il déplia le papier, qui, Dieu merci, ne portait pas le nom du destinataire.

« Je suis fort étonnée par votre requête, car nous ne sommes après tout que des connaissances de fraîche date », avait écrit Eleanora Cornwell d'une plume hâtive. « Mais j'avoue que je suis curieuse de savoir en quoi je puis vous être utile. Si vous le souhaitez, je pourrai vous rencontrer demain après-midi à 4 heures. Il vous suffira de descendre la rivière jusqu'au vieux hangar à bateaux et d'entrer dans la propriété de mes parents par le petit portail qui s'ouvre à droite. Je tâcherai de vous y rejoindre. »

Soulagé d'un grand poids, Edward leva les yeux et s'aperçut qu'Annie Jacklin l'observait, l'air suspicieux.

— Je ne comprends pas quel jeu vous jouez, monsieur Latimer, observa-t-elle avec aigreur. Miss Cornwell est fiancée au révérend Mansell et vous m'avez assuré vous-même que vous étiez épris de miss Cunningham. A quoi rime tout cela ? De plus, je ne veux pas que ma Lucy se retrouve mêlée à vos histoires. Il ne manquerait plus qu'elle perde sa place à cause de vos manigances !

— Je ne lui demanderai plus rien, Annie, n'ayez crainte, la rassura-t-il avec un sourire. Pourquoi n'entreriez-vous pas un instant ? Vous pourriez faire du thé et en boire une tasse avec moi, qu'en dites-vous ?

— Ma foi, ce ne sera pas de refus, acquiesça Mme Jacklin, radoucie par la proposition. Il fait encore frais ce soir et j'ai bien besoin d'un petit remontant.

Tout en pénétrant dans le couloir, elle raconta avec animation :

— Je me suis arrêtée à Westcotes avant de venir ici, mais Becky Harper n'avait pas eu le temps de préparer le thé. Ils ont été sur les dents depuis l'aube, avec tout ce remue-ménage.

Edward haussa les sourcils, sa curiosité en éveil.

— Du remue-ménage, dites-vous ?

— Dame ! Il y a d'abord eu deux hommes venus de Lunnon pour achever d'empaqueter les livres du feu révérend. Puis un chariot est venu prendre le tout en milieu d'après-midi. Naturellement, Becky a dû nourrir les hommes et nettoyer ensuite la maison.

Après avoir ôté son châle, elle se haussa sur la pointe des pieds pour atteindre la boîte à thé au sommet du buffet, avant d'aller poser la bouilloire sur le feu.

— Et miss Georgina ? s'enquit-il d'un ton aussi détaché que possible. Savez-vous si elle est remise de son rhume ?

— Bah, ce n'était rien du tout ! assura-t-elle. Deux heures au lit, et elle se portait comme un charme… Elle s'est levée pour aller saluer sir Arthur, venu faire une visite à la famille. D'après Becky, il a l'intention de leur venir en aide. Mme Cunningham doit être bien soulagée, pour sûr !

Après avoir laissé infuser le thé quelques instants, elle versa le breuvage bien chaud dans deux tasses et en poussa une vers Edward, avant de s'asseoir en face de lui à la table.

— Allons, posez vos questions ! commença-t-elle abruptement. Je suppose que vous ne m'auriez pas invitée à prendre le thé si vous n'aviez pas quelque chose à me demander…

Percé à jour, Edward eut un sourire gêné. Décidément, la femme de ménage était perspicace.

— Hum…, commença-t-il en s'éclaircissant la voix. Savez-vous où se trouve le vieux hangar à bateaux, par hasard ?

— C'est ce grand bâtiment aux volets verts qui s'élève de l'autre côté du canal, le renseigna Mme Jacklin sans hésiter. Vous n'avez qu'à traverser le pont de bois et prendre le chemin de Willoughby. Vous tomberez tout de suite dessus. Je suppose que c'est la propriété des Cornwell que vous cherchez ?

Edward inclina la tête, inquiet. Pourvu que la bonne dame n'allât pas diffuser l'information dans tout le voisinage ! pria-t-il à part lui. Mais que faire d'autre ? Son rendez-vous avec Eleanora devant rester secret, il ne pouvait tout de même pas demander la route de Cornwell Park aux passants !

— Le portail du jardin s'ouvre dans la haie, tout de suite après le hangar, continua-t-elle, après avoir vidé sa tasse d'un trait. Il est peint lui aussi en vert et entouré de résédas, vous ne pourrez pas vous tromper.

Secouant la tête, elle ajouta avec une moue dubitative :

— Je ne vois pas comment une visite là-bas peut arranger vos affaires avec miss Cunningham, mais je suppose que vous savez ce que vous faites.

Elle se leva sur ces mots, non sans gronder Edward, qui n'avait pas encore touché à son thé.

— Vous ne buvez pas ? Cela va être froid ! Quant à moi, je dois rentrer, à présent. Il se fait déjà tard et mon mari va se demander où je suis passée.

Edward se leva poliment et la raccompagna jusqu'à la porte d'entrée.

— Heureusement qu'il y a un beau clair de lune, Annie, cela éclairera votre chemin.

— Oui, c'est encore une chance..., grommela la femme de ménage en se drapant dans son châle.

— Soyez persuadée en tout cas que je n'oublierai pas ce que vous avez fait pour moi, Lucy et vous. Vous ne regretterez pas de m'avoir aidé, je vous le promets.

« Je l'espère bien... », entendit-il en guise d'adieu, tandis que Mme Jacklin s'éloignait sur la route éclairée par la lueur dorée de la lune.

Resté seul, Edward leva les yeux vers l'astre rond qui brillait dans le ciel.

— Fasse le ciel que je puisse enfin me tirer du pétrin où je me suis fourré moi-même ! marmonna-t-il avant de refermer la porte du cottage.

Edward aurait sans doute été moins tranquille encore s'il avait pu deviner que ce matin-là, Eleanora Cornwell s'était rendue à Westcotes pour y voir ses amies. Chaleureusement accueillie par Georgina et Katharine, qui l'avaient félicitée de son prochain mariage, elle s'était excusée de ne pas leur avoir rendu visite dès son retour à Compton Lacey.

— Vous savez ce que c'est, leur dit-elle, en s'installant avec elles dans le salon. Tout s'est passé si vite depuis mon retour que j'ai à peine eu le temps de respirer. Dieu sait pourtant que je mourais d'envie de tout vous raconter...

— Dites-nous vite, Nell, prièrent les deux sœurs, qui ne se tenaient plus d'impatience. Comment vos parents ont-ils fini par changer d'avis ?

En phrases hachées, la visiteuse leur fit le compte rendu des événements, arrachant à ses deux interlocutrices des exclamations de surprise et de joie.

— Et votre séjour à Londres ? interrogea Katharine, surtout intéressée par l'aspect mondain de l'aventure. Vous avez dû être la reine de tous les bals, j'imagine, ajouta-t-elle non sans une pointe d'envie.

— Eh bien, j'ai joui d'une certaine popularité, c'est vrai, bien que je n'aie pas vraiment compris pourquoi, admit Nell en rougissant. Mais vous savez toutes deux que les réceptions ne sont pas mon fort, n'est-ce pas ? Maman m'y traînait contre mon gré et j'ai eu beau refuser d'emblée deux demandes en mariage émanant de gentilshommes prétendument « respectables », elle ne m'a pas laissée en paix et m'a obligée à assister à toutes les réunions de l'Almack.

Elle se tut un instant et tourmenta la poignée de son réticule avant de poursuivre :

— Le pire a été le bal des Abercrombie… Il y avait là un riche vicomte qui me faisait la cour depuis quelque temps et s'était inscrit pour trois danses sur mon carnet de bal. D'après le code de bienséance en vigueur à Londres, cela équivaut, paraît-il, à une demande en mariage. Maman n'a cessé de me tourmenter à ce sujet, en me suppliant de faire l'aimable avec le vicomte. J'ai fini par lui répondre que je n'avais aucune intention de badiner avec qui que ce soit, alors que je me considérais comme fiancée à John.

Levant ses beaux yeux noisette sur ses deux amies, qui buvaient ses paroles la bouche entrouverte, elle ajouta en baissant instinctivement la voix :

— Nous nous tenions toutes les deux dans un coin de la salle de bal, derrière un écran de plantes vertes. Et savez-vous le plus beau ? Je savais pertinemment que le monsieur en question se trouvait juste de l'autre côté avec deux de ses amis. J'ai donc élevé la voix dans l'espoir qu'il tendrait l'oreille. C'était cruel de ma part, je l'avoue, mais que pouvais-je faire ? Je n'avais pas d'autre moyen de lui faire comprendre que j'étais engagée ailleurs.

Katharine poussa un léger cri, tout émoustillée par ces confidences.

— Grands dieux ! Et vous a-t-il signifié qu'il vous avait entendue ?

Nell secoua ses boucles cuivrées.

— Oh ! non, il était beaucoup trop gentilhomme pour cela ! Mais il ne m'a réclamé qu'une danse en fin de compte, et en me raccompagnant à ma place, il m'a dit quelque chose qui m'a donné fort à penser.

— Quoi donc ? demanda Kate, qui grillait littéralement de curiosité.

— Il m'a chuchoté avec un petit sourire : « Je vous souhaite bonne chance, miss Cornwell. J'espère que rien ne viendra plus faire obstacle à vos projets d'avenir. »

— C'est tout ? s'étonna Georgina, qui s'attendait à une conclusion plus mélodramatique.

— Oui, et le fait est qu'il a quitté le bal sur-le-champ. Je ne l'ai plus jamais revu après cela.

— Hum… Il avait vraiment dû surprendre votre conversation et a eu des scrupules à poursuivre sa cour, voilà tout, devina Georgina.

— Ce dont je lui serai éternellement reconnaissante ! affirma Nell avec ardeur. Maman ne s'est pas remise de sa défection et lorsqu'elle a vu qu'il ne se présentait plus chez nous, elle a décidé mon père à me ramener à Compton Lacey. Si c'était leur façon à eux de me punir, ils n'auraient pu mieux arranger mes affaires !

Amusées par cette réflexion, elles pouffèrent toutes trois, mais Nell reprit vite son sérieux pour observer :

— Vous allez penser que je me montre bien ingrate envers mes parents, qui ont tant fait pour moi. Si vous saviez tout l'argent qu'eux et grand-père ont dépensé pour m'offrir cette Saison à Londres…

Mais Georgina était loin de partager ce point de vue.

— De quoi leur seriez-vous reconnaissante, bonté divine ? s'exclama-t-elle, indignée. Ne leur avez-vous pas assez dit que vous n'aviez pas la moindre envie d'aller à Londres ? Ils ont passé outre à vos désirs et vous ont rendus très malheureux, M. Mansell et vous.

Dieu savait qu'à ce sujet, elle s'exprimait en connaissance de cause ! Elle-même se débattait dans les affres de l'attente, M. Latimer n'ayant pas donné signe de vie depuis deux jours. Trouverait-il jamais le courage de surmonter son orgueil pour revenir vers elle ? Cette incertitude lui était si pénible qu'elle en était presque à envisager de faire elle-même le premier pas, bafouant ainsi toutes les sacro-saintes convenances.

Elle en était là de sa rêverie, lorsqu'elle se rendit compte que sa visiteuse s'était déjà levée et renouait les brides de sa capote.

— Faut-il vraiment que vous partiez déjà ? protesta Katharine, qui était restée sur sa faim. Vous ne nous avez pas donné un seul détail sur les toilettes que vous avez fait confectionner à Londres. Je brûle de savoir ce qui se fait dans la capitale !

Nell secoua la tête en souriant.

— Désolée, Kate, une autre fois ! J'ai promis à John de passer le voir au presbytère et je ne voudrais pas le faire attendre.

Tandis que sa sœur exprimait ses regrets, Georgina jeta un furtif regard à la pendule. Il était près de 5 heures, constata-t-elle avec un tressaillement. L'heure où M. Latimer avait coutume de quitter le cottage pour aller chercher son dîner à l'auberge du village… N'était-ce pas le moment ou jamais de susciter une rencontre qui pourrait passer pour le fruit du hasard ?

— Pourquoi n'accompagnerions-nous pas Nell jusqu'au village ? suggéra-t-elle. Cela nous permettra de bavarder encore un peu avec elle.

Sa proposition ayant été accueillie avec enthousiasme, les trois jeunes filles prirent ensemble le chemin du bourg, tout en devisant gaiement. Mais Georgina eut beau jeter de furtifs regards par-dessus son épaule, aucune trace de M. Latimer dans les alentours… Quelle déception !

— J'ai entendu dire qu'il y avait un artiste au cottage Blanchard ? dit Nell, comme les promeneuses croisaient deux villageois qui soulevèrent courtoisement leur chapeau sur leur passage. John m'a même raconté que vous étiez devenues tout à fait amies avec lui.

— Son nom est Latimer, précisa Kate, non sans jeter un regard oblique à sa sœur. Il nous a fallu prendre le pauvre bougre sous notre aile, car notre garnement de Rupert l'avait fait malencontreusement tomber en lâchant les chiens sur la route. Le malheureux avait une cheville foulée et il lui a fallu plusieurs jours pour s'en remettre. C'est pourtant un homme robuste, qui ne manque pas de prestance. Vous aurez sûrement l'occasion de l'apercevoir au village, avec son carnet de croquis sous le bras.

— J'ai bien croisé un étranger en venant, mais je doute que ce soit lui, car il était vraiment affreux !

— Oh ! c'était sûrement quelqu'un d'autre, M. Latimer est très bel homme, affirma Kate en jetant un nouveau coup d'œil à Georgina.

Au nom du ciel, qu'avait donc son aînée ? se demanda-t-elle, inquiète. Elle semblait de plus en plus abattue, ne cessant de lancer des œillades à droite et à gauche, et se montrant nettement moins loquace que de coutume.

Mais tout en bavardant ainsi, les trois jeunes filles étaient arrivées devant le presbytère, où Nell retrouva son fiancé avec une joie débordante.

— Entrez donc un instant prendre un rafraîchissement avec nous, proposa John Mansell aux deux sœurs. Cela vous permettra de vous reposer un peu avant de regagner Westcotes. Nell sera ravie, j'en suis sûr.

Mais Kate, pour une fois raisonnable, secoua fermement la tête.

— Maman se demanderait ce qu'il est advenu de nous, s'excusa-t-elle. Mais nous ne manquerons pas de vous rendre bientôt une petite visite, à Nell et vous, c'est promis !

Après avoir salué leurs amis, les deux sœurs reprirent en silence le chemin de Westcotes.

— Vous voilà bien soucieuse, Gina, observa Kate, tandis qu'elles traversaient de nouveau le village. Même à l'aller, vous n'avez pratiquement pas ouvert la bouche. Quelque chose ne va pas ? Vous pouvez tout me dire sans crainte. Je sais me montrer discrète quand il le faut.

Et comme sa sœur hésitait visiblement à se confier :

— Je ne sais pourquoi, j'ai l'impression que votre manque d'entrain a quelque chose à voir avec M. Latimer, devina-t-elle. Est-ce que je me trompe ?

Georgina, qui ne s'attendait pas à tant de sagacité de la part de Katharine, exhala un long soupir. Inutile de nier l'évidence à présent…

— Vous allez penser que je me conduis comme une sotte, mais je ne cesse de penser à lui, avoua-t-elle d'un ton penaud. Je n'arrive pas à comprendre pourquoi il a cessé de nous rendre visite.

Kate, qui n'approuvait qu'à demi le penchant de sa sœur

pour l'artiste sans le sou qu'était M. Latimer à ses yeux, se mit en devoir de la morigéner :

— Voyons, Gina, qu'est-ce qui vous arrive ? Ce n'est pas sérieux, n'est-ce pas ? Vous qui passiez votre temps à vous moquer de ces *niaiseries sentimentales*, pour reprendre vos propres paroles !

Georgina aurait voulu pouvoir répondre, mais elle était à court d'arguments. Comment convaincre sa sœur du bien-fondé de ses sentiments, quand elle était incapable de les comprendre elle-même ? La route se poursuivit donc dans un silence pesant. Comme les deux jeunes filles atteignaient la sortie du bourg, elles entendirent un claquement de sabots de cheval marteler les pavés derrière elles. Aussitôt, elles se serrèrent contre le bas-côté pour faire place au cavalier, qui les dépassa dans un petit nuage de poussière.

— Kate, je le connais ! chuchota Georgina d'une voix alarmée, en voyant l'homme tirer brusquement sur ses rênes quelques mètres plus loin. C'est cet affreux Carstairs dont je vous ai déjà parlé. Vous savez, celui que j'ai rencontré chez l'oncle Arthur…

— Mon Dieu ! s'exclama Kate, dont les yeux s'agrandirent d'horreur. Oh ! Gina, vite, retournons au presbytère. Là-bas, nous serons au moins en sécurité.

Mais trop tard. D'un mouvement prompt, Carstairs s'était laissé glisser de sa monture et se dirigeait vers elles, sa cravache à la main.

— Par ma foi, mais c'est la délicieuse miss Cunningham ! s'exclama-t-il avec emphase. Du diable si je pensais vous retrouver ici, ma belle…

D'un geste exagérément courtois, il ôta son chapeau et s'inclina profondément devant Georgina. Puis il avisa Katharine, qu'il enveloppa d'un regard lubrique.

— Et voilà la sœurette, je présume ? Jolie aussi, indéniablement ! Hé, hé, les femmes sont plutôt bien tournées chez les Cunningham. Le défunt pasteur aura au moins réussi cela dans sa vie.

Le son de cette voix grasse et traînante arracha un frisson de dégoût à Georgina, qui empoigna Kate par le bras d'un geste protecteur.

— Nous n'avons rien à vous dire, monsieur Carstairs, déclara-t-elle sèchement en s'efforçant de dissimuler ses craintes. Veuillez nous laisser passer, s'il vous plaît.

Mais l'homme, qui leur bloquait le passage de sa forte carrure, ne fit même pas mine de s'écarter.

— Allons, miss Cunningham ! fit-il en tendant la main vers elle, tandis qu'un déplaisant sourire se jouait sur son visage rubicond. Est-ce ainsi que l'on repousse son prochain ? Un peu de charité chrétienne, s'il vous plaît. Vous êtes la fille d'un homme d'église, tout de même ! Ne vous a-t-on pas appris qu'il fallait s'aimer les uns les autres ?

Les mâchoires serrées, Georgina tenta d'entraîner sa sœur le long du talus, en vain. L'odieux personnage fit un pas de côté pour se camper de nouveau devant elles, les lèvres retroussées dans un insolent sourire.

— Monsieur Carstairs, si vous ne vous écartez pas sur-le-champ, je me verrai obligée d'informer mon oncle de votre inqualifiable attitude. Vous ne voulez pas que nous en arrivions là, n'est-ce pas ?

L'homme leva les yeux au ciel avec componction, comme pour prendre le Seigneur à témoin de ses excellentes intentions.

— Pourquoi vous fâcher ainsi, belle enfant ? Il y a tout de même moyen de s'entendre entre gens civilisés, que je sache !

— *Les gens civilisés*, comme vous dites, n'empêchent pas les autres d'aller où bon leur semble, monsieur. Pour la dernière fois, veuillez vous écarter ! s'écria Georgina, tremblant de colère et de peur.

Gerald Carstairs émit un rire déplaisant, tandis qu'une lueur indéchiffrable vacillait dans son regard torve.

— Si vous le prenez ainsi…, marmonna-t-il avec un rire contraint. Dommage que vous manquiez à ce point d'humour…

Sur ces mots, il fit un pas de côté pour les laisser passer, non sans les dévisager avec insolence tandis qu'elles se hâtaient de prendre le large.

— Au revoir, mesdemoiselles ! lança-t-il d'un ton jovial, alors qu'elles s'éloignaient de toute la vitesse de leurs jambes. A très bientôt, n'est-ce pas ? J'attends avec une impatience dont vous n'avez pas idée le moment de notre prochaine rencontre.

Indignée, Georgina se garda bien de répliquer. Empoignant Kate par le coude, elle l'entraîna vers Westcotes sans même jeter un regard derrière elle.

Décidément, cette petite expédition au village avait tourné au plus complet désastre. Non seulement elle n'avait pas rencontré M. Latimer, mais il avait fallu qu'elle tombât précisément sur cet affreux Carstairs, dont le seul souvenir lui donnait encore des cauchemars. *Fasse le ciel qu'il ne soit pas là à nous attendre chaque fois que nous mettrons le nez dehors !* pria-t-elle avec un frisson d'effroi.

# Chapitre 13

Le cœur battant d'espoir, Edward arriva avec un bon quart d'heure d'avance devant le portail vert qui ouvrait sur le jardin de Cornwell Park. Dissimulé derrière les branches d'un saule pleureur, il tua le temps en observant le va-et-vient des barges chargées de grains qui naviguaient sur le canal.

Penchés au-dessus du parapet qui surplombait le cours d'eau, des garnements du bourg jouaient à laisser tomber des cailloux dans les embarcations. Ce petit jeu, qui semblait fort les amuser, se poursuivit jusqu'à ce qu'un matelot, abandonnant sa barque sur la rive, se ruât à leur poursuite. Mais le temps qu'il atteigne le pont, les vauriens s'étaient enfuis à tire-d'aile, et l'homme en fut réduit à égrener dans sa barbe un chapelet de jurons. Cette scène cocasse eut au moins le mérite d'arracher un sourire à Edward, et d'apaiser un instant sa fébrilité.

Il commençait à trouver le temps long néanmoins, et quand la cloche de l'église eut sonné quatre coups, il se rapprocha du portail, qui demeurait obstinément clos. Quelques minutes s'écoulèrent encore, ajoutant à son incertitude. Miss Cornwell avait-elle eu un empêchement, par hasard ? Sans doute l'aurait-elle fait savoir à Lucy… A moins qu'elle ne fût revenue sur sa décision de le rencontrer ? Qui sait, peut-être avait-elle regretté, après coup, d'avoir accepté le rendez-vous sur une simple impulsion…

En désespoir de cause, il en était à examiner le mur pour voir s'il n'offrait pas de prises propices à une escalade, lorsqu'un grincement l'avertit soudain qu'on tirait le verrou intérieur du portail.

Soulagé, Edward retourna se poster près de l'entrée, et son pouls s'accéléra lorsqu'il vit apparaître la gracieuse silhouette de Nell Cornwell, coiffée d'une capeline de paille agrémentée de bleuets. Mais quelle ne fut pas sa surprise en constatant que la jeune fille n'était pas seule ! A peine la porte eut-elle tourné sur ses gonds qu'il vit apparaître derrière Nell la haute silhouette du pasteur, qui la suivait de près en promenant un regard inquisiteur sur les alentours.

Au diable ! songea Edward avec dépit. Il aurait dû se douter que cette petite nigaude communiquerait le message à son fiancé, qui n'aurait rien de plus pressé que de l'escorter sur le lieu du rendez-vous.

— Monsieur Latimer ! s'exclama le révérend Mansell, stupéfait de trouver là le locataire du cottage Blanchard. Mais je croyais que c'était le vicomte de Templeton qui…

S'interrompant tout à coup, il secoua la tête avec un petit claquement de langue.

— Je commence à saisir… murmura-t-il.

Quant à Eleanora Cornwell, elle dévisagea tour à tour les deux hommes d'un air abasourdi.

— Vous vous connaissez donc ?

— J'ai eu en effet le plaisir de rencontrer le révérend Mansell, se hâta d'expliquer Edward, avant que le pasteur n'ait eu le temps d'ouvrir la bouche. Comme je vous l'ai expliqué dans mon billet, je séjourne ici incognito, miss Cornwell.

— Je ne comprends décidément pas…, murmura la jeune fille, déconcertée. Qu'ai-je à voir dans tout cela, pour l'amour du ciel ?

— Si vous acceptez de m'écouter quelques instants, je me

fais fort de vous expliquer, répondit Edward, qui s'exhortait intérieurement à la patience.

Contre toute attente, le pasteur hocha la tête, et ce fut lui qui plaida la cause d'Edward auprès d'Eleanora.

— Accordons-lui ce qu'il demande, Nell. Mais peut-être devrions-nous faire quelques pas sur le chemin de halage ? Notre petite entrevue aura moins l'air d'un complot…

Le récit d'Edward prit plus de temps que prévu, et lorsqu'il eut enfin achevé sa narration, le trio avait eu le temps de parcourir près d'un demi-mile et de revenir à son point de départ. Malheureusement pour Edward, miss Cornwell et John Mansell semblaient aussi indignés l'un que l'autre par la révélation de sa supercherie.

— Et vous vous attendez maintenant à ce que nous vous aidions ? s'écria Nell, scandalisée. Vous avez menti à ma meilleure amie en lui dissimulant votre véritable identité ! Il n'est pas question que je lève le petit doigt pour vous tirer d'embarras. Excusez-moi d'être brutale, monsieur le vicomte, mais vous n'avez pas volé ce qui vous arrive ! Quant à Gina, elle ne vous pardonnera jamais votre duplicité, soyez-en sûr. Je connais mon amie.

Le reproche était accablant, mais Edward tâcha de se justifier de son mieux.

— Je n'ai voulu tromper personne délibérément, mademoiselle, je vous en donne ma parole. J'admets qu'il a été imprudent de ma part de ne pas envisager toutes les implications possibles de cette petite mascarade. Mais ne peut-on me donner au moins une chance de réparer mon inconséquence ? Je n'ai tout de même pas commis de crime, que je sache !

Dans un élan de désespoir, il s'empara de la main de Nell, pour la serrer avec émotion dans la sienne.

— Je vous en prie, miss Cornwell ! Si vous avez la moindre affection pour miss Cunningham, vous ne voudrez pas la priver du bonheur dont vous jouissez vous-même, n'est-ce pas ?

Nell rougit, indécise, et tourna vers le révérend Mansell un regard interrogateur.

— Tant que Latimer ne nous demande pas de mentir, je ne vois pas d'inconvénient à l'aider, déclara John en hochant la tête.

Et se tournant vers Edward :

— Mais n'attendez pas que miss Cornwell fasse celle qui ne vous connaît pas, si elle venait à vous rencontrer en présence de son amie. Je ne crois pas qu'elle s'abaisserait à ce genre de comédie. N'est-ce pas, Nell ?

— Aussi n'en aura-t-elle pas besoin, s'empressa de répliquer Edward. Il est fort peu probable qu'une telle rencontre ait lieu dans les prochains jours. Pour commencer, il faut que j'essaie de revoir Georgina. Mais je ne suis pas sûr qu'elle le souhaite…

Une expression si désolée se peignit sur son visage à ces mots que Nell le prit aussitôt en pitié.

— Je n'ai pas oublié votre gentillesse à mon égard, monsieur le vicomte, ni le fair-play dont vous avez fait preuve en cessant de me faire la cour. C'est grâce à votre délicatesse que j'ai pu regagner enfin Compton Lacey, et y trouver le bonheur. Je vous suis redevable, je ne saurais vous dire à quel point.

Elle fit une pause, et le fixa droit dans les yeux.

— Pouvez-vous me jurer que Gina vous rend l'affection que vous éprouvez pour elle ? lui demanda-t-elle avec la plus grande solennité.

Edward soutint son regard, mais fut incapable de lui mentir.

— Je ne peux pas en être sûr, avoua-t-il en secouant la tête, mais je vous promets que je le saurai d'ici à quelques jours. Je crains que mon comportement incohérent ne l'ait prévenue contre moi, hélas.

Le révérend Mansell se permit alors d'intervenir.

— Il est en mon pouvoir de vous rassurer sur ce point, mon

ami. J'ai bien l'impression au contraire que miss Cunningham vous tient en très haute estime.

— Vous l'a-t-elle confié elle-même ? demanda aussitôt Edward, dans un regain d'espoir.

Et comme le pasteur hochait la tête :

— Vous croyez donc qu'elle acceptera de me rencontrer, si je lui demande une entrevue ?

— Je pense que toutes les chances sont de votre côté. Mais quant à savoir comment miss Cunningham réagira à votre confession, c'est une autre question, à laquelle je serais bien en peine de répondre. Votre sort est entre les mains du Seigneur ! Tout ce que je peux faire pour ma part, c'est vous souhaiter bonne chance…

De la chance, il allait décidément lui en falloir, songea Edward en atteignant le portail de Cornwell Park, où il prit congé de ses compagnons.

— Je ne saurais vous dire à quel point je vous suis reconnaissant, assura-t-il en s'inclinant devant Nell.

Puis il prit la main que lui tendait le pasteur et la serra chaleureusement.

— Je suis votre débiteur, révérend, déclara-t-il avec force, avant de tourner les talons pour regagner le village.

Immobile, le couple le regarda s'engager sur le pont qui enjambait le canal.

— Avons-nous agi comme il le fallait, John ? s'enquit anxieusement miss Cornwell. Je me sens sur des épines, vous savez. Gina ne me pardonnera jamais, si elle apprend que nous nous sommes mêlés de ses affaires.

Il lui pressa la main d'un geste réconfortant.

— Bah, ne vous faites pas de souci… Latimer me semble un homme très persuasif et je pense qu'il a toutes les chances de réussir dans son entreprise. S'il parvient à convaincre miss Cunningham de l'épouser, elle sera la plus heureuse des femmes et ne pourra nous tenir rancune d'avoir travaillé à son bonheur.

Masquant une légère pointe de jalousie sous un voile d'humour, il ajouta :

— Dieu merci, je n'ai jamais su quel dangereux rival le ciel avait placé un moment sur mon chemin. Si j'en avais eu le moindre soupçon, le gaillard m'aurait fait passer plus d'une nuit blanche, je le crains !

— Oh ! John, mais je n'ai jamais sérieusement pensé à lui ! protesta Nell. C'est vrai qu'il était l'amabilité même à mon égard, mais je vous jure que…

Posant un doigt sur ses lèvres, il l'interrompit avec un sourire. Puis il l'entraîna dans le jardin, et à l'ombre propice des tilleuls, il l'attira avec fougue dans ses bras pour échanger avec elle un ardent baiser de fiançailles.

Penchés sur le parapet, les garnements avaient recommencé à jeter leurs cailloux sur les embarcations, pour le plus grand dam des gabarriers, lorsque Edward s'engagea sur le pont. Parvenu à hauteur des galopins, il eut le déplaisir de reconnaître parmi eux Rupert Cunningham, qui se livrait à ce jeu avec une particulière jubilation, le visage fendu dans un rire silencieux.

Consterné, Edward s'apprêtait à le gronder d'importance, lorsqu'une meilleure idée lui vint. Pourquoi ne pas faire vibrer une autre corde, chez cet enfant intelligent et sensible ? Peut-être suffisait-il d'éveiller en lui le sens des responsabilités…

— Que fais-tu là, Rupert ? demanda-t-il sévèrement.

Et sans laisser au garçonnet le temps de répondre, il le saisit par le collet et le tira vers l'autre rive.

— Crois-tu que ta mère apprécierait ce que vous étiez en train de faire ? reprit-il d'une voix grondeuse.

Rupert rougit sous la réprimande.

— Becky m'a envoyé acheter de la levure chez le boulanger, se justifia-t-il. Je regardais passer les bateaux sous le pont, quand la bande de Jimmy Porter est arrivée. Mais nous ne faisions pas de mal, vous savez…

— Pas de mal ? Vous auriez pu blesser quelqu'un avec vos cailloux. Et dire que tu avais juré de devenir plus raisonnable après mon accident ! Que sont devenues tes promesses, dis-moi ?

Rupert baissa la tête d'un air contrit.

— Je crois bien que je les ai un peu oubliées, avoua-t-il, penaud. Jimmy a toujours des idées à revendre, et dans l'excitation du jeu, j'ai complètement oublié mes bonnes résolutions.

L'analyse ne manquait pas de pertinence, en tout cas. A défaut de sagesse, Rupert n'était pas dépourvu d'un certain bon sens. Il n'était pas trop tard pour le raisonner.

— Et bien entendu, tu as aussi oublié la course dont Becky t'a chargé ? reprit-il d'un ton sévère.

— Eh bien… Cela m'était sorti de l'esprit, convint Rupert d'une petite voix.

Sa lèvre inférieure se mit à trembler, tandis qu'il suppliait :

— Vous ne me dénoncerez pas à maman, n'est-ce pas ? Je vais courir tout de suite chez le boulanger réparer mon oubli, je vous le promets.

— Je n'en attends pas moins de toi, répliqua Edward, qui avait du mal à garder le ton de la sévérité. Et pour que tu ne sois pas tenté d'« oublier » une seconde fois, je vais tout bonnement t'accompagner. Mais tout d'abord, rends-toi présentable, veux-tu ? Je n'ai aucune envie d'être vu en compagnie d'un garnement sale et dépenaillé.

Avec une bonne volonté ostentatoire, Rupert brossa ses habits du revers de la main, et arrangea sa chevelure en désordre en utilisant ses doigts en guise de peigne. Puis il courut après Edward, qui avait déjà pris à grands pas le chemin du bourg.

— Vous ne le direz pas à maman, n'est-ce pas ? supplia-t-il de nouveau. Elle serait si bouleversée…

— Pour qui me prends-tu ? Je ne suis pas un rapporteur, monsieur Rupert. Mais je ne te félicite pas pour autant de ce que tu as fait.

Soulagé par cette réponse, le garçonnet leva solennellement la main.

— Je ne le ferai plus, monsieur, je vous le promets. Croix de bois, croix de fer…

Edward s'arrêta au milieu de la chaussée.

— Des promesses, toujours des promesses…, fit-il en se tournant vers lui. Il faut vraiment t'amender, mon garçon. Tu es l'homme de la famille à présent, tu as des responsabilités à assumer. Pour commencer, tu dois apprendre à tenir toujours ta parole. Sinon, comment peux-tu espérer gagner le respect de qui que ce soit ?

Il dut s'endurcir le cœur en voyant des larmes briller dans les yeux bruns de Rupert.

— Bon, assez parlé maintenant, coupa-t-il abruptement. Cours chez le boulanger et viens me retrouver ensuite devant l'église. Mais ne me fais pas trop attendre, n'est-ce pas ? Je n'ai pas que cela à faire !

Sur ces mots, il tourna les talons et se dirigea vers la place de l'église, où il prit place sur un banc. En vérité, il ne se sentait pas très fier de lui. Comment avait-il pu se permettre de faire la leçon à Rupert, quand il passait lui-même son temps à tromper son monde ? En cet instant précis, ne s'apprêtait-il pas à se servir du garçonnet comme d'un instrument pour reprendre contact avec Georgina ?

*Allons, cesse de culpabiliser ainsi*, se reprit-il enfin, en chassant ces importunes pensées d'un haussement d'épaules. *Après tout, un peu de morale ne fera pas de mal à ce garnement de Rupert, dont sa pauvre mère n'arrive plus à venir à bout !*

Ainsi rasséréné, il tira de sa poche le petit carnet de croquis qui ne le quittait jamais et esquissa un dessin sommaire de la place, avec ses tilleuls et sa fontaine sculptée. Puis il écrivit dans un coin, en caractères minuscules :

« Georgina, pardonnez-moi mon attitude discourtoise de l'autre soir. J'aimerais avoir un entretien avec vous. Pourrez-vous vous trouver demain après-midi à 3 heures devant l'église ? Je vous y attendrai avec impatience. »

Cette tâche achevée, il arracha la feuille de papier et la plia en quatre, de façon à dissimuler le contenu aux regards indiscrets. Puis il releva la tête au moment même où Rupert accourait vers lui, les joues cramoisies et la respiration haletante.

— C'est bien, mon garçon, tu as fait diligence, approuva Edward, qui se leva pour s'avancer à sa rencontre. As-tu trouvé ce que tu cherchais ?

— Oui, monsieur, murmura le garçonnet. Et j'ai aussi réfléchi à ce que vous m'avez dit, ajouta-t-il timidement. Voulez-vous m'accompagner jusqu'à la maison ?

— Volontiers, acquiesça Edward, heureux que la proposition ne vînt pas de lui.

Edward profita du trajet pour détendre l'atmosphère et raconter à Rupert l'une de ses propres incartades de jeunesse. L'anecdote était plutôt drôle et il la commentait avec humour, lorsqu'il s'aperçut que son jeune compagnon avait les yeux brillants et contenait ses larmes à grand-peine. Déconcerté, il s'arrêta brusquement et posa une main sur l'épaule du garçonnet.

— Que se passe-t-il, Rupert ? s'enquit-il avec douceur. Je ne pensais pas qu'une simple petite réprimande t'abattrait à ce point, mon garçon.

Rupert s'empourpra violemment à ces mots et lui jeta un regard indigné.

— Ce n'est pas du tout pour cela, monsieur Latimer ! C'est seulement…

Il déglutit, la gorge manifestement serrée.

— Oui, Rupert ?

— Eh bien, vous me rappelez tellement Harry, mon grand frère ! Lui aussi me racontait ce genre d'histoires quand il était à la maison. Il m'apprenait à faire des cabanes et me montrait les bons endroits pour pêcher les épinoches. Il m'a aussi enseigné le tir à l'arc, vous savez…

Ses épaules s'affaissèrent, tandis qu'il ajoutait d'une voix tremblante :

— Il me manque terriblement…

Emu, Edward posa un genou à terre pour être à la hauteur de Rupert.

— Ton frère était un garçon selon mon cœur, dit-il en lui soulevant le menton. Il aimait s'amuser, mais c'était aussi un homme de courage, qui a su donner sa vie pour son roi et son pays. N'oublie jamais cela, Rupert.

— Oh ! je ne l'oublie pas ! Et tout ce que je souhaite, c'est de lui ressembler un jour…

— Et crois-tu que Harry aurait approuvé toutes les sottises que tu as accumulées ces derniers temps ?

Le garçonnet baissa la tête et laboura le sol du bout de son pied.

— Non, je ne crois pas, dit-il enfin. Mais vous savez, cela n'a pas été facile pour moi depuis la mort de mon frère. J'ai été expédié à Rugby avant même les funérailles, et quand je suis revenu, papa passait tout son temps enfermé dans la bibliothèque et ne supportait même pas d'entendre prononcer le nom de Harry.

Il s'interrompit un instant pour reprendre haleine, sous le regard apitoyé de son compagnon.

— Quant aux autres, ils semblaient presque l'avoir oublié, reprit-il enfin, une note de dépit dans la voix. Puis papa est tombé malade et il est mort à son tour. J'ai alors été rappelé à la maison, mais personne ne m'a jamais dit exactement comment Harry avait trouvé la mort. Toutes ces femmes n'ont aucune idée de ce que peut être la vie d'un soldat. Tout ce qu'elles savent me dire à longueur de journée, ce sont des « fais ceci » ou « ne fais pas cela » !

Edward sourit à ces derniers mots.

— On ne fait pas toujours ce que l'on veut, quand on est un garçon de ton âge, commenta-t-il en se relevant.

— Je ne vois pas pourquoi, grommela Rupert d'un ton boudeur. Les grands font bien ce qu'ils veulent, eux !

— Si c'était vrai, le monde serait un paradis, tu ne crois pas ? Mais les choses ne sont pas aussi simples que tu le crois.

— Si vous le dites…

— D'ailleurs, ta situation n'est pas aussi noire que tu la dépeins, mon garçon. Tu as un nouvel oncle en la personne de sir Arthur, si j'en crois ce que l'on m'a dit. Je suis certain qu'il ne demandera pas mieux que de te parler d'homme à homme, chaque fois que tu auras des questions à lui poser.

— Oh ! lui ! fit Rupert avec dédain. Tout ce qui l'intéresse, c'est de savoir si je travaille bien à l'école et si j'ai besoin d'un nouveau costume.

— Et Andrew Radley ? C'est un brave garçon, tu sais. Après tout, il va bientôt faire partie de ta famille.

— Peuh, il est trop occupé à faire le joli cœur auprès de Kate, répliqua Rupert avec une pointe de dédain. En plus, il ne sait pas comment Harry est mort. Maman le sait, elle, mais je ne peux pas lui parler de ça, elle serait trop bouleversée.

Edward hésita un instant. A vrai dire, lui était en mesure d'en apprendre à ce sujet. Mais était-ce vraiment sage de s'impliquer à ce point dans les affaires de la famille Cunningham, quand il ne s'était pas encore confié à Georgina ? Tout ce dont il pouvait être sûr, c'était que le chagrin de Rupert ne le laissait pas insensible. Il passa donc outre à ses scrupules.

— Ecoute, Rupert, j'ai gardé quelques contacts au Bureau des Armées. Veux-tu que j'essaie d'obtenir des renseignements sur les circonstances de la mort de ton frère ? Je pense que cela ne doit pas être très difficile à retrouver dans les archives.

Le visage de l'enfant s'illumina à ces mots.

— C'est vrai, monsieur Latimer, vous feriez cela ?

Et d'interroger avec une avide curiosité :

— Vous aussi, vous avez été soldat, n'est-ce pas ?

— C'est exact, confirma Edward, qui se remit à marcher, invitant le jeune garçon à lui emboîter le pas.

Pensif, il chercha ses mots un instant avant d'expliquer :

— Mais tous les soldats ne sont pas des héros, tu sais. Certains se contentent de faire partie d'un état-major, au lieu de payer de leur personne sur le champ de bataille, comme Harry.

Il lança un coup d'œil à Rupert, qui trottait à côté de lui, les yeux brillant d'intérêt.

— Aimerais-tu faire une carrière militaire, Rupert ?

— Oh ! oui, monsieur, c'est mon souhait le plus cher ! affirma le garçonnet.

Et bombant le torse, il acheva le trajet au pas cadencé, pour le plus grand amusement d'Edward.

— Entrez donc, monsieur Latimer, proposa Rupert, lorsqu'ils eurent tous deux atteint le portail de Westcotes. Je suis sûr que maman et mes sœurs seront ravies de vous voir. J'ai remarqué que vos visites les mettaient toujours de bonne humeur. Cela ne fera pas de mal à Georgina, qui est à prendre avec des pincettes, ces derniers jours !

Mais Edward secoua fermement la tête.

— Nous avons tous du travail, mon garçon. En outre, Becky attend depuis longtemps sa levure et tu ferais mieux de la lui apporter tout de suite.

Puis, faisant mine de se rappeler quelque chose :

— J'oubliais, fit-il en fouillant dans sa poche, dont il

retira le papier plié en quatre. Pourrais-tu remettre ce dessin à Georgina dès que tu en auras l'occasion ? C'est un petit croquis de la place du village.

Et comme l'enfant acquiesçait d'un hochement de tête :

— Tu n'oublieras pas, n'est-ce pas ?

Rupert prit le dessin, qu'il enfouit prestement dans sa poche.

— Ne vous faites pas de souci pour cela, monsieur. J'ai une excellente mémoire quand je veux !

Il leva un regard anxieux sur Edward avant de prier à son tour :

— De votre côté, vous n'oublierez pas de vous renseigner sur Harry, n'est-ce pas ?

Edward exécuta plaisamment le salut militaire.

— Ne vous inquiétez pas, capitaine ! Vos ordres seront exécutés !

Il reprit sur ces mots le chemin du cottage, moins allègre qu'il n'avait voulu le laisser croire à Rupert. Tout allait dépendre maintenant de la réponse que Georgina apporterait à son message. *A supposer qu'il ne tombe pas entre les mains de quelqu'un d'autre !* pria-t-il en son for intérieur.

# Chapitre 14

— Où a-t-il bien pu passer, ce polisson ? Le dîner ne sera jamais prêt à l'heure. Il y a des corrections qui se perdent, je vous jure…

Tout en grommelant ainsi, Becky retira ses mains de la jatte où elle pétrissait la pâte. Elle avait projeté de servir un pâté en croûte ce même soir, mais comment enfourner sans levure ?

Furieuse, elle s'apprêtait à jeter le contenu du bol par le fenestron qui donnait sur l'arrière-cour, lorsque Rupert entra en trombe dans la cuisine, le précieux ingrédient à la main.

— Je suis désolé, Becky, vraiment ! Figurez-vous que j'ai rencontré Jimmy Porter sur le pont et j'ai complètement oublié l'heure.

Et comme la gouvernante fixait sur lui un regard courroucé, il lui enlaça la taille d'un geste câlin et enfouit le visage dans son opulente poitrine, comme il faisait quand il était tout petit. Mais cette fois, Becky ne se laissa pas attendrir aussi facilement. Se dégageant de son étreinte, elle versa une mesure de poudre à lever dans son bol et se mit à tourner vigoureusement le mélange avec sa spatule de bois.

— Vous savez bien que vous ne devez pas vous mêler à ces petits voyous, monsieur Rupert, observa-t-elle avec sévérité. Votre maman vous l'a répété assez souvent, que je sache. Si j'étais vous, je monterais vite me débarbouiller et me coiffer avant qu'elle ne me voie ainsi ! Vous êtes la plaie de votre famille, mon garçon, c'est peu de le dire.

— Peut-être, Becky. Mais ce ne sera plus le cas, je vous le jure. J'ai la ferme intention de changer.

Frappée par le sérieux de cette déclaration, Becky leva les yeux de sa tâche et le considéra d'un air soupçonneux.

— Oh ! vous avez encore une bêtise à vous faire pardonner, vous ! J'espère que cela ne va pas nous amener le shérif, cette fois.

— Voyons, Becky, pour qui me prenez-vous ? rétorqua Rupert, vexé. J'ai décidé de m'amender, voilà tout. Je suis le maître de maison, après tout, j'ai des responsabilités à présent.

— Des responsabilités, *vous* ? demanda Becky, un brin moqueuse.

Rupert se dressa sur ses ergots.

— Parfaitement, et je suis bien décidé à en être digne. Vous verrez sous peu.

Sur cette réplique solennelle, il sortit de la cuisine en carrant les épaules, sous le regard stupéfait de Becky.

— Allons, en voilà bien d'une autre, marmonna-t-elle en enfournant son pâté d'un geste brusque. Dieu sait quelle sottise il nous mijote encore, ce chenapan !

Bien décidé à *s'amender*, Rupert se débarbouilla devant sa table de toilette et peigna soigneusement ses boucles brunes en désordre. Puis il suspendit sa veste à un cintre, au lieu de la jeter sur une chaise, pour une fois.

Sa toilette achevée, il s'apprêtait à descendre, quand il se souvint brusquement de la mission dont l'avait chargé M. Latimer. Après avoir récupéré le dessin plié en quatre dans sa poche, il alla frapper à la porte de la chambre de ses deux aînées, qui s'ouvrait de l'autre côté du palier. Une voix morne l'ayant convié à entrer, il pénétra dans la pièce où il trouva une Georgina à l'expression maussade, occupée à considérer son propre reflet dans le miroir de sa coiffeuse.

— Qu'avez-vous, Gina ? Vous avez l'air de porter le diable en terre.

Sans se retourner, sa sœur lui jeta un regard sévère dans le miroir.

— Où étais-tu passé, Rupert ? le gronda-t-elle. Becky se rongeait les sangs en attendant sa levure. Nous avons toutes passé une journée éreintante à réaménager le bureau de papa, et tu n'as même pas été capable de rapporter un peu de poudre à lever de l'épicerie ! C'était pourtant ta seule tâche de la journée, que je sache. Comment veux-tu qu'on te fasse confiance, si tu n'es même pas capable de t'acquitter d'une simple commission ?

Froissé par la réprimande, Rupert eut d'abord l'instinct de se rebiffer, mais il contrôla à temps ce petit mouvement de colère.

— J'ai été très insouciant, c'est vrai, et je regrette mon attitude, s'excusa-t-il.

*Comment ?* Georgina, cette fois, pivota sur son tabouret, les sourcils froncés. Ce ton ne ressemblait pas à Rupert.

— Que nous prépares-tu encore ? Je t'avertis, si c'est encore un de tes tours…

Elle s'arrêta net en voyant le papier que lui tendait son frère.

— Qu'est-ce que cela ? demanda-t-elle, méfiante.

— C'est un dessin que M. Latimer a fait pour vous. Il m'a demandé de vous le remettre en mains propres.

Le regard de Georgina s'éclaira à ces paroles.

— M. Latimer ? Tu l'as donc vu ? s'enquit-elle avec empressement.

Rupert, qui marchait déjà vers la porte, se retourna avant d'atteindre le seuil.

— Oh ! oui, et nous avons même eu une conversation passionnante.

— Vraiment ? fit Georgina, incapable de dissimuler son intérêt. Et… à quel sujet ?

Le garçonnet prit un air faussement désinvolte, non sans bomber légèrement le torse.

— Oh ! de choses et d'autres… Un petit entretien entre hommes, vous comprenez. Mais vous feriez mieux de vous préparer, Gina, ajouta-t-il avec un zeste de malice. J'entends Kate qui nous appelle pour le dîner. Vous ne voudriez pas faire attendre Becky davantage, n'est-ce pas ?

Il s'échappa sur ces mots, un sourire espiègle aux lèvres, laissant Georgina décidément perplexe. Elle avait déposé le papier sur la coiffeuse, mais retarda le moment de l'ouvrir, dans la crainte de ce qu'il pouvait contenir. Fébrile, elle tapota nerveusement ses boucles et ajusta le ruban de son catogan. Puis elle reporta les yeux sur le papier, hésita une seconde, puis l'ouvrit en hâte, le cœur battant.

Il ne s'agissait que d'un croquis… M. Latimer avait dessiné la place du village, bordée à l'est par les bâtiments des anciens entrepôts. Pas un mot, pas une explication. Qu'est-ce que cela signifiait ? A moins que… dans l'angle du papier… *Mais oui !* se rassura-t-elle en s'approchant de la fenêtre pour déchiffrer les caractères tracés au crayon.

« Pourrez-vous vous trouver demain après-midi à 3 heures devant l'église ? Je vous y attendrai avec impatience. »

Son cœur se mit à tambouriner dans sa poitrine à ces mots, qu'elle relut plusieurs fois pour bien s'imprégner de leur enivrante signification.

Ainsi, elle allait enfin le revoir ! Depuis trois jours, elle avait cherché en vain à quel prétexte elle pourrait faire appel pour le rencontrer de nouveau, et voilà qu'il lui assignait de lui-même un rendez-vous… C'était presque trop beau pour être vrai !

Edward Latimer était un homme fier. Elle l'avait pressenti dès le début et tout dans l'attitude de l'ancien soldat était venu confirmer cette première impression. Il ne faisait pas de doute que les malheureux propos du révérend Mansell concernant son manque de fortune avaient pesé lourd dans son comportement, et elle allait devoir le convaincre que leur différence de condition n'était pas un obstacle à leurs relations. Mais pour cela, il lui fallait le rencontrer de nouveau. *Dieu merci, ce n'est plus qu'une question d'heures*, songea-t-elle, le cœur battant d'allégresse. Elle venait juste de dissimuler le précieux billet dans son corsage, lorsque Kate fit irruption dans la pièce.

— Bonté divine, Gina, que faites-vous donc ? Il y a vingt minutes que nous vous attendons pour passer à table. Le fameux pâté en croûte de Becky est en train de refroidir et elle est furieuse contre vous.

— Désolée, ma chérie, je viens tout de suite, s'excusa Georgina.

Confuse, elle descendit sur les talons de sa sœur, pour trouver la famille au grand complet déjà attablée dans la salle à manger.

— Nous avons dû commencer sans vous, dit sa mère, visiblement mécontente. Que se passe-t-il, Gina ? Il n'est guère dans vos habitudes d'être ainsi en retard…

— Pardonnez-moi, maman. Cela ne se reproduira plus, je vous le promets.

Georgina prit place sur sa chaise habituelle, et, une fois installée, sursauta. Rupert occupait le siège de son père, au haut bout de la table ! Quelle impertinence de sa part ! Sidérée, elle tourna les yeux vers la maîtresse de maison.

— Pourquoi Rupert a-t-il pris la place de papa, au nom du ciel ?

— C'est maintenant la sienne, Gina, répondit doucement Mme Cunningham. Il m'a demandé l'autorisation de s'asseoir désormais là, et comme il semble très conscient des responsabilités que cela implique, je lui ai donné volontiers la permission.

— Jusqu'à ce qu'il commette quelque nouvelle sottise, commenta Kate en se servant du pâté. Dieu sait ce qui nous attend encore.

Mme Cunningham, réprimant un sourire, la menaça du doigt.

— Allons, Kate, il faut lui donner une chance ! Il m'a promis de s'amender, et tant qu'il n'a pas trahi sa parole, je choisis de lui faire confiance. J'attends de vous la même attitude, mes filles. Est-ce d'accord ?

Georgina hocha la tête, amusée. Quelque chose lui disait que le brusque changement de Rupert n'était pas sans rapport avec le « passionnant entretien » qu'il avait eu dans l'après-midi avec M. Latimer. Dieu savait ce qu'Edward avait pu lui dire, mais visiblement, cette seule conversation avait eu plus d'effet sur lui que toutes les semonces que sa famille lui assenait depuis des mois !

— Je vais à la ferme des Radley, annonça Katharine le lendemain après-midi. Voulez-vous m'accompagner un bout de chemin, Gina ?

Georgina, qui se creusait la tête pour trouver un prétexte qui lui permît de se rendre au village sans éveiller les soupçons, sauta aussitôt sur l'occasion. Mais le souvenir de leur rencontre avec le sinistre Carstairs était toujours présent à son esprit, et elle préféra prendre ses précautions.

— Volontiers, ma chérie. Je pourrais venir avec vous jusqu'à l'échalier. Mais pourquoi Rupert ne nous accompagnerait-il pas avec Lucky et Stout ? Les dogues n'ont pas eu droit à leur promenade ces deux derniers jours. Ils ont grand besoin de se dépenser un peu.

La perspective d'une ennuyeuse sortie avec ses sœurs aurait

fait protester Rupert deux jours plus tôt. Mais son rôle tout neuf de jeune chef de famille lui tenait tellement à cœur qu'il accepta sur-le-champ et courut chercher les laisses des chiens.

— Ce garçon mijote quelque chose, ce n'est pas possible, commenta Kate en secouant la tête. Vous feriez mieux de garder l'œil sur lui, Gina, si vous tenez vraiment à ce qu'il nous escorte.

— Je vais lui promettre de lui acheter un sucre d'orge chez Mme Hubbard, s'il se comporte convenablement, répondit Georgina avec un petit rire. Cela devrait le stimuler. Vous savez comme il est gourmand !

Les yeux de Katharine s'arrondirent de convoitise à ces mots.

— Oh ! prenez-en un aussi pour moi ! pria-t-elle. Il y a une éternité que je n'en ai pas mangé, et celui de Mme Hubbard est un délice.

— Voyons, Kate, vous ne rentrerez plus dans votre robe de mariée, si vous continuez ainsi ! Ne croyez-vous pas qu'il serait temps de limiter un peu votre consommation de sucreries ?

L'intéressée se contenta de hausser les épaules.

— Pourquoi donc ? Je suis peut-être un peu potelée, mais Andrew m'aime comme je suis !

— Raison de plus pour rester comme vous êtes, répliqua Georgina en riant.

Et tournant les yeux vers Rupert, qui revenait avec les chiens, elle observa non sans étonnement :

— Rendez-vous compte ! Il est 2 heures et demie et la chemise de Rupert est encore immaculée. Ses culottes n'ont pas le moindre accroc et aucun bouton ne manque à sa veste. Décidément, il est arrivé quelque chose à ce garçon…

— Pourvu que ce ne soit pas le calme annonciateur de la tempête ! murmura Kate avec humour.

Inquiète de voir le temps passer, Georgina entraîna son frère et sa sœur dans l'allée, et le trio parcourut d'un pas vif le chemin qui séparait Westcotes de la propriété des Radley.

Parvenu à l'échalier, le petit groupe se sépara, et tandis que Kate agitait le bras en guise d'au revoir, Rupert et son aînée continuèrent leur chemin vers le village.

— Je suis impressionnée par ta conduite, Rupert, déclara Georgina, étonnée par l'autorité avec laquelle son frère menait les deux chiens en laisse. Cela mérite récompense et j'ai l'intention de t'offrir l'un de ces délicieux sucres d'orge que vend Mme Hubbard. Qu'en dis-tu ?

Mais contre toute attente, Rupert prit aussitôt un air offensé.

— Vous n'avez pas besoin de me soudoyer, vous savez. C'est le devoir d'un frère de prendre soin de ses sœurs.

Grands dieux ! songea Georgina, sidérée par ce changement d'attitude. Qu'est-ce que M. Latimer avait bien pu dire à Rupert pour que le garçonnet changeât à ce point ? Une chose était sûre, il avait retenu la leçon. Infiniment reconnaissante, elle jeta un regard vers la rue perpendiculaire, dans l'espoir d'apercevoir l'artiste en train de se hâter vers leur lieu de rendez-vous. Peut-être l'attendait-il déjà devant l'église ? songea-t-elle, le cœur battant. Perdue dans ses réflexions, elle sursauta lorsque Rupert émit tout à coup un cri strident avant de se tourner vers elle.

— Attention, Gina !

D'une violente poussée, il la plaqua contre la haie d'églantiers, d'un geste si brusque qu'elle dut se cramponner aux branches pour ne pas perdre l'équilibre. Le souffle coupé, elle se rattrapa tant bien que mal.

— Rupert ! lui reprocha-t-elle en rajustant son chapeau. Qu'est-ce qui t'a pris, au nom du…

Mais sa voix fut couverte par un furieux martèlement de sabots, et la réponse s'imposa à elle sur-le-champ quand elle vit un attelage dévaler la ruelle en pente de toute la vitesse de ses deux chevaux lancés à fond de train. Sans la prompte réaction de Rupert, elle aurait été tout bonnement renversée par le véhicule !

Furieuse, elle se retourna vers le coupé, qui avait fait halte quelques mètres plus bas dans un strident grincement d'essieux.

— Il va entendre ce que j'ai à lui dire, ce chauffard…, dit-elle entre ses dents en s'approchant de la voiture.

Au moment où elle arrivait à proximité de l'attelage, elle vit la poignée de la portière remuer un instant, comme si quelqu'un s'apprêtait à descendre. Puis brusquement, le cocher fouetta ses chevaux et l'équipage repartit en trombe dans la direction du cottage Blanchard, pour la plus grande stupéfaction de Georgina. D'instinct, elle chercha les dogues autour d'elle, mais tous deux s'étaient enfuis lorsque Rupert avait lâché leurs laisses.

— Maudits chiens ! pesta son frère. Je les tenais pourtant ferme, mais ils m'ont échappé quand j'ai trébuché contre la haie.

— Bah, ils ont dû retourner à la maison, supposa Georgina. Réjouissons-nous qu'ils n'aient pas été écrasés.

Mais… sans les chiens, songea-t-elle, consternée, elle n'avait plus le moindre prétexte pour continuer la promenade jusqu'au village… Comment faire maintenant ? Elle cherchait fébrilement quelque nouveau subterfuge, quand les dogues surgirent brusquement par un trou de la haie et accoururent vers eux en remuant frénétiquement la queue.

— Les voici, ces poltrons ! s'exclama Rupert. Mais ils sont bien excités, à présent. Ne croyez-vous pas que nous ferions mieux de les ramener à la maison ?

— Oh ! non, répondit-elle aussitôt, je pense au contraire que la promenade les calmera un peu. Passe-moi la laisse de Lucky. Nous arriverons bien à les maîtriser à nous deux.

Rupert hocha la tête, et après s'être tous deux débarrassés des brindilles accrochées à leurs vêtements, le frère et la sœur reprirent ensemble le chemin du bourg.

— Je me demande qui était ce fou ? s'interrogea Rupert. Il ne maîtrisait pas ses chevaux, c'était évident. On aurait presque dit qu'il cherchait à nous écraser, ma parole !

A ces mots, Georgina sentit un frisson glacé lui parcourir l'échine. Elle venait tout juste d'avoir un vague soupçon…

— Bah, le cocher était sans doute novice, répondit-elle, dissimulant son malaise. L'attelage va finir dans un fossé, voilà tout.

Une fois qu'ils eurent atteint la place du village, Georgina promena un regard furtif avant de proposer d'un air dégagé :

— Et si tu allais à l'épicerie pendant que je t'attends ici avec les chiens ? Je vais m'asseoir sur ce banc près de l'église.

Et fouillant dans son réticule :

— Tiens, voici de l'argent pour des sucres d'orge. Achète tout ce qui te fait plaisir.

— Je vous ai déjà dit que je ne voulais rien, répliqua Rupert, de nouveau offensé. Inutile de dépenser votre argent pour moi !

Gina se mordit la lèvre, exaspérée. Comment se débarrasser quelques minutes de ce petit entêté, au nom du ciel ? Elle avait besoin d'être seule quelques instants pour s'entretenir avec M. Latimer.

— Prends au moins quelques sucreries pour les chiens, suggéra-t-elle en désespoir de cause. Ils adorent cela et nous aurons un moyen de les faire tenir tranquilles sur le chemin du retour.

— Bonne idée, approuva finalement Rupert, pour le grand soulagement de sa sœur. Croyez-vous que vous pourrez en venir à bout toute seule pendant que je vais à l'épicerie ?

— Mais oui, ne t'inquiète pas. Je vais les attacher au banc. Prends ton temps et choisis quelque chose que tu aimes particulièrement. Tu as réellement été de bon service, aujourd'hui.

Ravi, le garçonnet s'éloigna en chantonnant, et Georgina se hâta de fixer les laisses des chiens à l'un des pieds du banc. Puis elle promena autour d'elle un regard anxieux. Les quatre coups allaient bientôt sonner au clocher de l'église, et toujours pas trace de M. Latimer. Peut-être l'attendait-il dans l'enclos de l'église ?

Le cœur battant, elle poussa le portail et contourna l'édifice, empruntant une allée bordée de stèles et de cyprès, dont les nombreux renfoncements auraient pu offrir une cachette idéale pour un rendez-vous galant. Mais elle eut beau scruter chaque recoin, elle ne vit personne.

Perplexe, elle revint sur ses pas et demeura immobile près du portail, en priant le ciel pour que Rupert ne revînt pas avant l'arrivée de M. Latimer. A part deux haridelles attachées près de la porte de l'auberge et les chiens assis dans l'ombre du banc, la place était absolument déserte. Georgina commençait à s'inquiéter sérieusement, quand elle entendit approcher le roulement d'une voiture, qui déboucha soudain d'une venelle en brinquebalant sur les pavés. C'était le coupé noir qui avait failli les renverser, Rupert et elle, quelques minutes plus tôt !

Parvenu au coin de la place, l'attelage fit halte sous un arbre et un gentilhomme sauta du véhicule avant de se tourner vers le cocher, à qui il jeta un ordre bref. *Oh ! non, pas cela !* songea Georgina, qui porta les mains à sa bouche pour étouffer un cri d'effroi. *Gerald Carstairs*… Aucun doute possible, c'était bien sa silhouette massive au visage rubicond qui venait de descendre de voiture !

Effrayée, elle recula instinctivement dans la pénombre de l'enclos pour échapper aux regards de l'odieux personnage. Mais à sa grande consternation, celui-ci fit volte-face et se dirigea droit vers elle à grandes enjambées, comme s'il savait exactement à quel endroit la trouver. Affolée, Georgina se mit à courir vers l'église, en priant Dieu pour que John Mansell fût encore dans les parages. Poussant la lourde porte de chêne, elle remonta l'allée centrale en toute hâte et se précipita vers la sacristie.

— Monsieur le révérend ! cria-t-elle.

Silence. Elle sentit son sang se glacer dans ses veines en

entendant résonner derrière elle un bruit de pas, qui éveilla des échos sinistres sous les hautes voûtes de l'édifice. Vite, la sacristie ! La clé se trouvait habituellement sur la serrure. Il lui suffisait de s'enfermer dans la pièce pour échapper à son poursuivant. Mais elle eut beau s'escrimer sur le loquet, le battant refusa de pivoter. La sacristie était fermée à double tour ! réalisa-t-elle avec un sanglot de détresse.

L'espace de quelques secondes, son esprit fourmilla de pensées. Tout cela n'était-il qu'un piège ? Se pouvait-il que Carstairs fût l'auteur du billet que lui avait remis Rupert ? Mais non, ce n'était pas possible, puisque Edward l'avait confié lui-même au garçonnet. Mais en ce cas, pourquoi n'était-il pas venu au rendez-vous qu'il lui avait fixé ? *J'espère que cet affreux individu n'a pas…* Mais elle n'eut pas le temps d'aller plus loin dans ses réflexions. Déjà, Carstairs s'avançait vers elle, un sourire sardonique aux lèvres.

— Eh bien, ma poulette, on profite de cette belle journée pour se promener un peu ?

Et comme la jeune fille le dévisageait sans répondre, horrifiée :

— Pourquoi cet air catastrophé ? Vous devriez bondir de joie de me revoir. Vous et moi allons prendre du bon temps, n'en doutez pas, fit-il en tendant vers elle l'une de ses grosses mains rougeaudes.

Georgina fit un bond en arrière et lui lança un regard fulgurant.

— Ne me touchez pas, espèce de butor ! Nous sommes dans un lieu consacré, pour l'amour du ciel ! N'avez-vous donc aucun respect pour cette église ?

— Loin de moi l'idée de violer la sainteté de l'endroit, répliqua Carstairs d'un ton goguenard. Si vous préférez, nous pouvons aller ailleurs. En ce qui me concerne, je n'y vois pas le moindre inconvénient, au contraire.

Rassemblant ses forces, Georgina se rua dans l'allée centrale en direction de la porte, mais Carstairs fut plus rapide. Au moment où elle allait atteindre le seuil, il lui barra le passage.

— Hé là, où croyez-vous aller, chérie ?

La jeune fille jeta un regard affolé autour d'elle. *De l'aide, pour l'amour du ciel !* Mais à cette heure de l'après-midi, l'église était absolument déserte. Aucune chance d'échapper à son robuste agresseur… A moins de gagner un peu de temps ?

— At… attendez ! bredouilla-t-elle, tandis que l'homme l'enlaçait de ses mains moites. Vous… vous parliez d'aller ailleurs. Connaissez-vous un endroit plus pratique que cette église ?

Les yeux de Carstairs s'étrécirent tandis qu'il la dévisageait d'un air suspicieux. Georgina soutint son regard, en s'efforçant de ne pas laisser transparaître l'intense dégoût qu'il lui inspirait.

— Ce… ce n'est pas très confortable ici, reprit-elle d'une voix entrecoupée. Nous… nous pourrions peut-être trouver mieux. Qu'en dites-vous ?

Le tout était de le faire sortir de l'église, songea-t-elle fiévreusement. Une fois dehors, elle trouverait bien le moyen d'attirer l'attention de quelqu'un en criant au secours.

Carstairs baissa les yeux sur la poitrine palpitante de la jeune fille, puis jeta un coup d'œil explicite vers les bancs de chêne qui les entouraient.

— Votre attelage est à la porte, je suppose, continua Georgina, jouant son va-tout. Ce serait sûrement plus discret, vous ne trouvez pas ? Ici, n'importe qui pourrait nous interrompre.

Un rire obscène secoua le torse de son compagnon et elle frissonna d'horreur en entendant les éclats de sa voix se répercuter sous les voûtes de pierre.

— Ainsi, la petite dame se laisse tenter par mes appas, à ce qu'il semble…, commenta-t-il en posant les mains en coupe sur ses seins. Mais comment puis-je être sûr que vous n'essaierez pas de me fausser compagnie dès que nous serons dehors ?

Georgina serra les dents. Tout son corps se raidit sous l'odieuse caresse. *Ne lui laisse pas voir à quel point il te répugne*, se répéta-t-elle en boucle, luttant contre la nausée qui lui tordait l'estomac. *Fais semblant d'entrer dans son jeu, c'est ta seule chance de t'en sortir.*

— Dans votre voiture, nous ne serions pas dérangés, au moins, parvint-elle à articuler. Rappelez-vous, chez sir Arthur. C'était si… désagréable !

Ebranlé par l'argument, Carstairs fronça les sourcils et réfléchit quelques secondes.

— C'est bon, mais gare à vous si vous me jouez un mauvais tour ! fit-il en lui enserrant le poignet d'une étreinte d'acier. Vous ne savez pas de quoi je suis capable quand je suis contrarié, ma belle…

Et d'une poigne sans douceur, il ouvrit la porte et poussa la jeune fille sur le parvis de l'église. Eblouie par la lumière, Georgina cligna un instant avant de jeter un regard éperdu autour d'elle. Mais comme un peu plus tôt, la place était désespérément vide et pas une âme ne circulait dans les venelles alentour. Pas trace de M. Latimer, ni même de Rupert, constata-t-elle avec désespoir.

Les yeux emplis de larmes, elle s'arc-bouta pour résister à Carstairs, qui la conduisait inexorablement vers son attelage.

— Allons, marchez droit ! lui intima la brute, qui la propulsa en avant d'une main, sans ménagements.

Mon Dieu, le supplice approchait… Elle n'avait plus que quelques secondes pour réagir, et échapper au sort qui l'attendait. Tentant un geste désespéré, elle ne perdit plus un seul instant, et donna un grand coup de coude dans les côtes de son ravisseur.

Surpris par la soudaineté de l'attaque, Carstairs jura et trébucha contre elle, la déséquilibrant du même coup. Avec un cri de douleur, la jeune fille se retrouva projetée contre un pilier de brique, dont l'arête la frappa violemment au front. Pendant quelques secondes, elle eut l'impression que le ciel, les frondaisons des arbres et la pelouse tournaient autour d'elle, confondus dans la même masse indistincte. Puis tout sombra dans une nuit sans étoiles et elle s'effondra sur le sol, inconsciente.

# Chapitre 15

Après avoir procédé à une toilette soigneuse, Edward avait quitté le cottage et pris le chemin du village sans presser le pas, certain d'être en avance à son rendez-vous. La pensée de Georgina ne cessait de le hanter, tandis qu'il descendait la route ombragée qui menait au bourg.

Avait-elle reçu son billet, et dans l'affirmative, accepterait-elle de le rencontrer ? Tout le bonheur de sa vie se jouait en cet instant, et c'était avec un mélange de crainte et d'espoir qu'il voyait approcher l'heure fatidique. La gorge nouée d'anxiété, il se surprit à siffloter un vieil air militaire, comme un soldat qui s'apprête pour la bataille !

Il longea la haie et arriva en vue de Westcotes au moment même où Georgina, son frère et sa sœur franchissaient le portail du domaine. Pour une fois, il s'arrêta net et les laissa passer au lieu de s'élancer vers eux, comme il n'aurait pas manqué de le faire autrefois. Si la vue de Georgina avait suffi à accélérer les battements de son cœur, il se souciait peu d'affronter Katharine et ses plaisanteries de jeune fille moqueuse.

Immobile à l'ombre d'un chêne, il attendit quelques minutes, le temps de laisser le petit groupe prendre de l'avance. Puis il s'aventura de nouveau sur la route, après avoir jeté un coup d'œil à sa montre. Dommage, vraiment ! Georgina allait arriver la première au rendez-vous. Il eût tout de même été plus galant de la précéder. Qu'allait-elle penser de ses façons après cela, grands dieux ? Voilà qui augurait mal de la suite des événements…

Préoccupé par cette pensée, il avait parcouru quelques dizaines de pas, lorsqu'il fut alerté par un roulement qui retentit sur la chaussée en contrebas. La route étant plus étroite à cet endroit, il se serra contre le talus pour laisser passer le véhicule qui arrivait en sens inverse. Mais son front se plissa à la vue de la voiture qui fonçait à toute allure dans la venelle étroite en brinquebalant dangereusement, tirée par deux chevaux luisants de sueur que fouettait un cocher en livrée.

— Hé là, vous êtes fou, l'ami ! cria-t-il d'une voix alarmée. Ralentissez donc, que diable !

Mais le conducteur, dressé sur son siège, ignora ses reproches et brandit de nouveau son fouet, qui s'abattit sur l'arrière-train des chevaux. Ainsi galvanisé, l'attelage s'élança en avant dans un violent grincement d'essieux. Effaré, Edward eut tout juste le temps de sauter sur le talus pour ne pas être heurté par la roue arrière, qui mordit sur l'herbe du bas-côté. Dans ce mouvement, son pied glissa sur la terre humide, et avant qu'il n'ait eu le temps de comprendre ce qui lui arrivait, il roula dans le fossé encore plein d'eau après le déluge du dimanche précédent.

— Au diable ! jura-t-il en se relevant d'un bond, furieux.

Il testa l'état de ses membres. Dieu merci, plus de peur que de mal. Mais ses vêtements, eux, étaient dans un piteux état. Il ne pouvait décemment pas se présenter ainsi devant Georgina. Maculé de boue, son meilleur habit était littéralement à tordre, et les chaussures qu'il avait pris soin de faire reluire ce matin-là crachaient un jet de vase nauséabonde à chacun de ses pas. Bon sang ! Il ne lui restait plus qu'à rentrer au cottage pour se changer, et se préparer à présenter ses plus plates excuses à Georgina pour son retard…

Le temps d'enfiler des vêtements propres et de se débarbouiller succinctement, un bon quart d'heure s'était écoulé lorsqu'il sortit du cottage pour s'élancer de nouveau sur la route. L'heure du rendez-vous était largement passée, mais peut-être aurait-il la chance de croiser Georgina sur son chemin de retour à Westcotes, calcula-t-il en se hâtant vers Compton Lacey.

Hors d'haleine, il atteignit enfin la place du village, où la première personne qu'il aperçut fut le jeune Cunningham. Manifestement dans tous ses états, le garçonnet se précipita vers lui sans pouvoir articuler une parole, le visage blême et les yeux agrandis d'effroi.

— Rupert ! Que se passe-t-il, mon garçon ? demanda-t-il d'un ton alarmé.

D'un mouvement impétueux, le gamin se jeta dans ses bras, son corps menu agité d'un violent tremblement.

— C'est… Gina, monsieur. Un homme l'a fait monter dans sa voiture… une voiture noire. L'homme, je ne le connaissais pas. Mais je l'ai vu, il l'a traînée à l'intérieur du coupé. Oh ! monsieur Latimer, que pouvons-nous faire ?

Un frisson glacé parcourut l'échine d'Edward, qui posa les mains sur les épaules de Rupert.

— Voyons, mon garçon, essaie d'être cohérent, tu veux ? Où est Georgina ? Où sont tes deux sœurs ?

— Je… je viens de vous le dire, monsieur. Tout à l'heure, sur la route, Gina et moi avons failli être écrasés par un coupé noir. Ensuite, nous nous sommes séparés. Je suis allé à l'épicerie pendant qu'elle m'attendait devant l'église. Je traversais la place pour la rejoindre, quand j'ai vu cet homme traîner Gina vers sa voiture. Elle avait laissé tomber son réticule et… et…

Il s'interrompit, étouffé de sanglots.

— Quelle direction la voiture a-t-elle prise, le sais-tu ? demanda Edward d'une voix blanche, avant d'explorer la place d'un regard désespéré.

Il devait bien y avoir une monture ou un quelconque moyen

de locomotion qui stationnait dans les environs. Mais il ne vit rien d'autre que deux vieux canassons attachés près de la porte de l'auberge et sa gorge se noua à cette vue.

— Où, Rupert ? insista-t-il, comme le garçonnet se contentait de le fixer de ses grands yeux bruns assombris de terreur.

— Vers l'octroi, monsieur, répondit enfin l'enfant entre deux sanglots compulsifs. Ils ont pris cette route-là.

Une lueur d'espoir s'alluma dans ses prunelles tandis qu'il précisait :

— Mais les chevaux semblaient fourbus. Le cocher les avait menés à fond de train et ils avaient déjà l'écume à la bouche. Ils n'ont pas dû aller bien loin, si vous voulez mon avis…

Il n'y avait plus une minute à perdre, songea Edward en rassemblant ses esprits.

— Prends les chiens et rentre à la maison, mon garçon. Informe ta maman de ce qui s'est passé, mais tâche de ne pas trop l'inquiéter. Quant à moi, je vais me lancer à la poursuite de la voiture. Mais je pourrais avoir besoin d'aide, aussi préviens Radley et dis-lui de se mettre en route avec quelques-uns de ses valets, ajouta-t-il avant de tourner les talons.

Mais Rupert lui agrippa la manche.

— Comment allez-vous faire, m'sieur ? Vous n'avez pas de cheval !

— Ne t'inquiète pas de cela et fais vite ce que je t'ai dit, répliqua-t-il d'un ton bref.

A ces mots le garçonnet détala comme une flèche en direction de Westcotes. Edward, quant à lui, se dirigea droit vers l'auberge à grandes enjambées. Après avoir cassé une baguette de coudrier pour s'en faire une cravache, il détacha celui des deux chevaux qui lui semblait le moins poussif, et monta en selle.

— Hardi, ma jolie ! ordonna-t-il en frappant des talons les flancs de sa monture.

A force d'encouragements, il parvint à faire prendre le

galop à la vieille jument, qui traversa la place pour s'engager sur le chemin de l'octroi. Mais le plus difficile restait à faire et Edward, dont l'esprit travaillait fiévreusement, commença à envisager l'aspect pratique du problème. A supposer qu'il réussît à mettre la main sur eux, comment parviendrait-il à maîtriser les ravisseurs de Georgina ? Dieu savait combien d'adversaires il allait devoir affronter… Sans compter qu'il était sans arme !

Quant aux motifs qui avaient pu les pousser à fomenter cet enlèvement, il avait beau se creuser la tête, il n'en voyait pas l'ombre d'un seul. Georgina n'était pas une riche héritière, loin s'en fallait, même si son oncle Arthur semblait à son aise et avait promis de tirer sa famille d'embarras.

A moins que les malfaiteurs n'aient l'intention de s'adresser à lui pour obtenir une rançon ? Bien entendu, il était prêt à payer n'importe quelle somme pour obtenir la libération de la jeune fille, mais il doutait d'être sollicité pour cela. Nul à Compton Lacey n'avait percé son incognito, à part Eleanora Cornwell et le révérend Mansell. Mais ces deux-là étaient au-dessus de tout soupçon et il ne voyait pas comment les malandrins auraient pu avoir vent de son identité.

Non, il y avait certainement une autre raison à l'enlèvement de Georgina. Mais pour l'instant, il était forcé de s'avouer qu'elle lui échappait complètement…

Il n'était pas à cinq miles du village que sa monture commença à donner des signes de fatigue, et il eut beau la houspiller de la voix, il ne put l'empêcher de passer du galop à un petit trot poussif, qui laissait mal augurer de la suite de l'aventure.

Si au moins Rupert réussissait à convaincre sa mère d'appeler Radley à la rescousse ! se prit-il à souhaiter avec ferveur. Mais encore fallait-il que le garçonnet parvînt à la persuader que la situation requérait une intervention urgente. Echaudée par les incartades passées de son fils, Mme Cunningham pouvait fort bien s'imaginer que toute cette histoire n'était rien d'autre qu'un canular, ou l'un de ces tours pendables dont Rupert avait le secret !

Angoissé par cette seule pensée, Edward jeta un regard désespéré sur la campagne déserte. Oh ! Dieu, n'y avait-il donc personne qui pût le renseigner dans les parages ? La main en visière sur les yeux, il avisa enfin un colporteur qui marchait sur la route à quelques centaines de pas en avant, son lourd ballot sur l'épaule. Parvenu à sa hauteur, Edward tira sur les rênes et salua l'homme d'un bref signe de tête.

— Auriez-vous vu passer un coupé noir tiré par deux chevaux pommelés ? interrogea-t-il, le cœur partagé entre l'espoir et l'appréhension.

Etonné, le marchand ambulant se fit répéter la question, puis secoua la tête.

— Vous êtes la première personne que je rencontre depuis mon départ de Compton Lacey, affirma-t-il. Et cela fait plus d'une heure que je marche. Il n'y a pas un chat par ici, vous pouvez me croire.

— Merci, mon brave, répondit Edward, qui gratifia l'homme d'un demi-souverain avant de faire résolument demi-tour.

De toute évidence, la mystérieuse voiture noire avait dû quitter la grand-route peu après le bourg. Mais à quel endroit exactement ? Il avait bien remarqué des sentes cavalières qui s'enfonçaient dans les bois, mais toutes lui avaient semblé trop étroites pour un attelage de ce gabarit. Revenant sur ses pas, il examina ces allées avec plus de soin. Il élimina la piste des trois premières, décidément impraticables. En revanche, la quatrième, qui s'ouvrait sur sa droite, semblait un peu plus large. Il se pencha sur sa selle pour mieux voir. Certaines branches des buissons du carrefour étaient cassées, et des feuillages écrasés jonchaient le chemin de terre battue. Un véhicule était récemment passé par là, cela ne faisait aucun doute. C'était un premier indice, songea-t-il avec espoir.

— Allons, ma jolie, encore un effort, chuchota-t-il à l'oreille de sa monture, visiblement réticente à s'engager dans cette allée ombreuse.

Rassurée par les encouragements que lui prodiguait son cavalier, la jument s'avança enfin entre les halliers, la tête basse et les flancs trempés de sueur.

Il s'était enfoncé de trois cents yards environ dans le sous-bois, lorsque les arbres tout à coup s'espacèrent pour faire place à une large clairière ensoleillée. Un peu en retrait sur une butte, s'élevaient les ruines de ce qui avait dû être autrefois un moulin à vent — des restes d'ailes s'agitaient encore avec des craquements, mus par la tiède brise d'été. Haut de quatre étages, l'édifice n'avait plus de toit, et le rez-de-chaussée disparaissait sous un fouillis de ronces et d'herbes folles.

Sans faire de bruit, Edward mit pied à terre, avant d'attacher sa monture épuisée à la branche d'un arbre. Puis il se dissimula lui-même derrière le tronc d'un énorme frêne et scruta prudemment les alentours. A la droite du bâtiment principal, un peu en retrait, se trouvaient deux autres masures, qui avaient dû être utilisées autrefois pour le stockage des farines. Le moulin lui-même était percé d'étroites fenêtres, trop exiguës pour qu'un homme pût se glisser par là à l'intérieur. De toute évidence, l'entrée principale était située de l'autre côté.

A pas de loup, Edward fit le tour de la bâtisse. Il atteignait la volée de marches à demi effondrées qui menaient au seuil, lorsqu'il s'arrêta net, et retint sa respiration. Du coin de l'œil, il venait de percevoir un mouvement dans la pénombre de l'une des deux granges. Clignant les yeux, il scruta le cadre béant de la porte et devina dans l'obscurité la portière aisément identifiable du coupé noir, dont la vitre accrochait des reflets de lumière. Au même instant, il entendit s'élever le murmure d'une voix masculine et son sang se figea dans ses veines.

Ainsi, son intuition ne l'avait pas trompé. C'était bien en ce lieu que les ravisseurs de Georgina avaient trouvé refuge !

Avec toute la prudence requise, il franchit l'espace qui séparait le moulin de l'ancienne grange et s'approcha doucement de l'embrasure. Le dos tourné à la porte, un individu petit et râblé était occupé à étriller les deux chevaux pommelés remisés dans la pénombre.

— Fatigués, les gars ? Hum… Vous auriez grand besoin d'un peu d'eau et d'un picotin d'avoine, n'est-ce pas ? Et dire qu'il n'y a même pas un damné ruisseau dans les parages… Le diable emporte ce rapiat ! Qu'est-il venu se perdre ici ?

A ces mots, Edward ne perdit plus une seconde. D'un mouvement preste, il bondit sur le cocher et le retourna vers lui avant de le gratifier d'un direct qui fit rouler l'homme à ses pieds. Puis il arracha sa cravate, et sans attendre que son adversaire ait repris ses esprits, il lui ligota fermement les mains derrière le dos.

— Ooooh…, fit le cocher dans un gémissement, la tête encore inclinée vers sa poitrine. Que… que s'est-il passé, par tous les saints ?

— C'est précisément ce que je voudrais savoir ! rétorqua sévèrement Edward, qui se pencha vers lui pour l'agripper par le plastron de sa chemise. Peut-être saurez-vous me renseigner en partie ?

Et comme l'homme le regardait sans piper mot, complètement hébété :

— Qu'avez-vous fait de miss Cunningham ? Je vous préviens, si vous ne vous mettez pas à table tout de suite, vous allez de nouveau goûter à mon poing ! Est-ce cela que vous désirez ?

— Hé là, ce n'est pas de ma faute ! glapit son interlocuteur, qui tremblait de peur à présent. Je n'ai pas touché à un seul cheveu de la fille, je vous le jure. J'ai seulement fait tout ce que le gars m'a ordonné. Il m'a promis dix guinées pour amener sa maîtresse au vieux moulin. Je n'en sais pas davantage, moi.

Edward darda sur lui un regard menaçant.

— Qui est donc le *gars* en question ? demanda-t-il avec rudesse.

— Je n'en sais rien, il ne m'a pas donné son nom, répondit le cocher d'une voix faiblarde. Il a loué mes services à Dunchurch, voilà tout. J'ai vu que c'était un gentilhomme, alors je lui ai fait confiance.

— Et la jeune fille, où est-elle ?

— Il l'a traînée jusqu'au moulin. Sans doute qu'ils sont encore là-dedans, haleta l'homme, qui désigna le bâtiment en ruine d'un geste du menton. Je ne sais pas ce qu'ils fabriquent, par exemple, car la fille m'a paru dans un état bizarre. Depuis le début, je n'ai pas entendu un seul son sortir de sa bouche.

Edward sentit un frisson glacé lui parcourir le dos à cette information.

— Etait-elle consciente, au moins ?

L'homme haussa les épaules.

— Comment le saurais-je ? Dès que nous sommes arrivés ici, le gars m'a dit de dételer mes chevaux et de m'occuper de mes affaires. Je n'ai pas osé risquer un coup d'œil de leur côté. Il n'a pas l'air commode, ce paroissien-là ! En outre, je ne voudrais pas perdre mes dix guinées, vous comprenez…

— Ce n'est guère le moment de vous soucier de votre salaire, mon vieux, persifla Edward en le lâchant brusquement pour sortir son mouchoir de sa poche. Croyez-moi, vous risquez fort de finir au bout d'une corde pour votre complicité dans cette affaire.

— Mais, monsieur, je ne…, commença le cocher, qui transpirait littéralement de peur.

Mais déjà Edward lui avait enfoncé le mouchoir dans la bouche en guise de bâillon et le reste de la phrase s'acheva dans un incompréhensible gargouillis.

Au tour des jambes, maintenant ! Il parcourut la grange des yeux à la recherche d'un lien et avisa enfin sur le sol une musette vide, qui gisait près du coupé. Insensible aux gémissements du misérable, il lui introduisit les deux pieds dans le sac, dont il serra étroitement la courroie autour de ses chevilles.

Cette tâche achevée, il se dirigeait déjà vers la porte, lorsqu'une idée lui traversa subitement l'esprit. Aussitôt, il fit volte-face et se pencha sur le cocher, menaçant.

— Vous n'êtes pas venu ici sans arme, n'est-ce pas ? Où l'avez-vous cachée ?

Effrayé, l'homme fit rouler un instant ses prunelles, comme s'il n'avait pas compris la question.

— Dépêche-toi, sans quoi…

Tremblant de la tête aux pieds, le misérable désigna le coupé d'un mouvement de tête et regarda Edward extraire de sous le siège le sac qui contenait son pistolet de voyage et un coffret de poudre. En connaisseur, Edward soupesa l'arme, puis la chargea en un clin d'œil avant de se tourner de nouveau vers l'homme assis sur le sol.

— Priez pour que je retrouve miss Cunningham saine et sauve, grommela-t-il entre ses dents, sans quoi je ne donne pas cher de votre avenir.

Et il se glissa discrètement dans la cour, le pistolet à la main. *Mon Dieu, faites qu'il ne soit pas déjà trop tard*, pria-t-il de toutes ses forces.

# Chapitre 16

Georgina revint complètement à elle au moment où l'attelage s'ébranlait sans douceur, lui arrachant un léger cri de souffrance. La dernière chose dont elle se souvenait, c'était d'avoir été jetée dans la pénombre d'une voiture, à demi consciente. Les paupières mi-closes, elle lutta pour ne pas sombrer de nouveau dans la torpeur, malgré la terrible migraine qui lui martelait les tempes. Isolé de l'extérieur par d'épais rideaux de cuir, l'intérieur du véhicule était plongé dans une obscurité quasi complète, et elle eut d'abord du mal à distinguer ce qui l'entourait. Puis elle discerna vaguement une silhouette, et ne put retenir un mouvement d'effroi. Assis en face d'elle, l'horrible Carstairs l'observait, sans bouger.

— On revient à soi, ma poulette ? s'enquit-il en se penchant vers elle pour la scruter d'un regard moqueur. Voyez ce qui arrive quand on veut me jouer un vilain tour ! Ce n'était pourtant pas faute de vous avoir prévenue.

Il tendit la main pour agripper le genou de la jeune fille, qu'il secoua avec désinvolture.

— Allons, ne vous en faites pas, cela va aller mieux dans un instant. Une petite gorgée de brandy et il n'y paraîtra presque plus, vous allez voir.

Changeant de siège, il vint s'installer à côté d'elle et extirpa une fiole d'argent de la poche de son habit.

— Tenez, voilà qui va vous revigorer, assura-t-il en poussant le goulot entre ses lèvres.

Les dents serrées, Georgina tenta de détourner la tête, mais quelques gouttes d'alcool descendirent dans sa gorge, la brûlant au passage comme une onde de feu. Elle se plia en deux, prise d'une violente quinte de toux, tandis que Carstairs avalait lui-même quelques gorgées, indifférent à son malaise. Puis il se rapprocha d'elle sur la banquette et Georgina, écœurée, sentit son haleine fétide lui effleurer la joue.

— Oh ! mon Dieu, murmura-t-elle, je crois que je vais être malade…

Cette déclaration eut un effet immédiat. Coupé dans son élan, son voisin s'éloigna d'un bond pour regagner son propre siège. Satisfaite du succès de sa petite ruse, Georgina prit soin de gémir en se tenant l'estomac pendant tout le reste du trajet.

Mais son esprit n'en travaillait pas moins avec fièvre, tandis que l'attelage les emportait au galop sur la route cahoteuse. Le comportement de Carstairs demeurait une énigme pour elle.

Pourquoi l'avait-il enlevée, bonté divine ? L'homme était dépravé, cela ne faisait pas l'ombre d'un doute. Mais il n'en était pas moins un gentilhomme et savait quel risque il encourait en bafouant ainsi toutes les règles de la société. Même le plus déterminé des séducteurs ne recourrait pas à des moyens aussi extrêmes pour le simple plaisir de coucher dans son lit une femme réticente. De toute évidence, il y avait autre chose derrière ce coup de force. Mais quoi ?

Pourvu que Rupert eût noté le retour du véhicule noir garé sur la place ! pria-t-elle avec angoisse. S'il avait remarqué la présence de l'attelage, il avait dû inévitablement relier ce fait à sa disparition.

Et M. Latimer ? Pourquoi n'était-il pas au rendez-vous qu'il lui avait lui-même fixé ? Se pouvait-il que Carstairs l'eût d'abord neutralisé ? Terrifiée à cette pensée, elle se mit à transpirer et ses mains se crispèrent dans son giron.

Mais même si Edward était sain et sauf, la situation ne lui en semblait pas moins désespérée, sous quelque angle qu'elle l'envisageât. Après une telle mésaventure, elle serait de toute façon perdue de réputation, montrée du doigt par tout le monde. Déjà, elle croyait entendre siffler les commentaires malveillants à ses oreilles :

— Vous savez ? C'est cette Georgina Cunningham qui a été enlevée Dieu sait dans quelles circonstances... sans compter ce qu'on ne peut pas dire !

*Voudra-t-il encore de moi quand ce cauchemar sera terminé ?* se demanda-t-elle avec un terrible serrement de cœur.

Aussi inconfortable qu'il lui parût, le trajet fut toutefois inexplicablement court, et dès que Carstairs eut ouvert la porte de l'attelage, elle eut tôt fait d'identifier l'endroit où elle se trouvait. Combien de fois Harry, Katharine et elle n'étaient-ils venus s'ébattre au vieux moulin avec d'autres gamins du village ? Terrain de jeux privilégié, le lieu avait abrité leurs galopades effrénées et résonné de leurs bavardages et de leurs rires. Mon Dieu, se pouvait-il que tout cela fût déjà si loin ?

Transportée aux jours lointains de son enfance, elle laissa affluer en elle les souvenirs, et pendant quelques précieuses secondes, elle en oublia presque toute l'horreur de sa situation présente. Mais Carstairs la rappela brutalement à la réalité en lui tirant le bras sans douceur pour l'obliger à descendre.

Poussée par une inspiration subite, Georgina émit une faible plainte, à peine eut-elle touché le sol. Puis elle fit mine de se trouver mal et se laissa glisser aux pieds de son ravisseur déconcerté.

— Hé là, qu'est-ce qui se passe encore ? grogna-t-il avec mauvaise humeur.

Pendant quelques instants, il considéra sans mot dire la silhouette affalée à ses pieds, visiblement incertain de la démarche à suivre. Puis il sentit peser sur lui le regard curieux du cocher et lui désigna la grange d'un signe du menton.

— Garez votre attelage là-dedans, ordonna-t-il avec sécheresse. Ensuite, vous tâcherez de vous faire oublier jusqu'à ce que je vous appelle. Vous avez assez à faire à vous occuper de vos chevaux, je présume.

Il attendit que l'homme se fût éloigné pour se pencher et soulever la jeune fille dans ses bras, avant de la porter vers les degrés de pierre qui menaient à la porte d'entrée. Parvenu devant la porte, il tâcha d'enfoncer le panneau branlant avec l'épaule, mais en vain, Georgina se faisant aussi lourde que possible pour gêner ses mouvements.

Avec un juron, il déposa son fardeau sur le sol et réitéra sa tentative. Après quelques essais infructueux, il parvint enfin à débloquer l'huis, qui pivota sur ses gonds dans un grincement strident. Haletant sous l'effort, Carstairs souleva de nouveau Georgina, qu'il jeta cette fois sur son épaule comme un vulgaire ballot. Puis il se fraya un chemin entre les gravats qui jonchaient le sol, et déposa brutalement sa captive sur un tas de vieux sacs de jute qui gisaient dans un coin. Epuisé, il se laissa ensuite tomber près d'elle en exhalant un soupir rauque.

Persuadée qu'il s'apprêtait à se livrer à un assaut sur sa personne, Georgina chercha désespérément un moyen de reculer le moment redouté. Mais Carstairs ne lui laissa pas le loisir de réfléchir davantage.

— Réveillez-vous, bon sang ! intima-t-il en lui secouant le bras sans ménagement. Vous ne vous êtes pas fait si mal que ça, j'en suis sûr. Tout ça, c'est de la comédie. Si vous persistez à jouer les moribondes, je jure que…

Comprenant qu'elle ne pouvait simuler plus longtemps, Georgina battit des paupières et leva lentement les yeux sur son compagnon.

— Ooooh, ma tête ! exhala-t-elle dans un cri plaintif. S'il vous plaît, je voudrais boire quelques gorgées d'eau. Par pitié…

Carstairs jeta un bref regard autour de lui.

— De l'eau ? Où voulez-vous que j'en trouve ici, pauvre sotte ?

La jeune fille se redressa péniblement et se mit sur son séant.

— Qui… qui êtes-vous ? bredouilla-t-elle, feignant de ne pas le reconnaître. Je… je ne comprends pas ce que je fais ici. Aurais-je eu un accident ?

Carstairs, furieux, la remit sur ses pieds d'une violente bourrade.

— C'est le bouquet ! s'exclama-t-il d'un ton excédé. Marchez donc un peu, nigaude, cela vous remettra les idées en place.

Vacillant ostensiblement, Georgina fit quelques pas dans la pièce, en se dirigeant mine de rien vers la porte. Les bras encombrés par son fardeau, Carstairs avait oublié de repousser le battant derrière lui, et l'on apercevait par l'ouverture le haut des degrés de pierre et la cour envahie d'orties. Le cœur battant d'un fol espoir, elle jeta un coup d'œil oblique à son ravisseur. *Si j'arrive à sortir du moulin, je pourrai prendre mes jambes à mon cou, et qui sait ? L'imbécile a visiblement abusé du brandy et je connais mieux les alentours que lui.*

Comme pour confirmer cette pensée, Carstairs sortit de sa poche la flasque d'argent, qu'il vida jusqu'à la dernière goutte en rejetant la tête en arrière. Ainsi occupé, il ne s'aperçut pas que la captive avait presque atteint le seuil et s'apprêtait à lui fausser compagnie.

Malheureusement pour Georgina, une latte du plancher à demi défoncé craqua sous son pied au moment même où elle allait s'élancer vers la liberté. Alerté par ce bruit, Carstairs leva les yeux et poussa un retentissant juron, qui éveilla tous les échos de la vieille bâtisse.

— Hé là, que croyez-vous faire ? s'exclama-t-il en sautant sur ses pieds pour se ruer vers elle.

D'un geste brutal, il la tira en arrière avant de refermer la porte d'un coup de pied. Puis il la plaqua contre le battant vermoulu, les mains posées sur ses épaules.

— Voilà un rétablissement qui me paraît bien prompt, ma tourterelle, railla-t-il en lui soufflant son haleine alcoolisée au visage. Seriez-vous moins malade que vous n'en avez l'air ?

Visiblement émoustillé, il baissa la tête pour déposer un baiser mouillé dans son cou, tandis que ses mains glissaient dans l'échancrure de son corsage. *Oh, Seigneur, faites un miracle, je vous en prie !* supplia Georgina, les yeux fermés de dégoût.

Révulsée par la proximité physique de Carstairs, elle tenta désespérément de repousser ses mains moites, qui avaient entrepris maintenant de dénouer le lacet de son corselet. Mais l'homme, qui respirait à grand bruit, se contenta de rire de ses soubresauts, en la serrant de plus près contre la porte. Rouvrant les yeux, Georgina tourna la tête de côté pour échapper à ses lèvres, et ce fut alors qu'elle avisa sur le mur, à quelques centimètres de son épaule droite, un verrou rouillé suspendu à un clou, qui avait dû faire partie du système de fermeture de l'entrée.

Malgré tout le dégoût que lui inspirait cette brute, elle n'eut d'autre choix que de se laisser faire un instant pour avancer la main sur le mur subrepticement, mettant à profit l'inattention de Carstairs, qui fouillait maintenant dans les profondeurs de son corsage qu'il avait déchiré. Puis elle empoigna le lourd morceau de métal qu'elle décrocha d'un geste sec avant de l'abattre de toutes ses forces sur le crâne de son agresseur.

Pendant quelques terribles secondes, elle crut avoir frappé en vain, Carstairs demeurant toujours debout contre elle, les mains enfoncées dans son décolleté. Puis l'homme s'écarta légèrement pour fixer sur elle un regard hébété, qui se fit graduellement plus vague, tandis que son corps glissait lentement vers le sol où il s'effondra enfin, complètement inerte. *Mon Dieu, j'ai dû le tuer !* songea-t-elle en s'agenouillant près de lui, épouvantée à cette idée.

D'une main tremblante, elle lui saisit le poignet pour tâter son pouls. Rien, pas la moindre palpitation sous ses doigts fébriles... Retenant son souffle, elle colla l'oreille contre la poitrine de Carstairs et perçut enfin un faible battement, qui lui arracha un soupir de soulagement. L'homme vivait encore, Dieu merci... ce qui signifiait aussi qu'il pouvait revenir à lui d'un instant à l'autre !

Il n'y avait donc plus une seconde à perdre, elle devait prendre la fuite, et vite ! Mais une fois debout, elle fut saisie de panique. Carstairs bloquait l'ouverture de la porte... Comment allait-elle faire pour s'échapper ? Il était bien trop massif pour qu'elle pût le déplacer avec la seule force de ses bras. Elle était prisonnière !

— Oh ! mon Dieu, comment faire ? murmura-t-elle en se tordant les mains de désespoir.

Elle qui, l'espace d'un instant, avait cru être tirée d'affaire se retrouvait prise au piège entre les murs de cette vieille bâtisse. A moins que... Oui, pourquoi n'y avait-elle pas songé plus tôt ?

Si les souvenirs de ses jeux d'enfant étaient exacts, il y avait deux portes qui s'ouvraient au deuxième étage du moulin, à quelque sept ou huit yards du sol. Combien de fois l'intrépide Harry et ses compagnons ne s'étaient-ils laissés glisser de la galerie jusqu'en bas, en s'aidant de la chaîne du treuil comme d'une corde ? Ce dont elle se souvenait surtout, c'était à quel point ce jeu, exclusivement réservé aux garçons, était dangereux... Simon Quentin était allé jusqu'à se casser le bras après un atterrissage brutal sur le sol. Après cela, plus personne ne s'y était risqué.

L'estomac contracté par la peur, Georgina se dirigea vers l'escalier intérieur, qu'elle examina un instant avec la plus vive appréhension. Bien que les côtés de bois de hêtre fussent encore en place, plusieurs marches manquaient, créant des vides inquiétants. Quant à celles qui restaient, elles semblaient prêtes à tomber en morceaux à force de vétusté, tout comme une bonne partie du plancher de l'étage supérieur. Supporteraient-elles le poids de son corps ?

Comme elle hésitait encore, un gémissement rauque s'échappa de la poitrine du blessé. Mon Dieu, il pouvait reprendre conscience d'un moment à l'autre ! *Allons, ma fille, courage ! Tu n'as pas le choix, de toute façon...* Prenant une profonde inspiration, elle s'engagea dans l'escalier dangereusement branlant, et après avoir trébuché et glissé plusieurs fois en arrière, elle atteignit enfin l'étage supérieur.

Encouragée par ce premier succès, elle rampa sur les chevrons du plancher pour atteindre la volée de marches vermoulues qui donnait accès au deuxième étage. Cette fois, la progression se révéla encore plus difficile, et il lui fallut toute sa détermination pour ne pas déclarer forfait. Mais la pensée de ce qui l'attendait en cas d'échec stimula son courage, et quelques instants plus tard, elle posait enfin un pied prudent sur les lattes à demi pourries de la galerie. Le bois y était encore plus friable qu'aux niveaux inférieurs, et ce fut avec d'infinies précautions qu'elle s'avança jusqu'à l'une des ouvertures, dont le volet était fermé par une barre de fer.

Essoufflée, Georgina s'arrêta un instant pour réfléchir. Endommagée par les intempéries, la porte ne tenait plus guère que par ses gonds. Une seule poussée aurait suffi à la précipiter dans le vide, mais le bruit risquait d'éveiller l'attention du cocher, sans doute posté dans l'une des granges. Non, mieux valait soulever la barre. Elle mobilisa donc toutes ses forces, et parvint à la déplacer, au prix d'un effort épuisant. Puis elle reprit sa respiration avant de pousser aussi doucement que possible l'un des battants, effrayée par les craquements qui résonnaient dans le silence du bâtiment.

Enfin, l'ouverture fut assez large pour lui permettre de se glisser dans la galerie extérieure. C'est alors qu'elle aperçut le vide sous ses pieds, entre les lattes disjointes du parquet. Paralysée par la peur, elle dut rester plaquée quelques instants contre le mur de brique, avant de parvenir à recouvrer un semblant de sang-froid. Elle reprit alors sa progression vers la balustrade, qu'elle agrippa fermement des deux mains.

Là, elle jeta un regard vers le sol au-dessous d'elle. Comme il semblait loin, vu de cette hauteur ! A sa gauche, la chaîne du treuil pendait encore au bout de sa poulie, Dieu merci. Mais les maillons rongés par la rouille ne risquaient-ils pas de céder sous son poids ? *C'est un risque à prendre*, décida-t-elle enfin, tremblant de tous ses membres. *De toute façon, que peux-tu faire d'autre ?*

Les mâchoires serrées, elle se déplaça de quelques pas, et, après deux ou trois vaines tentatives, parvint enfin à saisir l'extrémité de la chaîne. *Surtout, ne regarde pas en bas*, se répéta-t-elle, la gorge sèche et les tempes humides de sueur.

Rassemblant ses forces, elle se hissa sur la balustrade et, les deux mains agrippées aux maillons rouillés, elle resta un instant à se balancer dangereusement, cherchant le point d'équilibre qui lui permettrait de commencer sa périlleuse descente.

— Seigneur, protégez-moi, je vous en supplie ! pria-t-elle d'une voix tremblante.

Puis elle resserra son étreinte autour de la chaîne et se laissa glisser dans le vide, sans cesser de chuchoter son ardente prière.

# Chapitre 17

Le pistolet au poing, Edward traversa la cour et gravit d'un seul bond les quelques marches qui menaient au seuil du moulin. Puis il exerça une poussée sur la porte, mais à sa grande surprise, le panneau de chêne vermoulu ne bougea pas d'un pouce.

— Que diable..., marmonna-t-il en pressant son oreille contre une fente, dans l'espoir d'entendre ce qui se passait à l'intérieur.

Gêné tout d'abord par le bruit des ailes qui tournaient en craquant au-dessus de sa tête, il écouta en vain. Puis, tout à coup, il lui sembla percevoir un faible grincement de l'autre côté de la porte, comme si quelqu'un se déplaçait sur des lattes disjointes. Inquiet et furieux à la seule idée du danger qui pouvait menacer Georgina, il poussa de tout son poids contre le panneau. Mais rien à faire, celui-ci refusait obstinément de pivoter. Au nom du ciel, que se passait-il ? Collant son œil à la fissure, il tâcha de distinguer ce qui se passait de l'autre côté, mais l'intérieur était trop obscur pour qu'il puisse discerner quoi que ce soit.

Désespéré, il se jeta à plusieurs reprises contre la porte pour l'enfoncer avec l'épaule, au risque de se blesser, mais cette fois encore, ses efforts se soldèrent par un échec. Bouillonnant de frustration, il redescendit les marches, et, le dos plaqué contre le mur, se mit à faire le tour du bâtiment à la recherche d'une autre ouverture. Mais toutes les fenêtres étaient obstruées par des planches clouées de l'intérieur. Jamais il ne réussirait à s'introduire dans le moulin par les accès du rez-de-chaussée.

Restaient les deux doubles portes qui donnaient sur la galerie du deuxième étage… A son arrivée, il avait constaté d'un rapide coup d'œil que la chaîne du treuil utilisé pour le maniement des ailes était toujours en place. Peut-être y avait-il moyen de s'en servir pour investir la place ? L'entreprise ne devait pas présenter de difficulté insurmontable pour un ancien soldat comme lui — il lui était arrivé plus d'une fois d'escalader le grand mât d'un navire.

La main tendue vers l'extrémité de la chaîne qui pendait dans le vide, il levait les yeux vers la galerie pour évaluer la distance qui la séparait du sol, lorsqu'il vit une jambe gainée d'un bas blanc se poser sur la balustrade.

— Que diable…, commença-t-il, avant de se figer de stupéfaction.

Après avoir assuré son appui sur le rebord de pierre, la première jambe fut suivie de la deuxième, et bientôt, une mince silhouette féminine se tint un instant en équilibre sur l'étroite balustrade, dans une position si précaire qu'elle le fit frémir d'horreur. *Georgina, non, ne faites pas cela…*, supplia-t-il en silence.

Littéralement paralysé d'effroi, il la vit osciller dangereusement, les deux mains agrippées à l'autre extrémité de la chaîne, et comprit immédiatement ce qu'elle avait l'intention de faire. Mais où avait-elle la tête, grands dieux ? A peine ferait-elle supporter au mécanisme le poids de son corps que les poulies se mettraient en branle, la précipitant un yard ou deux plus bas. Elle n'aurait ensuite aucun moyen de rétablir son équilibre !

Horrifié, il se plaqua la main sur la bouche pour s'empêcher de crier — en cet instant critique, une seule seconde d'inattention pouvait être fatale à Georgina.

Et ce qu'il craignait arriva. La chaîne descendit brutalement dès que Georgina se fut lancée dans le vide, et la violente secousse qui s'ensuivit faillit lui arracher des mains l'anneau auquel elle se cramponnait désespérément. Visiblement tétanisée de peur, elle resta quelques instants immobile, hésitant sans doute à risquer un geste, de peur que l'incident ne se reproduise.

Puis elle sc reprit suffisamment pour amorcer précautionneusement sa descente, sous les yeux terrifiés d'Edward. Si au moins il avait pu se précipiter à son secours ! Mais le moindre bruit aurait suffi à déconcentrer la jeune fille et il prit sur lui pour ne pas révéler sa présence, tandis qu'elle se rapprochait lentement du sol.

Elle en était au dernier tiers de la descente et Edward commençait à respirer, lorsqu'un craquement de mauvais augure se fit entendre dans le mécanisme, où un pignon était probablement en train de céder. Georgina, qui n'avait probablement aucune idée de la distance déjà parcourue, se figea aussitôt et demeura un instant suspendue dans le vide, cramponnée à l'anneau de toute la force de ses poignets. Un second craquement retentit alors, immédiatement suivi d'un bruit sec de rupture, et la chaîne que rien ne retenait plus à la poulie se déroula à une vitesse vertigineuse, entraînant la jeune fille avec elle.

Retrouvant ses vieux réflexes de soldat, Edward n'eut que le temps de bondir en avant, les bras tendus dans l'espoir d'amortir au moins sa chute. Mais la brutalité de son atterrissage le déséquilibra lui-même et il faillit tomber en arrière avec son fardeau. D'un violent coup de reins, il parvint toutefois à se redresser, le dos raidi sous l'effort. Puis il serra la jeune fille contre lui, en adressant au ciel une action de grâces éperdue.

Encore sous le choc, Georgina s'effraya de sentir deux bras puissants lui étreindre la taille. Son sang ne fit qu'un tour. Carstairs était donc revenu à lui ? Mon Dieu, dire qu'elle avait pris ce terrible risque uniquement pour retomber entre ses mains ! songea-t-elle avec un affreux sentiment de défaite. Mais l'odeur familière d'Edward Latimer flotta tout à coup jusqu'à elle, un subtil mélange de santal et de cuir dont la fragrance fit monter à ses paupières des larmes de soulagement et de bonheur. Toute tremblante, elle tourna la tête et leva vers lui son regard d'un bleu profond éperdu de gratitude.

— Oh ! Edward, j'ai eu si peur ! J'ai vraiment cru que ma dernière heure était arrivée, vous savez...

— Petite idiote ! murmura-t-il d'une voix vibrante d'émotion, en enfouissant le visage dans ses boucles ébouriffées. Oui, courageuse et inconsciente petite idiote... Qu'est-ce qui vous a pris de faire une chose pareille ? Pendant un instant, j'ai cru moi aussi que c'en était fait de vous...

Georgina frissonna violemment et se pelotonna instinctivement contre lui, émue d'entendre les battements précipités de son cœur résonner tout contre son oreille, comme s'il avait eu réellement peur de la perdre. Se pouvait-il qu'il l'aimât tout de même un peu ? se demanda-t-elle avec une joie nuancée d'un reste de doute. Interrogation qui n'allait pas tarder à trouver sa réponse...

Troublé par le contact de ce doux corps féminin pressé contre le sien, Edward commença par lui tapoter le dos comme à une petite fille effrayée que l'on cherche à calmer. Puis son attitude se modifia subtilement tandis que le désir s'immisçait en lui comme un feu dévorant, consumant tout ce qu'il lui restait de raison... D'un geste passionné, il la courba contre lui et chercha ses lèvres, dont le tendre barrage s'ouvrit aussitôt pour l'accueillir.

Oublieux du monde entier, tous deux se perdirent dans les délices de leur premier baiser, si ardemment souhaité, si longtemps différé...

— Ma chérie, j'ai tant attendu ce moment..., murmura Edward, relevant enfin la tête avec un indicible regret. Je voudrais pouvoir vous serrer ainsi dans mes bras jusqu'à la fin des temps.

Et se reprenant avec un soupir :

— Mais il faut d'abord que je vous avoue quelque chose...

Georgina se hâta de l'interrompre.

— Non, n'en faites rien, je vous en prie ! Je sais d'avance ce que vous allez me dire et je puis d'ores et déjà vous affirmer que cela ne revêt aucune importance à mes yeux.

Edward haussa les sourcils, abasourdi par cette déclaration.

— Vous savez ? Mais comment diable avez-vous pu apprendre...

— C'est M. Mansell qui m'a tout dit, expliqua Georgina, pressée d'éclaircir le malentendu qui les avait séparés. Mais vous n'avez pas à vous inquiéter de cela, je vous assure. Mon oncle m'a légué une somme importante et nous ne serons pas dans le besoin...

— Mansell vous a parlé ? l'interrompit impétueusement Edward, les sourcils froncés. Le diable l'emporte, il m'avait pourtant promis de tenir sa langue...

Il s'arrêta net, intrigué par les derniers mots de la jeune fille. Ils ne seraient *pas dans le besoin*, avait-elle dit ?

— Mais que vous a-t-il avoué exactement ? demanda-t-il alors, soupçonnant un quiproquo.

— Eh bien, il m'a laissé entendre que la modestie de votre situation vous donnait des scrupules et que c'était à cause de cela que vous n'osiez pas me faire la cour... Mais maintenant que je vais avoir de l'argent à moi, l'objection ne tient plus, n'est-ce pas ? dit-elle, inquiète de voir le visage de son compagnon se figer à ces mots.

— Etes-vous en train d'insinuer que je n'aurai plus aucune hésitation à demander votre main, maintenant que vous êtes devenue une héritière ? demanda-t-il sèchement. Il faut vraiment que vous ayez une piètre opinion de moi, mademoiselle !

Il avait prononcé ces derniers mots en reculant d'un pas,

comme si leur proximité lui était devenue soudainement désagréable. Qu'il lui montrât des réticences n'étonna pas Georgina. C'était un homme fier, M. Mansell l'avait prévenue à ce sujet. Mais tout de même… Au nom du ciel, pourquoi fallait-il qu'il jouât les offensés au moment où tout aurait pu enfin s'arranger ? Quoi qu'il en soit, elle était bien décidée à défendre bec et ongles leurs chances de bonheur.

— Pour l'amour du ciel, Edward, ne soyez pas aussi obstiné ! Vous êtes esclave des préjugés, voilà tout. Si nos situations étaient inversées, je n'en ferais pas un problème, je vous assure.

Le visage d'Edward s'éclaira à ces mots et une lueur de gaieté inattendue pétilla dans son regard.

— En êtes-vous absolument sûre ?

Les yeux brillant de larmes, elle confirma avec véhémence :

— Mais bien entendu ! Je serais prête à renoncer à tous mes principes, si cela pouvait enfin nous réunir.

Et le dépit s'emparant d'elle tout à coup :

— Mais vous devez me prendre pour une idiote, à présent, d'être allée m'imaginer que c'était aussi votre souhait…

— Mais c'est le cas, ma chérie ! s'écria-t-il, désolé de ce nouveau malentendu.

Il l'attira de nouveau dans ses bras, bien qu'elle fît mine de résister, et se mit en devoir de la rassurer.

— C'est mon plus cher désir en ce monde, n'en doutez pas un seul instant. Mais il me faut vous expliquer…

Ses paroles furent interrompues par un léger son provenant de l'intérieur du moulin, qui fit sursauter Georgina. Réprimant un soupir, Edward s'écarta d'elle à contrecœur.

— Décidément, il semble que ce ne soit jamais le moment. Dieu me pardonne, j'avais oublié qu'il y avait des choses plus urgentes à régler.

L'expression résolue de son visage effraya Georgina, qui craignit pour sa vie.

— Laissez cela, Edward, je vous en prie. Mieux vaut que nous quittions ce lieu au plus vite. Il me tarde tant de retrouver la maison !

Il la considéra d'un regard stupéfait.

— Vous ne pensez pas sérieusement que je vais laisser l'individu qui vous a enlevée s'en tirer à si bon compte ? J'ai bien l'intention de découvrir son identité et de lui donner une leçon qu'il n'oubliera pas de sitôt.

— Mais je sais de qui il s'agit ! Il s'appelle Carstairs et c'est le cousin de ma tante Edwina…

Edward fronça les sourcils à ce nom.

— Vous ne parlez tout de même pas de Gerald Carstairs ?

La jeune fille confirma d'un hochement de tête, stupéfaite. Comment pouvait-il bien connaître le nom de son ravisseur ?

— Dieux du ciel ! s'exclama-t-il, furieux. J'espère qu'il n'a pas porté la main sur vous ?

Georgina demeura quelques secondes sans voix, puis expliqua en se tordant les mains :

— N… non… Enfin, pas de la façon dont vous semblez le penser. Il est vrai qu'il a essayé de… de me séduire, le jour où je suis allée rendre visite à mon oncle. Vous m'attendiez à l'église, vous en souvenez-vous ?

Elle vit briller une lueur de colère dans ses yeux et se hâta d'ajouter, tremblante :

— Oh ! Edward, j'ai seulement voulu me défendre, mais j'ai failli le tuer, vous savez !

Abasourdi, il la regarda un instant sans comprendre.

— Le tuer ? Comment cela, au nom du ciel ?

Georgina baissa la tête, honteuse.

— Je l'ai frappé sur le crâne avec un verrou de fer, avoua-t-elle. Il s'est effondré devant la porte, c'est pourquoi j'ai dû monter au deuxième étage et m'échapper par la galerie. Je n'avais aucune autre issue, expliqua-t-elle en réprimant un sanglot.

Bouleversé de la voir dans cet état, Edward l'enlaça tendrement.

— Ne vous reprochez rien, ma douce. Vous avez dû seulement l'assommer et il va sans doute revenir à lui. Ceci dit, il ne va pas tarder à regretter de ne pas être mort, car j'ai bien l'intention de lui tomber dessus à bras raccourcis. Ce sinistre individu va payer cher pour ce qu'il vous a fait, vous avez ma parole.

— Non, Edward, ne faites pas cela ! supplia la jeune fille, alarmée. Il est si robuste et si violent ! Il pourrait vous blesser et…

Elle s'arrêta, confuse, en voyant son chevalier servant froncer les sourcils, visiblement offusqué.

— Oh ! je n'ai pas voulu dire que vous ne seriez pas de taille, corrigea-t-elle en hâte.

Edward éclata de rire et se pencha pour déposer un baiser sur le bout de son nez.

— Petite sotte ! dit-il affectueusement. Je suis parfaitement capable de me défendre, vous savez.

Joignant le geste à la parole, il ôta sa veste en un tournemain et la tendit à Georgina.

— Mettez cela sur vos épaules et restez hors de vue, conseilla-t-il.

Puis il alla chercher son pistolet, qui était tombé dans les orties au moment du périlleux atterrissage de Georgina, et s'assura qu'il y avait encore assez de poudre dans le magasin. Tout en procédant à cette vérification, il élaborait rapidement un plan dans sa tête. Carstairs s'était écroulé devant la porte, lui avait dit Georgina, ce qui l'avait empêchée de sortir par cette même porte. Comment allait-il pouvoir accéder à cette partie du moulin, si le corps massif de Carstairs en bloquait l'accès ? Y avait-il alentour un objet qui pût lui servir de levier, ou éventuellement de masse pour briser l'un des panneaux de bois ?

Après avoir fourragé un instant parmi les débris d'ailes qui gisaient à terre, il mit enfin la main sur une courte barre de métal qui ferait parfaitement l'affaire. L'objet pourrait en outre lui servir d'arme défensive si besoin était.

Mais il n'eut finalement pas à user de l'instrument pour entrer dans le moulin. A sa grande surprise, la porte céda à la première poussée, et si elle refusa de s'ouvrir en grand, elle lui laissa du moins un passage suffisant pour qu'il pût jeter un coup d'œil prudent à l'intérieur. Pendant quelques instants, il ne distingua rien dans la pénombre de la pièce. Mais lorsque ses yeux se furent habitués à l'obscurité, il discerna une silhouette massive vautrée par terre de l'autre côté de la salle, et perçut au même moment le son d'une respiration gênée et haletante.

D'un geste précautionneux, il exerça une nouvelle poussée sur la porte, mais au lieu de s'ouvrir davantage, le battant sortit de ses gonds et s'effondra à ses pieds dans un vacarme assourdissant.

Obéissant aux injonctions d'Edward, Georgina était d'abord demeurée sagement immobile près de la chaîne, tandis qu'il contournait la bâtisse pour revenir vers l'entrée du moulin. Mais bientôt, la nervosité l'emportant en elle sur la sagesse, elle se mit en mouvement sans faire le moindre bruit et lui emboîta le pas, inquiète du sort qui attendait son sauveur pour peu que Carstairs eût repris ses esprits.

Parvenue à quelques mètres du seuil, elle s'arrêta et observa de loin les moindres gestes d'Edward, en priant le ciel pour qu'il ne lui arrivât rien de fâcheux. La chute du panneau de chêne lui arracha un tressaillement de peur.

— Oh ! mon Dieu ! Pourvu que…

Mais déjà, Edward enjambait les débris de bois, et ce ne fut pas sans un serrement de cœur qu'elle le vit s'engouffrer dans le moulin sans une seule seconde d'hésitation. La crainte et l'admiration luttaient en elle. Cher Edward, si intrépide et courageux ! Pourvu que l'autre ne lui tendît pas quelque piège sournois de sa façon…

— Seigneur, faites que Carstairs ne soit pas revenu à lui ! supplia-t-elle dans un fervent murmure.

Mais sa prière ne devait pas être entendue. Comme elle s'avançait à son tour vers le seuil en se plaquant contre le mur, le cœur battant à se rompre, elle entendit tout à coup la voix abhorrée s'élever à l'intérieur du bâtiment, avec une nuance gouailleuse qui lui arracha un frisson de dégoût.

D'un mouvement prompt, elle se dissimula derrière l'un des piliers qui soutenaient le linteau et prêta l'oreille. Mais si elle savait Carstairs capable de tout, elle ne s'attendait certes pas à l'entendre proférer d'une voix pâteuse ces étranges paroles :

— Ma p… parole, mais c'est ce bon vieux Templeton en personne ! Du diable si je m'attendais à vous voir là, mon cher ami… Seriez-vous en villégiature dans le comté ?

Georgina porta la main à sa bouche, interloquée. Comment ? Edward et Carstairs se connaissaient vraiment ?

# Chapitre 18

A peine fut-il entré dans la pièce qu'Edward eut un mouvement de dégoût. Carstairs était affalé contre le mur, une flasque vide à la main, les yeux injectés de sang. Les mâchoires crispées, il tâcha tant bien que mal de refréner sa colère et se campa devant l'homme, le pistolet au poing.

— Cette fois, vous êtes allé trop loin, Carstairs. Vous avez grand besoin d'une bonne leçon.

Son interlocuteur le fixa un instant, manifestement éberlué, avant de répliquer d'une voix avinée :

— Du diable si je c… comprends ce que vous voulez dire. En quoi vous aurais-je nui ? Cette affaire ne vous concerne en rien, Templeton.

— En l'occurrence, il se trouve que si, rétorqua sèchement Edward. Pouvez-vous me dire pourquoi vous vous en êtes pris à miss Cunningham de cette odieuse façon ?

— Chut ! fit Carstairs, qui pointa le doigt vers le plafond. La petite tigresse va vous entendre. Elle est tapie quelque part là-haut, mais il faudra bien qu'elle redescende à un moment ou un autre. Un peu de patience et elle sera de nouveau à ma merci…

Révolté par ces mots, Edward dut faire un héroïque effort sur lui-même pour ne pas se jeter sur Carstairs et le rouer de coups de poing.

— Levez-vous, espèce de vermine, dit-il plutôt, et répétez-moi cela en face, si vous l'osez !

— Mais qu'est-ce qui vous p… prend, Templeton ? J'ai toujours cru que vous n'étiez pas du genre à frapper un homme à terre. Mais une petite p… contrariété et le vernis craque, hein ?

C'en était trop pour Edward ! Furieux, il jeta ses armes sur un tas de sacs vides, empoigna Carstairs par le plastron de sa chemise, et le souleva jusqu'à avoir son visage à quelques pouces du sien.

— Encore un mot de ce genre et vous êtes un homme mort ! Allons, levez-vous et battez-vous comme un homme, espèce de lâche.

Loin d'obtempérer, Carstairs tomba lourdement à genoux devant Edward, visiblement incapable de tenir sur ses pieds.

— Vu les circonstances, je me vois c… contraint de décliner l'offre, mon vieux. Ce s… sera pour une autre fois.

Comprenant qu'il ne pourrait rien en tirer de plus, Edward le lâcha avec un juron. Dieu savait qu'il aurait pris un infini plaisir à rosser le scélérat pour ce qu'il avait fait à Georgina, mais il avait un sens de l'honneur trop développé, malgré ce qu'avait pu prétendre Carstairs, pour frapper un homme incapable de se défendre.

Un homme qui, dans le cas présent, venait de rouler sur le flanc pour plonger dans un sommeil d'ivrogne… Edward hésita alors un instant. Ne ferait-il pas mieux de le laisser là et d'aller prévenir la maréchaussée, en emmenant Georgina avec lui ? Il n'aimait pas la savoir seule, dehors, à l'attendre. La malheureuse avait déjà été assez éprouvée comme cela. Il ne comprenait pas, du reste, comment personne n'avait encore volé à leur secours. Cela faisait un bout de temps qu'il était arrivé au moulin. Rupert avait-il échoué dans sa mission ? De toute évidence, Mme Cunningham n'avait pas pris au sérieux les propos de son fils, sans quoi Radley et ses hommes seraient déjà là…

Tant pis ! conclut-il avec fatalisme. Puisqu'il en était ainsi, mieux valait remettre à plus tard l'interrogatoire de Carstairs et ramener d'abord Georgina à Westcotes. Mais encore fallait-il d'abord trouver un morceau de corde pour ligoter Carstairs et l'immobiliser jusqu'à l'arrivée du shérif.

Edward explora alors la pièce du regard. Une vieille lanière pendait à un clou fiché près de la porte. Voilà qui ferait parfaitement l'affaire, songea-t-il en allant décrocher la courroie. Mais au moment même où il tendait la main vers le mur, il entendit un léger bruit dans son dos et se retourna d'un bond. Trop tard ! Carstairs avait récupéré le pistolet abandonné sur le tas de sacs et s'avançait en titubant vers lui, un sourire sardonique aux lèvres.

— Dieu merci, je n'ai pas le même sens de l'honneur que vous, mon cher T… Templeton ! fit-il en pointant l'arme vers Edward. Vous auriez dû me n… neutraliser quand vous en aviez la possibilité. Mais vous avez laissé passer votre chance et vous n'en aurez pas d'autre, vous pouvez me croire. Préparez-vous à comparaître devant votre créateur, m… milord.

C'était compter sans Georgina, qui, depuis sa cachette, n'avait pas perdu une miette de ce monologue. D'un élan impétueux, elle se précipita dans la salle.

— Non, Carstairs, s'il vous plaît ! s'écria-t-elle d'une voix stridente. Ne faites pas cela…

Edward tourna brusquement la tête vers elle.

— Au nom du ciel, Georgina, que faites-vous là ? demanda-t-il, stupéfait. Je vous avais dit de rester où vous étiez…

Mais le plus surpris des deux fut certainement Carstairs, dont l'attention se tourna momentanément vers elle.

— D'où sortez-vous ? s'exclama-t-il, abasourdi de voir resurgir inopinément sa précédente victime. Du diable si j'y comprends quelque chose !

Du coin de l'œil, Edward le vit tituber sur ses jambes encore incertaines et ne perdit pas une seconde pour agir. D'un bond, il se rua sur Carstairs, qui tomba à la renverse sous le choc. Entremêlés dans un farouche combat, les deux hommes luttèrent pour la possession du pistolet, sous le regard horrifié de Georgina.

— Oh ! mon Dieu, je dois faire quelque chose, murmura-t-elle d'une voix étranglée.

Sans plus attendre, elle se précipita vers les deux hommes et se mit à bourrer de coups de pied le dos de Carstairs… qui ne parut même pas s'en apercevoir ! La brute semblait être protégée par une carapace insensible. En désespoir de cause, elle piétina sa main droite pour l'obliger à lâcher le pistolet. Mais au dernier moment, Carstairs réussit à dégager son poing, la déséquilibrant du même coup. Incapable de se retenir, elle tomba à genoux près des deux adversaires, tandis que le coup partait inopinément, éveillant tous les échos de la vieille bâtisse.

Les prunelles agrandies d'horreur, Georgina contempla un instant les deux hommes, qui s'étaient immobilisés après un dernier soubresaut et gisaient maintenant sur le sol, aussi inertes l'un que l'autre. Un violent sanglot lui secoua les épaules à cette vue.

— Oh ! Edward, qu'ai-je fait ? balbutia-t-elle, désespérée.

Les mains tremblantes, elle tâta le front d'Edward. A son grand soulagement, il releva la tête avec effort et entreprit de se dégager du corps inanimé de son adversaire. Luttant contre le poids qui l'écrasait, il parvint enfin à se glisser sur le côté et se redressa sur les genoux, découvrant aux yeux épouvantés de Georgina le plastron de sa chemise abondamment teinté de sang.

— Oh ! mon Dieu, exhala-t-elle dans un souffle. Vous êtes blessé…

— Ce n'est rien, assura-t-il en tendant la main vers elle pour lui caresser la joue.

D'un mouvement impétueux, Georgina se jeta contre sa poitrine.

— Mais vous saignez à flots ! Je vous en prie, laissez-moi voir…

Maladroitement, elle commença à défaire les boutons de sa chemise, mais Edward, après l'avoir observée un instant avec un sourire, finit par l'arrêter d'un geste.

— C'est inutile, ma douce. Je n'ai rien, je vous assure. Le sang est celui de Carstairs, pas le mien… Ce damné pistolet est parti à quelques pouces de moi et j'ai été un peu secoué par le recul, voilà tout. Désolé que vous ayez été mêlée à tout cela…

Georgina jeta un bref regard au corps de Carstairs, qui gisait sur le sol dans une pose grotesque. Avec un frisson, elle se détourna de l'affreux spectacle.

— Pouvons-nous quelque chose pour lui ? demanda-t-elle d'une voix étranglée.

— Il n'y a plus rien à faire, répondit Edward en haussant les épaules. Il a eu son compte, et ce n'est pas moi qui vais le regretter.

La jeune fille lui jeta un regard de reproche.

— Voyons, Edward, comment pouvez-vous dire des choses pareilles ?

— Désolé, ma chérie, mais croyez-vous qu'il m'aurait fait quartier, si vous n'étiez pas intervenue au moment crucial ? De toute façon, il aurait fini au gibet pour ses crimes, et vous auriez eu la honte de devoir témoigner à son procès. Croyez-moi, mieux vaut remercier le ciel que le scélérat se soit involontairement châtié lui-même…

Georgina était sur le point de poser la question qui lui brûlait les lèvres, mais elle se reprit à temps. Le moment était mal choisi pour les éclaircissements. Etonnée par le regard insistant qu'Edward portait sur son buste, elle abaissa les yeux vers son corsage et vit béer les deux pans d'étoffe déchirés par la main lascive de Carstairs.

— Oh ! mon Dieu…, murmura-t-elle en s'empourprant de honte.

Depuis combien de temps exhibait-elle ainsi sans le savoir sa poitrine demi-nue sous le regard d'Edward ? Les joues en feu, elle se mit en devoir de réparer le désordre de sa toilette.

Edward, de son côté, s'épousseta et reboutonna sa chemise souillée de sang. Puis il se tourna vers la jeune fille et sourit de la voir toute rose de confusion. De toute évidence, elle venait seulement de s'apercevoir que son corsage dévoilait à moitié sa poitrine ronde au galbe enchanteur…

Ramassant la veste qu'elle avait laissée tomber sur le seuil, il la lui rapporta, une lueur malicieuse au fond des yeux.

— Je crois qu'elle vous sera plus utile qu'à moi, ma douce, murmura-t-il en lui drapant le vêtement autour des épaules. Si vous la maintenez bien serrée, personne ne remarquera que… hum… que vos vêtements ont quelque peu souffert de l'aventure.

Un brin de nostalgie vibrait dans sa voix lorsqu'il ajouta :

— J'aurai été le seul privilégié à jouir de ce délicieux spectacle !

Georgina baissa les yeux, au comble de l'embarras.

— Mais comment allons-nous regagner Westcotes ? demanda-t-elle pour détourner la conversation.

Edward se pencha vers elle pour ôter les brins de paille accrochés à ses boucles brunes.

— L'attelage est stationné dans la grange, expliqua-t-il. Mieux vaut l'utiliser, plutôt que de reprendre la vieille jument qui m'a transporté jusqu'ici. Il est préférable que les gens du bourg ne vous voient pas dans cet état. Dieu sait à quels commentaires vous vous trouveriez exposée…

— Mais le cocher, que lui est-il arrivé ? s'enquit Georgina non sans appréhension.

— Je me suis occupé de lui, ma chérie, n'ayez crainte. Vu les circonstances, je crois qu'il ne demandera pas mieux que de nous reconduire à Compton Lacey.

— Mais comment lui faire confiance ? objecta-t-elle, alarmée. Il était sans doute de mèche avec cet affreux Carstairs.

— Qui avait loué ses services et s'était assuré de sa discrétion, voilà tout.

Et comme ces propos ne semblaient pas la rassurer tout à fait :

— Il ne vous a pas touchée, n'est-ce pas ? s'enquit-il avec inquiétude.

— Oh ! non, pas lui…, le rassura-t-elle aussitôt en secouant la tête. Il a seulement tenté de nous renverser sur le chemin de Westcotes, Rupert et moi. Je me demande bien pourquoi.

— Carstairs espérait sans doute vous enlever à ce moment-là.

Georgina réfléchit, manifestement perplexe.

— Je ne vois toujours pas pour quelle raison il en est arrivé à user de moyens aussi extrêmes pour… euh…

Elle rougit de nouveau, embarrassée.

— Après tout, il aurait pu jeter son dévolu sur des dizaines d'autres femmes. Pourquoi précisément moi ? Il y a là quelque chose qui m'échappe…

Le regard d'Edward se porta involontairement vers la gorge de sa compagne, que soulevait délicieusement sa respiration encore un peu haletante. Le spectacle était si charmant qu'il ne put réprimer un sourire.

— Vous ne vous rendez pas compte à quel point vous êtes désirable, Georgina. Et Carstairs n'avait pas le moindre sens moral. Je dirais même que c'était un fort mauvais sujet, capable de toutes les bassesses pour satisfaire ses appétits de lucre…

— Vous le connaissiez donc ? dit Georgina, incapable de refréner plus longtemps sa curiosité.

Partagé entre l'urgence de la situation et le désir de s'expliquer enfin, Edward hésita un instant. Mais les circonstances ne lui parurent guère propices aux confidences et il préféra remettre à plus tard le moment de vérité. C'était compter sans l'obstination de Georgina, qui l'arrêta d'un geste comme il tournait déjà les talons.

— Il y a autre chose que je voudrais vous demander, reprit-elle d'une voix tremblante.

— Tout ce que vous voudrez, belle dame. Vos désirs seront toujours des ordres pour moi, répondit-il sur le ton de la plaisanterie.

Mais cette apparente légèreté dissimulait une certaine appréhension. Edward se sentait indéniablement en terrain glissant et redoutait ce qui allait suivre.

— Tout à l'heure, Carstairs vous a appelé « Templeton ». Dois-je en conclure que vous nous avez menti sur votre identité ?

Ainsi, elle avait entendu ! Trop tard donc, il ne pouvait plus reculer. Les tempes brusquement mouillées de sueur, il prit une profonde inspiration, et voulut s'emparer de ses mains, mais elle recula d'un pas, le regard plongé dans le sien.

— Je veux savoir la vérité, Edward... ou quel que soit votre nom !

D'un mouvement impérieux, Edward se rapprocha d'elle et lui agrippa le poignet avant de l'attirer dans ses bras.

— Ecoutez-moi, bonté divine ! s'exclama-t-il avec véhémence. Je ne demande pas mieux que de vous expliquer, et c'est même pour cela que je vous avais donné rendez-vous aujourd'hui devant l'église. Mais il semble que je doive être chaque fois interrompu avant même d'avoir commencé, ajouta-t-il avec un soupir excédé...

— Personne ne vous interrompt à présent, le coupa sèchement la jeune fille, qui tenta de se dégager sans le moindre succès. Et pour commencer, je voudrais bien savoir par quel nom je dois vous appeler : Templeton, Latimer ? A moins que vous ne soyez tout bonnement M. Personne, ajouta-t-elle d'un ton sarcastique.

Edward retint un sourire à ces mots. Décidément, son *ange* ne manquait pas de mordant !

— Vous pouvez utiliser indifféremment l'un et l'autre, si cela vous convient. Les deux noms sont dans ma famille depuis des générations…

Avec une légère inclination du buste, il se présenta enfin, comme si c'était la première fois.

— Edward Dinsdale Harcourt Latimer, vicomte de Templeton et unique fils du comte de Ruscombe, pour vous servir…

L'espace de quelques secondes, Georgina demeura sans réaction, le temps de digérer l'information. Puis ses prunelles bleues s'arrondirent de stupéfaction.

— Ainsi, vous nous avez bel et bien trompés, n'est-ce pas ? commenta-t-elle avec amertume, avant de se débattre pour échapper à son étreinte.

Mais Edward refusait de la lâcher. Comment la laisser partir alors qu'il venait seulement de la retrouver ?

— Laissez-moi, monsieur, je vous en conjure ! lui ordonna-t-elle. Votre conduite n'est pas digne d'un gentleman… si toutefois gentleman il y a.

Piqué au vif, il la laissa aussitôt aller et fit un pas en arrière.

— *Tromper* n'est pas le mot, assura-t-il d'un ton vexé. C'était une comédie assez ridicule, je le reconnais. Mais je n'ai menti à personne, dans la mesure où Latimer est vraiment mon nom…

— Pas menti ? Vous avez raconté à tout le monde que vous étiez un artiste impécunieux ! lui reprocha-t-elle avec véhémence.

— Je n'ai certainement jamais employé le mot *impécunieux*, se défendit-il. Ce sont vos propres déductions qui vous ont amenée à penser cela. Quant au statut d'artiste, vous avez reconnu vous-même que j'avais un certain talent de dessinateur. Si j'ai menti, c'est seulement par omission.

Georgina réfléchit un instant, les sourcils froncés, occupée à rassembler ses souvenirs.

— Vous avez prétendu ne pas avoir de foyer, se souvint-elle enfin, accusatrice. Si vous êtes un vicomte, vous devez avoir au moins une demi-douzaine de demeures et des terres à ne plus savoir qu'en faire, j'imagine !

Edward haussa négligemment les épaules.

— J'ai quelques lieux de résidence en effet, mais aucun ne m'appartient en propre pour le moment. C'est mon père qui en est le propriétaire. Et maintenant, me suis-je assez justifié pour que vous consentiez enfin à vous laisser embrasser ? ajouta-t-il avec un soupir d'impatience.

Georgina secoua la tête, décidée à ne pas se laisser circonvenir par ses cajoleries.

— Mais *pourquoi*, au nom du ciel ?

— Pourquoi je désire vous embrasser ? acheva-t-il non sans malice. Je pensais que c'était évident…

Exaspérée, elle tapa rageusement du pied.

— Ne faites pas l'imbécile ! Vous savez fort bien ce que je veux dire. Quel était le but de cette supercherie ?

— Cela m'a paru une bonne idée à un moment, avoua-t-il, la mine contrite. J'étais fatigué de la vie de salon, et plus spécialement de la chasse au mari à laquelle se livrent bon nombre de nos jouvencelles, avec la bénédiction de leurs dignes mamans. En d'autres termes, j'en avais assez de voir de respectables mères de famille me jeter leurs filles dans les bras.

— Comme c'est modeste de votre part ! commenta Georgina avec ironie, les poings sur les hanches.

— Je vous en prie, Gina, oubliez tout cela ! Je voulais trouver une jeune fille qui m'aime pour moi-même, et non pour ma richesse et ma position sociale. Ce n'est pas un crime, tout de même ! J'avais d'ailleurs cru comprendre que vous méprisiez autant que moi les apparences...

Quelle mauvaise foi ! songea-t-elle avec une moue désapprobatrice. C'était de cette façon qu'il justifiait son attitude ?

— C'est vrai, mais je hais aussi la duplicité, monsieur le vicomte, se défendit-elle. Je croyais vous avoir confié que je prisais la sincérité plus que toute autre qualité...

— Vous me l'avez dit, c'est exact, et c'est alors que je me suis rendu compte de l'erreur que j'avais commise. J'aurais dû quitter Compton Lacey sur-le-champ, mais... il était déjà trop tard. Vous comprenez ce que je veux dire, n'est-ce pas ? ajouta-t-il en lui jetant un regard éloquent.

Georgina, troublée par ces yeux emplis de tendresse, sentit son cœur chavirer, mais elle se raidit aussitôt. Il n'était pas question de se laisser amadouer aussi facilement.

— Vous avez eu depuis maintes occasions de rétablir la vérité, objecta-t-elle en s'efforçant de garder un ton ferme. Vous deviez bien vous douter que vous ne pourriez donner le change indéfiniment. Espériez-vous peut-être qu'il vous suffirait de me prendre dans vos bras au bon moment pour que je vous pardonne votre imposture ? Auriez-vous lu trop de ces romans sentimentaux qui font fureur dans les salons de la capitale ?

Elle en imagina un extrait, qu'elle cita avec ironie :

— « Et elle excusa tout, oubliant sa rancune dans le paroxysme du plaisir. »

Edward ne put s'empêcher de sourire, définitivement conquis par les traits d'esprit de Georgina.

— L'idée aurait pu me séduire, en effet, mais j'avoue que je ne suis pas allé chercher si loin.

Son regard se fit tendrement implorant tandis qu'il ajoutait à mi-voix :

— Tout cela était vraiment stupide, j'en conviens, et je

suis le premier à regretter ma sottise. Ne puis-je espérer un peu d'indulgence de votre part, Georgina ?

Mais la jeune fille n'en avait pas encore fini avec lui.

— Pas avant que vous ne m'ayez expliqué pourquoi vous avez littéralement pris la fuite dimanche soir, alors que votre attitude m'avait laissée penser… euh… que je ne vous étais pas tout à fait indifférente. Du moins, j'étais allée m'imaginer…

Elle s'interrompit net, les joues empourprées de confusion.

— Autre inconséquence inexcusable de ma part, convint-il, contrit.

— M. Mansell semblait croire que vous vous trouviez trop pauvre pour me faire la cour. Mais il s'est fourvoyé, apparemment. Il devait donc y avoir une autre raison, que vous allez peut-être daigner me confier…

Edward hésita, mal à l'aise.

— C'est vrai, admit-il enfin.

Il déglutit, plus embarrassé qu'il ne l'avait jamais été de sa vie.

— Pour tout vous dire, j'ai précipité mon départ lorsque j'ai su que la fiancée du pasteur n'était autre que miss Eleanora Cornwell. J'étais sidéré par la nouvelle et j'avais besoin de mettre un peu d'ordre dans mes idées.

Cette révélation laissa Georgina perplexe.

— Nell ? Mais que vient-elle faire dans tout cela, bonté divine ?

Allons, le moment de vérité était tout de même venu ! Edward était bien conscient de ne pouvoir différer ses aveux davantage, mais il hésita un dernier instant, anxieux de l'effet que ses paroles allaient produire sur Georgina.

— Eh bien, je crains que tout cela n'ait commencé à cause d'elle…, avoua-t-il enfin. Je l'ai rencontrée à Londres pendant la Saison, et j'étais presque décidé à demander sa main, quand j'ai découvert qu'elle avait déjà donné son cœur à un autre homme.

Abasourdie par la révélation, Georgina blêmit et porta la main à sa gorge.

— Dois-je comprendre que vous étiez amoureux… de Nell ? demanda-t-elle d'une voix tremblante, qui émut Edward au plus haut point.

Bon sang ! On ne pouvait être plus maladroit ! se morigéna-t-il, furieux de s'être aussi mal expliqué. Comment rattraper sa bévue, maintenant ?

— Grands dieux, non ! assura-t-il en toute sincérité. A l'époque, je pensais seulement qu'elle ferait une épouse convenable, voilà tout. Mais je ne…

Il s'interrompit, glacé par l'expression horrifiée de Georgina. Fallait-il qu'il fût le dernier des criminels pour qu'elle le regardât ainsi ?

— Ce n'est pas ce que je voulais dire, reprit-il en hâte. J'essayais simplement de trouver un compromis acceptable à la fois pour ma famille et pour moi-même. Mon père ne cesse de me tarabuster pour que je me marie et je pensais que miss Cornwell pourrait faire l'affaire. Elle est issue d'une famille honorable, ne manque pas de charme, et ses manières sont parfaites. Pour moi, ce n'était pas une question de sentiments, mais de devoir.

Les mots moururent de nouveau sur ses lèvres, et il eut un geste de lassitude, impuissant à plaider convenablement sa cause.

— Telles sont les lois qui régissent le monde auquel j'appartiens, Georgina, expliqua-t-il finalement, désabusé. Ce n'est pas moi qui les ai faites, Dieu sait ! J'essaie d'en transgresser quelques-unes, mais je ne puis être en guerre contre la société tout entière et il me faut parfois transiger. Ne pouvez-vous comprendre cela ?

Mais Georgina demeura muette, trop accablée pour lui fournir la moindre réponse. En l'espace de quelques secondes, c'était tout son univers qui venait de s'écrouler. Tout à coup, elle repensa aux mots de Nell. Qu'avait-elle dit à Katharine exactement ? *Il y avait là un riche vicomte qui me faisait la cour...* Georgina se mordit la lèvre, dévorée de jalousie. Mais bien entendu ! Ce fameux gentilhomme dont lui avait parlé Nell, c'était Edward Latimer, *vicomte* de Templeton. Et dire qu'il avait courtisé sa meilleure amie ! Quelle humiliation !

Dépitée, elle considéra avec mépris le visage de son compagnon, incapable de proférer la moindre parole. Mais ce silence pesant fut rompu par un martèlement de sabots de chevaux qui se fit entendre sur le chemin. D'un geste impérieux, Edward saisit la main de la jeune fille et l'entraîna vers la porte.

— Venez, Gina. Et surtout, gardez cette veste bien fermée, pour l'amour du ciel, si vous ne voulez pas que les gens aillent s'imaginer Dieu sait quoi... C'est votre réputation qui est en cause, ne l'oubliez pas.

Sur ces mots, il passa un bras autour de ses épaules et la fit sortir du bâtiment, juste au moment où un groupe de cavaliers s'engouffrait dans la cour en soulevant un nuage de poussière. A son grand soulagement, il reconnut Andrew Radley, escorté de trois de ses valets de ferme et de deux hobereaux qu'il reconnut pour les avoir aperçus à l'église le dimanche précédent. L'élégant attelage de sir Arthur Cunningham fermait le cortège, occupé par sir Arthur en personne et son neveu, Rupert, qui agitait la main à la portière.

Le visage en sueur, Andrew mit pied à terre et se précipita vers le couple, une lueur de panique dans le regard.

— Dieu soit loué ! s'écria-t-il d'une voix haletante. Nous avons dépassé l'octroi et galopé jusqu'à Dunsmore Heath, mais aucune trace d'aucun de vous. C'est seulement là que nous avons fait demi-tour pour explorer les chemins latéraux...

Il s'interrompit pour envelopper d'un regard anxieux sa future belle-sœur.

— Que s'est-il passé, Georgina ? Ce scélérat vous a-t-il fait du mal ?

Mais avant que la jeune fille n'ait eu le temps d'ouvrir la bouche, Rupert sauta de la voiture de son oncle et se rua vers sa sœur de toute la vitesse de ses petites jambes.

— Oh ! Gina ! fit-il en lui enlaçant la taille. Je suis si désolé ! Jamais je n'aurais dû vous laisser seule sur la place… Me pardonnez-vous ?

— Chut, mon chéri, lui intima Georgina, consolante. Rien de tout cela n'était de ta faute, je t'assure. Tu n'as pas à te sentir coupable.

Elle jeta un regard vers l'attelage de son oncle, stationné un peu plus loin :

— Comment as-tu fait pour me retrouver ?

— Après avoir vu ce méchant homme vous traîner dans sa voiture, j'ai tout expliqué à M. Latimer, qui m'a ordonné de rentrer à la maison aussi vite que possible. J'ai couru de toutes mes forces, vous pouvez me croire ! Heureusement, oncle Arthur était en visite à Westcotes et il a envoyé l'un de ses valets chercher Andrew. Nous nous sommes mis en route tout de suite, mais il n'y avait trace de vous nulle part. Oh ! Gina, j'étais sûr que vous étiez morte ! acheva le garçonnet dans un sanglot.

Emue, Georgina rejeta en arrière les cheveux emmêlés de Rupert pour le réconforter.

— Eh bien, je suis vivante, comme tu vois ! dit-elle avec un sourire. Sèche tes larmes, veux-tu, et ramène-moi plutôt à la maison. Maman doit être folle d'inquiétude, la pauvre. Il faut que j'aille vite la rassurer sur mon sort, ajouta-t-elle en jetant un regard par-dessus l'épaule de son frère.

Derrière eux, Edward, Andrew et sir Arthur étaient absorbés dans un conciliabule, les deux derniers s'adressant à Edward avec une déférence visible. De toute évidence, celui-ci leur avait révélé sa véritable identité, conclut-elle en observant le groupe. Libéré de son rôle d'artiste obscur, Edward était à son affaire et dirigeait de main de maître les opérations. *Il a déjà oublié mon existence*, songea-t-elle avec un serrement de cœur. *Oh ! Edward, que suis-je donc pour vous ?*

Enfin, Andrew se dirigea vers la grange avec deux de ses hommes, tandis qu'Edward revenait vers elle, accompagné de sir Arthur. Se rappelant ses instructions, elle resserra la veste autour de son buste pour dissimuler son corsage déchiré.

— Vous allez rentrer à Westcotes avec votre oncle, miss Cunningham, lui intima Edward d'un ton parfaitement impersonnel. Son valet de pied va vous apporter une couverture de voyage que vous pourrez jeter sur vos épaules.

Déconcertée, Georgina leva vers lui un regard interrogateur.

— Vous… vous ne venez donc pas avec nous ? Je suis sûre que mon oncle sera ravi de vous faire une place dans sa voiture.

Edward dut s'endurcir le cœur pour ne pas céder à cette prière. Saisissant le plaid à carreaux que lui tendait le cocher de sir Arthur, il en drapa lui-même les épaules de la jeune fille. Puis avant qu'elle n'ait eu le temps de protester, il la souleva dans ses bras avec aisance et la transporta lui-même dans le coupé, où il la déposa sur la banquette.

— Merci, murmura-t-elle d'une voix légèrement tremblante. Je ne voulais pas…

Mais il s'était déjà écarté pour laisser monter sir Arthur, qui prit place en face de sa nièce. Après leur avoir laissé le temps de s'installer confortablement, Edward fit signe à Rupert de les rejoindre.

— Tu as vraiment été à la hauteur, tu sais, chuchota-t-il à l'oreille du garçonnet, comme celui-ci grimpait à son tour dans le véhicule. Aujourd'hui, Harry aurait été fier de toi, tu peux me croire !

Rayonnant de fierté, le jeune garçon le gratifia d'un lumineux sourire.

— Merci de me le dire… et aussi d'avoir sauvé Gina. Ce qui lui est arrivé était si terrible ! Je ne sais ce qu'elle serait devenue sans vous.

Les lèvres d'Edward s'incurvèrent irrésistiblement, tandis qu'il rectifiait, une étincelle de malice au fond des yeux :

— Hum… Je crains que ce ne soit pas l'exacte vérité, mon garçon.

Amusé, il jeta un regard furtif à la passagère avant de se pencher de nouveau à l'oreille de Rupert.

— Crois-moi, ta ravissante sœur est parfaitement capable de se défendre elle-même. Si tu veux tout savoir, Carstairs était déjà hors de combat quand je suis arrivé sur les lieux !

# Chapitre 19

Qu'est-ce qui pouvait bien retenir Edward ? songea Georgina, les yeux désespérément fixés sur le portail d'entrée.

Postée à la fenêtre du salon, elle ne cessait de guetter les alentours, espérant à chaque instant entendre résonner le tintement béni de la clochette. Leurs adieux, la veille au soir, s'étaient faits sur un ton un peu contraint. Mais tout de même, elle s'était attendue à le voir reparaître promptement, sinon pour s'enquérir de sa santé, du moins pour présenter ses respects à Mme Cunningham. *Pourvu que je ne l'aie pas irrémédiablement blessé*, se prit-elle à souhaiter avec une croissante appréhension.

Restée éveillée une bonne partie de la nuit, elle avait repassé dans son esprit tous les événements de la veille et avait fini par se sentir coupable. Pourquoi avait-elle été si rigide, quand il avait voulu lui ouvrir son cœur ? N'avait-elle pas été trop prompte à le condamner, au nom de ses propres préjugés ? Il n'avait même pas eu le temps de se justifier pleinement, coupé dans son élan par l'arrivée d'Andrew et des autres… En somme, elle l'avait jugé sans l'entendre !

Le cœur écrasé de remords, elle appuya son front contre la vitre froide. Qu'importait tout cela désormais ? La donne avait complètement changé, puisque Edward n'était plus M. Latimer, mais Edward Latimer *de* Templeton, unique héritier du noble et puissant lord Ruscombe… *Les comtes n'épousent pas des filles de pasteur*, lui chuchotait inexorablement la voix de la raison. Ce n'était que dans les contes de fées que les princes amoureux alliaient leur sort à de simples bergères !

Assise au piano-forte, Katharine laissait courir ses doigts au hasard sur le clavier, les yeux fixés sur le dos ployé de sa sœur. Pauvre Georgina ! Manifestement, elle n'était pas encore remise de ses terribles émotions. Et ce Latimer qui se faisait attendre… Pourquoi ne s'était-il pas précipité à Westcotes à la première heure, quand il était épris de Gina au point d'avoir risqué sa vie pour elle ? C'était décidément à n'y rien comprendre !

Débordante de compassion pour sa sœur, Kate grillait aussi de curiosité, bien sûr… Que s'était-il précisément passé la veille ? Mille questions lui brûlaient les lèvres mais, censurée par sa mère, elle dut s'abstenir de les poser à Georgina.

— La pauvre enfant est encore sous le choc, l'avait admonestée Mme Cunningham. Je te demanderai de ne pas la bouleverser davantage.

Restée sur sa faim, Katharine s'était rabattue sur Rupert. Mais le gamin, lui aussi chapitré par sa mère, s'était contenté de lui présenter une version très dramatisée de sa propre équipée, depuis le moment où il avait couru à Westcotes jusqu'à l'arrivée triomphale de la petite cavalcade au vieux moulin.

— M. Latimer m'a dit que j'avais agi comme un chef ! avait-il conclu en bombant le torse.

— Et après ? avait insisté Kate. Que s'est-il passé exactement au moulin ?

— Je ne sais pas vraiment, avait-il prétendu d'un ton vague, soucieux de respecter les instructions de sa mère. Je n'ai pas bien entendu.

Katharine avait dû se résigner. Elle qui avait espéré que son frère serait un peu plus loquace que son aînée ! Cette dernière, songeuse depuis sa mésaventure, avait passé la nuit dans la chambrette de Sophie, où Becky avait bassiné le lit et allumé un grand feu. Impossible donc de lui tirer les vers du nez au moment du coucher…

— Gina a besoin de calme, avait allégué leur mère, pour la plus grande déception de Kate.

Mais si Mme Cunningham s'interdisait la moindre question, ce n'était que par souci du bien-être de sa fille. En réalité, elle aussi était en proie aux plus vives interrogations.

Informée dès la veille par sir Arthur de l'identité réelle d'Edward Latimer, elle avait vite compris que le M. Templeton qui s'était porté acquéreur de leur bibliothèque n'était autre que le locataire du cottage Blanchard. Ne sachant si elle devait lui rendre ou non la somme généreuse qu'il avait versée pour les livres, elle avait voulu consulter sa fille, dont elle appréciait d'ordinaire le sens pratique et les sages conseils.

Mais au premier mot sur Edward, Georgina avait éclaté en sanglots. Mme Cunningham, désolée de la voir dans cet état, s'était bien gardée d'insister. La pauvrette avait les nerfs à vif, ce qui était bien compréhensible après les épreuves qu'elle venait d'endurer. Mais une question la taraudait. Pourquoi M. Latimer, ou plutôt lord Templeton, puisque Templeton il y avait, ne leur avait-il pas rendu visite ce matin-là, comme l'eût exigé la courtoisie ?

Après une longue réflexion, Mme Cunningham conclut qu'il préférait sans doute rompre toute relation avec une modeste famille comme la leur, maintenant que son statut social était connu de tout Compton Lacey. *Il ne veut pas déroger, cela se comprend. Mais comment Gina va-t-elle prendre cette désertion ?* s'interrogeait-elle avec inquiétude.

Mère attentive, elle n'avait pas été sans remarquer le penchant que les deux jeunes gens semblaient éprouver l'un pour l'autre. Mais en dépit de son passé de femme de pasteur, toujours à l'écoute des problèmes des paroissiens, elle ne savait tout bonnement comment aborder ce sujet avec sa fille. *On a beau avoir de l'expérience, cela ne sert plus à rien dès qu'il s'agit de vos propres enfants !*

Le dimanche matin, Mme Cunningham considéra avec inquiétude son aînée, qui se drapait dans sa mante avant de partir pour l'église.

— Si vous êtes fatiguée, vous pouvez vous dispenser d'assister au service, ma chérie. Je vous trouve encore bien pâlotte…, dit-elle pour la dissuader de mettre le nez dehors.

Ce qu'elle redoutait surtout, c'était de voir sa fille exposée aux regards curieux des paroissiens. Le village était encore en ébullition après les événements du jeudi.

Mais Georgina secoua la tête, décidée à ne pas changer ses habitudes.

— Je vais mieux, maman, je vous assure. Cette petite marche achèvera de me revigorer.

Comprenant qu'il était inutile d'insister, Mme Cunningham donna aux siens le signal du départ, et une demi-heure plus tard, la famille au grand complet faisait son entrée à l'église. Mais si la présence de Georgina, encore pâle et dolente, suscita bien des chuchotements parmi les fidèles, la jeune fille recueillit aussi de nombreux sourires de sympathie, dont la gentillesse contribua à lui réchauffer le cœur. A la fin de la messe, elle fut rejointe par Eleanora Cornwell, qui lui pressa la main avec une débordante affection.

— Dieu merci, vous êtes saine et sauve ! Les ragots vont bon train depuis deux jours et je me faisais un sang d'encre à votre sujet. En fait, je voulais vous rendre visite dès ce matin, mais John m'a convaincue qu'il valait mieux attendre un peu, pour vous laisser le temps de vous remettre.

Georgina remercia son amie d'un bref sourire.

— Tout va bien, Nell, ne vous inquiétez pas, répondit-elle

en feignant un calme qu'elle était loin de ressentir. Vous savez sans doute que c'est lord Templeton qui a volé à mon secours.

Elle hésita un instant, le cœur tambourinant dans sa poitrine.

— Vous le connaissez, je crois ? reprit-elle en rougissant légèrement.

Nell s'empressa de hocher la tête, ravie d'être déliée de sa promesse de silence.

— En effet, et je suis vraiment soulagée d'apprendre qu'il vous a enfin avoué la vérité.

Elle eut un petit rire avant d'ajouter :

— C'est un homme très séduisant, n'est-ce pas ?

— On ne saurait le nier, répliqua Georgina avec un brin de sécheresse.

Ainsi, Nell n'ignorait pas la véritable identité d'Eward ! Et elle n'avait pas jugé utile de l'en informer, elle, sa plus vieille amie ? Depuis combien de temps savait-elle ? *Sans doute a-t-il pris la peine de la mettre au courant lui-même*, supputa Georgina, atteinte au vif par cette révélation. Au comble du dépit, elle dut prendre sur elle pour ne pas laisser transparaître son irritation.

— M. Mansell était-il lui aussi au courant de la supercherie ? s'enquit-elle avec un soupçon d'aigreur dans la voix.

— Il l'ignorait au début et n'a appris la vérité que lorsque lord Templeton a jugé bon de requérir notre aide à tous deux. A vous dire la vérité, cela ne m'enchantait guère de devoir vous cacher ce que je savais. Mais John a pensé que nous devions donner à M. Latimer une chance de se racheter.

Georgina ne savait plus que penser. Formulée de la sorte, il fallait admettre que la vérité était moins amère à entendre… L'honnêteté de son amie parvint même à lui apporter un peu de réconfort.

— Vous ne m'en voulez pas, n'est-ce pas ? lui demanda Nell en lui jetant un regard anxieux. Si vous saviez à quel point j'étais mal à l'aise avec tout cela !

Oubliant son petit accès de jalousie, Georgina lui pressa affectueusement la main.

— Ne vous inquiétez pas, Nell, répondit-elle en ravalant ses larmes. Je suis sûre que vous avez fait de votre mieux et je vous en remercie.

Nell se détendit à ces mots et un sourire éclaira son visage.

— C'est si merveilleux que vous vous soyez épris l'un de l'autre, Gina ! Il ne pouvait y avoir de plus belle fin à cette histoire, ne croyez-vous pas ?

— Oh ! cette histoire est loin d'être réglée, vous savez, rectifia Georgina, la gorge serrée. Il semblerait que lord Templeton ait quitté Compton Lacey dès jeudi soir, car nous ne l'avons pas revu depuis. En fait, je ne sais même pas quand il reviendra.

*S'il revient jamais*, compléta-t-elle à part elle avec un douloureux pincement au cœur.

Mais l'objection ne parut pas ébranler un seul instant la confiance de Nell.

— Bah, il doit avoir des arrangements à faire, cela se conçoit. Sans doute doit-il informer ses proches de ses intentions et peut-être obtenir de son père l'autorisation de se marier. Les choses ne sont pas si simples pour un homme de son milieu, soumis à toutes sortes de contraintes.

Georgina dévisagea son amie, perplexe, tandis qu'une lueur d'espoir éclairait peu à peu son regard.

— Il évolue dans un monde très différent du nôtre, renchérit Nell, réaliste. Qui sait à quelles obligations il doit faire face ?

Peinée de voir le chagrin de son amie, Nell lui serra un peu plus fort la main.

— Ne vous mettez pas martel en tête, ma chérie, l'encouragea-t-elle. Vous ne tarderez pas à avoir de ses nouvelles, croyez-moi. Faites-lui confiance, voilà tout. Je suis sûre qu'il est sincèrement épris de vous.

Tout en devisant ainsi, elles avaient atteint le parvis de

l'église, où le révérend Mansell s'avança vers elles, un sourire aux lèvres. Après avoir salué sa fiancée rougissante, il saisit les mains de Georgina pour les serrer chaleureusement.

— Chère miss Cunningham ! Vous ne pouvez savoir à quel point je me réjouis de vous voir parmi nous aujourd'hui. Je suis passé chez vous hier après-midi, mais vous vous reposiez, et votre mère n'a pas voulu troubler votre sieste. J'espère que vous êtes maintenant tout à fait remise de cette désagréable aventure ?

— Oh ! oui, révérend, ne vous en faites pas pour moi. Mais j'avoue qu'il m'est un peu pénible d'être un objet de curiosité pour les habitants du bourg. Pendant tout l'office, j'ai eu l'impression d'être le point de mire de l'assemblée, et je ne connais rien de plus désagréable.

Le pasteur accueillit cette remarque d'un petit rire.

— Ne vous inquiétez pas, ce genre d'intérêt est fugace. Il surviendra bien sous peu un autre événement pour détourner leur attention, prédit-il.

Et se tournant vers Nell :

— Avez-vous informé miss Cunningham de la promesse que nous avions faite au vicomte, ma chérie ? Je ne voudrais pas qu'elle se méprenne sur notre attitude.

— Georgina comprend parfaitement, John, le rassura-t-elle avec un sourire. Lord Templeton s'est expliqué de lui-même auprès d'elle et je suis sûre que tout va s'arranger pour le mieux.

Georgina, loin d'être aussi confiante en l'avenir, hocha tout de même la tête et remercia ses deux amis de leurs bons sentiments à son égard.

— J'espère que nous nous reverrons bientôt, leur dit-elle gracieusement, avant de rejoindre sa famille qui l'attendait au pied des marches.

En longeant le portail qui ouvrait sur la cour de l'église, elle ne put s'empêcher de frissonner au souvenir des sinistres événements qui s'étaient déroulés en ce lieu quelques jours plus tôt. Rupert, dans le même état d'esprit, lui saisit la main d'un geste protecteur.

— Laissez-moi vous escorter à la maison, Gina. Je n'arrive pas à me sortir de la tête ce qui est arrivé jeudi. Tout de même, je n'aurais jamais dû vous laisser seule…, ajouta-t-il d'une petite voix.

— Voyons, mon chéri, je t'ai déjà prié d'oublier tout cela, le gronda-t-elle. C'était une épreuve très pénible, mais c'est fini, maintenant.

Un léger sourire aux lèvres, elle lui rappela malicieusement :

— N'avais-tu pas promis de tourner la page sur les sottises du passé ?

Pensif, Rupert marcha à son côté quelques instants en silence. Puis il leva les yeux vers elle et se décida à poser la question qui le préoccupait depuis deux jours :

— Quand pensez-vous que M. Lat… lord Templeton sera de retour ?

Georgina retint le soupir qui lui gonflait le cœur.

— Je n'en sais rien, Rupert. En fait, j'ignore même s'il a la moindre intention de revenir.

A ces mots, le garçonnet s'immobilisa au beau milieu de la chaussée.

— Voyons, Gina, comment pouvez-vous dire une chose pareille ? s'indigna-t-il en lui jetant un regard de reproche. Bien sûr qu'il va revenir ! Il me l'a promis, et un gentilhomme n'a qu'une parole.

Ce fut au tour de Georgina de considérer son frère avec stupéfaction.

— Quand vous a-t-il dit cela ? s'enquit-elle d'une voix légèrement tremblante.

— Mais le jour où nous sommes revenus ensemble du village ! Il m'a juré qu'il m'épaulerait et m'aiderait à mener à bien mes nouvelles résolutions.

L'espoir qui s'était formé, l'espace d'un instant, dans le

cœur de la jeune fille s'évanouit aussitôt. Terriblement déçue, elle poussa un long soupir.

— Mais c'était avant qu'il ne dévoile son identité, objecta-t-elle. Maintenant que nous savons qui il est…

— C'est une raison de plus pour qu'il tienne parole, l'interrompit Rupert avec impatience. Si vous ne pouvez faire confiance à un vicomte, je me demande bien qui trouvera grâce à vos yeux…

— Mais il doit avoir tant à faire ! insista-t-elle. A commencer par cette malencontreuse affaire avec Carstairs, qui a dû exiger de lui beaucoup de démarches. Sans doute a-t-il dû s'expliquer avec les magistrats…

— C'est vrai, admit Rupert, tandis qu'ils se remettaient tous deux à marcher. Il m'a dit lui-même qu'il fallait toujours faire passer le devoir avant toute autre chose. Mais je suis sûr qu'il reviendra dès qu'il en aura la possibilité.

Georgina, qui était loin de partager la confiance de son frère, s'abstint toutefois de répondre. Son cœur était décidément trop à vif pour qu'elle pût évoquer sereinement le sujet. Tout ce qu'il lui restait à faire, c'était d'oublier Edward, si du moins elle en était capable. Mais après tout, n'était-ce pas une bonne leçon pour elle ? *Voilà qui t'apprendra à sombrer dans les niaiseries romantiques !* conclut-elle avec une amère dérision.

Il était presque l'heure du thé, lorsque sir Arthur arriva ce même après-midi à Westcotes, accompagné de sir Walter Turner, le coroner du comté. Informée de leur visite, Mme Cunningham introduisit les deux hommes dans le bureau de son défunt mari et envoya aussitôt chercher Georgina.

— Désolé de devoir vous déranger, miss Cunningham, commença le coroner, apitoyé par l'air dolent et les grands yeux cernés de la jeune fille. J'étais réticent à venir vous déranger si tôt après cette funeste mésaventure, mais sir

Arthur a pensé que vous aimeriez être informée des résultats de notre enquête.

Georgina, la gorge nouée, acquiesça d'un hochement de tête.

— Je ne vous cache pas le traumatisme que cela a été, avoua-t-elle avec un pauvre sourire. Je voudrais que tout se termine rapidement, afin de pouvoir tourner la page.

Emu par cette confession, son oncle lui tapota affectueusement la main.

— Tout va aller bien maintenant, ma chérie. Savez-vous que le vicomte ne tarit pas d'éloges sur vous ? Il nous a assuré que vous étiez la femme la plus courageuse qu'il ait jamais rencontrée de sa vie.

— Il… il a donc été impliqué dans l'enquête ? s'enquit timidement Georgina, d'un ton aussi détaché que possible.

— Il nous a fourni toutes les informations dont nous pouvions avoir besoin, intervint sir Walter. C'est grâce à lui également que nous avons pu nous faire une idée du tumultueux passé de M. Carstairs. Lord Templeton nous a recommandé bien entendu la plus grande discrétion dans nos investigations, afin de ne pas vous compromettre ni de vous bouleverser davantage.

Et comme la jeune fille se taisait, incapable de formuler la moindre réponse sans trahir son émotion, ce fut Mme Cunningham qui prit la parole à sa place :

— Nous espérions recevoir la visite de lord Templeton, mais il ne s'est pas manifesté jusqu'à ce jour. J'aurais pourtant souhaité lui exprimer ma gratitude pour son intervention dans cette malheureuse affaire. Aurait-il quitté le village, par hasard ?

Sir Arthur hocha la tête.

— Je suis allé moi-même le chercher au moulin jeudi soir, après avoir déposé Georgina ici, et l'ai conduit à Dunchurch sur sa demande. Je crois qu'il a loué une chaise de poste à l'auberge, afin de pouvoir voyager pendant la nuit.

Il hésita avant de poursuivre :

— Il ne m'a pas dit où il comptait aller, ni quand il avait l'intention de revenir. Mais j'aurais cru…

— En tant que témoin principal, il aurait dû comparaître devant moi, intervint le coroner. Mais vu sa condition sociale, je suppose que la justice se contentera d'une déclaration signée de sa main. La parole d'un Templeton ne saurait être mise en doute.

Un instant de silence suivit ces propos.

— Avez-vous découvert pourquoi le cousin d'Edwina a voulu enlever ma fille ? demanda Mme Cunningham, en se tournant vers son beau-frère.

Sir Arthur exhala un lourd soupir.

— Je crains qu'Edwina ne soit impliquée jusqu'au cou dans cette affaire. J'ai découvert qu'elle avait la funeste habitude de fouiller dans mes papiers en mon absence. Sans doute est-elle tombée sur le document récent que j'ai rédigé avec Pickens. Selon mon majordome, elle aurait eu un long entretien avec Carstairs avant de partir pour Londres.

Il secoua la tête, tandis que la vérité se faisait jour dans son esprit.

— A vrai dire, j'ai été surpris de la hâte qu'elle a mise à quitter la maison, abandonnant même une partie de ses objets personnels. Il lui tardait de prendre le large, apparemment, et je devine maintenant pourquoi. Elle devait savoir ce que mijotait Carstairs et tenait à rester à l'écart, pour ne pas être soupçonnée de complicité. Sans doute avaient-ils mis au point cette stratégie ensemble, d'ailleurs.

A ces mots il se tut, laissant le temps à chacun de digérer ces informations.

— D'une certaine façon, je me sens un peu responsable de tout ce qui est arrivé, reprit-il enfin, après s'être éclairci la gorge. Il semble que je sois destiné à vous créer des problèmes.

— Mais voyons, mon oncle, comment pouviez-vous savoir

que Carstairs et tante Edwina étaient de mèche ? protesta Georgina, désolée de le voir aussi abattu.

— Evidemment, nous ne pourrons jamais rien prouver, soupira sir Arthur avec accablement. Mais les constables ont fouillé l'appartement de Carstairs et il semblerait qu'il ait été en possession de bijoux appartenant à sa cousine. C'est ce qui m'a mis la puce à l'oreille, je dois dire. Bien entendu, je ne peux pas faire grand-chose sur de simples présomptions. Mais je peux au moins informer Edwina qu'elle est soupçonnée de complicité dans cette affaire. Cela devrait suffire à la décourager de recommencer ses manigances.

Georgina l'encouragea d'un sourire.

— Ne vous en faites pas pour cela, mon oncle. Après tout, le seul complice qu'elle ait jamais eu n'est plus de ce monde… Quant à moi, j'ai bien l'intention d'oublier tout cela, et j'aimerais que vous puissiez faire de même, dit-elle pour le réconforter.

Mais sir Arthur se mit à remuer sur son siège, visiblement inquiet.

— Serai-je tout de même le bienvenu à Westcotes ? finit-il par demander d'une voix étranglée par l'émotion.

Avant même que sa mère n'ait eu le temps d'ouvrir la bouche, Georgina se leva d'un bond et alla se jeter dans les bras de son oncle.

— Comment pouvez-vous penser une seule seconde qu'il en serait autrement ? se récria-t-elle, en déposant un tendre baiser sur sa joue. Nous vous aimons tous, et nous avons été trop longtemps privés de votre compagnie pour risquer de la perdre !

Les yeux de sir Arthur s'embuèrent de larmes, tandis qu'il caressait affectueusement les cheveux de sa nièce.

— Décidément, mon frère avait bien de la chance d'avoir une famille aussi merveilleuse, observa-t-il d'une voix tremblante, avant de serrer une nouvelle fois sa nièce dans ses bras.

*
* *

Dès que les deux visiteurs eurent pris congé, Georgina se tourna vers sa mère.

— Puis-je réintégrer ma chambre au premier, maman ? Je vais beaucoup mieux et il est inutile que je continue à occuper celle de Sophie.

Et comme Mme Cunningham semblait hésiter :

— Je me sens beaucoup mieux, et les bavardages de Kate me manquent, assura-t-elle avec un sourire, auquel sa mère répondit aussitôt.

Après tout, un peu de distraction ne ferait pas de mal à sa fille, songea Mme Cunningham.

— Vous avez raison, ma chérie. Faites donc. Puisque vous avez eu la chance de vous tirer indemne de cette aventure, il est certainement plus sage d'oublier ce qui s'est passé et de recommencer à mener une vie normale.

Soulagée, Georgina partit à la recherche de Katharine, qu'elle trouva agenouillée sur le tapis de sa chambre, occupée à bouleverser les tiroirs de sa commode. A l'entrée de sa sœur, la jeune fille se releva d'un bond.

— Revenez-vous vous installer ici ? demanda-t-elle avec espoir. Oh ! dites oui, Gina, je vous en prie ! Je déteste partager mon lit avec Sophie. Elle gigote comme un diable et occupe quasiment toute la largeur du lit. Et puis, je ne peux pas bavarder avec elle comme avec vous, elle est encore trop jeune…

— Rassurez-vous, je viens reprendre ma place, assura Georgina avec un petit rire, avant de hausser les sourcils, amusée.

Sur le tapis, d'innombrables mouchoirs, torchons et serviettes étaient éparpillés.

— Ne me dites pas que vous recomptez encore les pièces de votre trousseau ! commenta-t-elle d'un ton enjoué. Vous trouverez toujours le même nombre, je le crains.

Kate rougit légèrement, honteuse d'avoir été surprise une fois de plus dans son occupation favorite.

— Que voulez-vous, passer la revue de mon linge me distrait. Vous étiez si triste ces derniers jours que je ne pouvais guère compter sur vous pour me divertir. Oh ! je devine ce que vous ressentez, se reprit-elle aussitôt, confuse de sa maladresse. Mais ne pouvez-vous me confier ce qui vous préoccupe ?

Une note de tristesse vibra dans sa voix tandis qu'elle ajoutait :

— Autrefois, nous n'avions pas de secrets l'une pour l'autre...

— Et nous n'en aurons jamais, nigaude, affirma Georgina d'un ton tendrement réprobateur, avant de s'asseoir sur le lit. En fait, je suis décidée à tout vous dire, et peut-être même à vous demander conseil. Il y a un petit problème qui me préoccupe... oh, pas grand-chose, une simple question que je ne sais comment résoudre.

Elle s'interrompit avant d'arriver au bout de sa confidence et Kate, bien que dévorée de curiosité, se souvint des recommandations de sa mère, et s'obligea à refréner sa curiosité.

— Et dire que vous êtes descendue du moulin par la chaîne du treuil ! fit-elle avec un frisson. Comment avez-vous pu avoir ce cran ? Je me rappelle encore le jour où Simon Quentin s'est cassé le bras en voulant réaliser cet exploit. Vous avez dû être terrifiée !

— C'est le moins que l'on puisse dire, confirma Georgina, qui fronça les sourcils pour ajouter : si nous parlions d'autre chose maintenant ? Je voudrais bien pouvoir enfin oublier cette sombre histoire.

Elle se leva sur ces mots et marcha jusqu'à la fenêtre voilée de mousseline.

— En fait, j'aurais besoin d'une activité pour me changer

les idées, déclara-t-elle en jetant un regard pensif sur le jardin qui s'étendait en contrebas.

Et avisant les touffes fleuries disposées le long des allées :

— La lavande semble prête à être récoltée, à ce que je vois. Peut-être pourrions-nous la couper ensemble demain matin et la ranger dans la resserre ?

— Hélas, je ne serai pas disponible, s'exclama Kate d'une voix désolée. J'ai promis à Mme Radley de passer toute la journée à la ferme. Mais nous pourrons nous y mettre après-demain, si vous voulez, s'empressa-t-elle d'ajouter.

Déçue, Georgina secoua la tête pour feindre l'insouciance.

— Aucune importance, ma chérie, je commencerai toute seule. Il y en a tellement que la récolte prendra bien deux jours, et c'est tant mieux. Cette occupation me fera le plus grand bien.

— Vous ne m'avez toujours pas dit ce qui vous préoccupe, lui rappela Katharine en l'enveloppant d'un regard inquiet. Est-ce quelque chose de grave ?

— Oh ! non, ce n'est rien, prétendit Georgina, qui se donna une contenance en rassemblant les taies d'oreiller brodées éparpillées près de la commode. Rangeons plutôt cela avant que Becky ne nous appelle pour le dîner. J'ai une faim de loup aujourd'hui !

Perplexe, Kate considéra un instant sa sœur, qu'elle ne connaissait que trop bien. Sous sa légèreté apparente, Georgina cachait quelque chose, elle en avait l'intuition. Mais elle s'abstint de tout commentaire — son aînée devait avoir ses raisons pour garder le silence. Ce fut donc sans dire un mot qu'elle ramassa les pièces de son trousseau qui jonchaient le sol, avant de les enfourner en hâte dans les tiroirs.

# Chapitre 20

Décidée à s'occuper pour oublier son tourment, Georgina s'éveilla tôt ce matin-là et procéda en hâte à sa toilette. A quoi bon se montrer à son avantage, puisque l'unique personne à qui elle aurait voulu plaire n'était pas là pour la voir ?

Pressée de se mettre à la tâche, elle revêtit sa plus vieille robe de taffetas et descendit déjeuner avec Kate, qui s'envola ensuite vers la ferme des Radley. Restée seule, Georgina alla chercher dans la resserre la capeline de paille toute défraîchie par le soleil que sa mère utilisait pour jardiner. Puis elle noua l'un des tabliers de Becky autour de sa taille, et, un panier au bras, se dirigea vers le fond du jardin pour y cueillir sa moisson de lavande.

Accroupie au bord de l'allée bordée de touffes odorantes, elle se mit au travail, si bien absorbée dans son labeur qu'elle releva à peine la tête en entendant le gravier de l'allée crisser sous les roues d'un attelage. *Sans doute oncle Arthur*, supposa-t-elle en continuant à actionner son sécateur.

Ce fut ainsi que, sans le savoir, elle offrit à Edward le spectacle le plus enchanteur qu'homme eût jamais contemplé par un radieux matin de juillet.

Ce dernier était apparu à l'arrière de la maison et, pendant quelques instants, il demeura immobile sur le seuil, fasciné par la vue de Georgina, dont le délicieux visage se découpait avec la précision d'une miniature orientale, sous un chapeau de paille à large bord. Dans sa robe mauve épanouie comme une grande corolle au milieu des lavandes parfumées, elle semblait l'incarnation même de l'été.

Charmé par cette vision, il eut fort à faire pour s'empêcher de bondir par-dessus les plates-bandes afin de la prendre sur-le-champ dans ses bras. Au lieu de cela, il toussota assez fort pour attirer l'attention de la belle jardinière et s'avança posément vers elle.

Ainsi tirée de sa rêverie, la jeune fille leva la tête et eut un tel tressaillement en voyant l'objet de ses pensées s'approcher d'elle qu'elle en laissa tomber son panier, renversant toute la lavande sur le sable de l'allée.

— Oh ! mon Dieu, murmura-t-elle, en tombant à genoux pour ramasser les tiges éparpillées.

Edward la rejoignit aussitôt pour s'agenouiller près d'elle. Dissimulant sa propre émotion, il s'empressa de l'aider à rassembler sa moisson.

— Je suis désolé, dit-il enfin, inquiet du silence de la jeune fille. Je ne voulais pas vous effrayer, Dieu m'est témoin…

Les yeux écarquillés, Georgina le contempla un instant comme si elle doutait de son existence.

— Que… que faites-vous là ? parvint-elle à balbutier lorsqu'elle eut retrouvé son souffle. Je croyais que vous aviez quitté Compton Lacey.

La première surprise passée, elle releva fièrement la tête, décidée à ne pas lui montrer à quel point il lui avait manqué. *Croit-il donc qu'il peut impunément disparaître sans explications et revenir quand bon lui semble ?* songea-t-elle avec indignation. *Et bien entendu, il s'attend à ce que je l'accueille chaleureusement, sans lui poser la moindre question !*

Comme s'il avait lu dans ses pensées, Edward se releva et lui tendit la main pour l'aider à faire de même.

— Je suis revenu aussi vite qu'il était humainement possible, affirma-t-il en plongeant son regard dans le sien.

Et je ne suis pas seul. J'ai ramené avec moi une personne qui souhaite vous rencontrer sur-le-champ, si vous voulez bien me faire l'honneur de m'accompagner dans le salon.

Georgina prit un air outré.

— Vous attendez-vous peut-être à ce que je reçoive un visiteur dans cette tenue ? protesta-t-elle avec un haussement d'épaules. Je ne suis même pas coiffée décemment, voyons ! Du reste, vous voyez bien que je suis très occupée…

— Vous pouvez bien vous interrompre quelques minutes, rétorqua-t-il, piqué à son tour. Vous vous doutez que je ne vous demanderais pas cela si ce n'était extrêmement important.

Georgina jeta un regard navré à sa vieille robe toute défraîchie par de multiples lavages. Décidément, ce n'était pas de chance ! Pour une fois qu'elle n'avait pas fait toilette…

— Laissez-moi au moins le temps de me changer ! pria-t-elle en faisant quelques pas vers la maison.

Et le gratifiant d'un coup d'œil hautain :

— Tenez donc compagnie au visiteur le temps que je me rende un peu plus présentable. Maman vous donnera des rafraîchissements pour vous faire patienter.

Mais Edward, dont la patience était à bout, la rattrapa en deux enjambées pour lui agripper le poignet.

— Combien de temps allez-vous continuer à me faire payer ma sotte supercherie ? s'enquit-il avec colère. Je vous ai présenté au moins dix fois mes excuses et mes regrets. Que dois-je faire de plus pour obtenir votre pardon, à la fin des fins ? Faut-il que je me traîne sur les genoux d'ici à Londres pour adoucir votre vindicte ?

— Lâchez-moi le bras, pour commencer ! intima Georgina, luttant en vain pour se dégager de son étreinte. Inutile de vous mettre dans tous vos états… Je vais la rencontrer, cette personne, puisque cela semble revêtir une telle importance à vos yeux. Mais peut-être Votre Seigneurie me permettrat-elle de me laver les mains d'abord ? ajouta-t-elle d'un ton persifleur.

Décidément, quelle insolence… Vexé par le ton railleur de la demande, Edward lâcha brusquement sa main et la regarda franchir la porte de derrière avant de pénétrer dans la réserve. Au diable ! songea-t-il en serrant les dents. Comment cette jeune fille pouvait-elle lui enflammer les sens à ce point, tout en l'amenant à se sentir aussi ridiculement maladroit ? Cela dépassait son entendement !

Tandis qu'il regagnait la maison de son côté, Georgina ôta en hâte son tablier et lissa ses cheveux de la main, dans le vain espoir de discipliner ses boucles en désordre.

Brusquement, elle prit conscience de son intransigeance, et regretta ses paroles acerbes. Si seulement elle pouvait les effacer… Pourquoi avait-elle traité Edward avec tant d'arrogance, au nom du ciel ? Et dire qu'elle avait passé chaque seconde de ces trois derniers jours à se languir désespérément de lui ! A quoi bon, si c'était pour le rejeter de la sorte ?

Mais voilà… Son cœur avait eu beau s'emballer à la vue d'Edward, sa fierté avait pris le dessus. Et pourtant, son amour était si fort ! *Sois franche ! Tu n'avais qu'un désir, c'était qu'il te prenne dans ses bras ! Alors pourquoi l'as-tu aussi mal accueilli, bonté divine !*

Elle jeta un regard dans l'étroit miroir suspendu près de la porte, et contempla sans le voir son petit visage rond aux grands yeux embués d'émotion. Qu'importait ce qu'Edward avait pu faire de son temps pendant les trois derniers jours ? L'important n'était-il pas qu'il fût là de nouveau ? Il ne lui devait rien, après tout, admit-elle en toute honnêteté. *Ce n'est pas parce que tu lui as permis de t'embrasser qu'il se trouve dans l'obligation morale de t'épouser !*

Après avoir brossé du revers de la main les brindilles accrochées à sa jupe, et s'être rendue plus présentable, elle décida de ne pas faire languir davantage le vicomte, qui devait bouillir d'impatience dans le salon. Mais à peine sortie de la cuisine, elle tomba sur Edward en personne, qui l'attendait dans le vestibule.

— J'ai fait ce que j'ai pu, mais ce n'est guère mieux, avoua-t-elle en désignant sa tenue. J'espère que votre ami n'est pas trop collet monté !

Edward accueillit la remarque d'un sourire hésitant. En réalité, il n'était pas si sûr de lui qu'il voulait bien le paraître. Avait-il pris la bonne décision ? Il ne tarderait pas à le savoir...

— Vous êtes ravissante, la rassura-t-il. Merci de vous montrer si compréhensive.

Et la prenant par la main, il la conduisit dans le salon, où Georgina eut la surprise de trouver un inconnu aux cheveux argentés et à la tournure éminemment aristocratique en grande conversation avec sa mère.

— Père, voici Georgina, annonça Edward, qui poussa la jeune fille en avant. Georgina, permettez-moi de vous présenter lord Ruscombe, mon père.

En homme du monde consommé, le comte se leva aussitôt et salua la nouvelle venue d'une élégante inclination du buste.

— Miss Cunningham, vous me voyez ravi de faire enfin votre connaissance. Mon fils m'a longuement entretenu de vos exploits.

Cramoisie, Georgina plongea dans une profonde révérence, plus intimidée qu'elle ne l'avait jamais été de sa vie.

— Milord... Je suis vraiment confuse de me présenter devant vous dans une tenue si négligée, mais lord Templeton m'a assuré qu'il y avait urgence et... je... je n'étais vraiment pas préparée à...

— Inutile de vous inquiéter, ma chère, vous êtes tout à fait charmante ainsi, la rassura lord Ruscombe avec un léger sourire. Si vous vous asseyiez un instant près de moi ? Je crois que nous avons bien des choses à nous dire, vous et moi...

Et se tournant vers son fils :

— Je crois que notre hôtesse voudrait vous ménager un petit entretien avec son fils, Rupert. Si vous voulez vous donner la peine de l'accompagner…

— Bien volontiers, acquiesça Edward, qui saisit aussitôt les intentions de son père.

Se levant avec empressement, Mme Cunningham prit le bras que lui offrait Edward et sortit avec lui de la pièce, non sans avoir adressé à sa fille un petit clin d'œil d'encouragement.

Resté seul avec Georgina, lord Ruscombe se rassit sur le sofa et tapota la place vide à côté de lui.

— Venez vous asseoir près de moi, mon enfant, et n'ayez pas l'air aussi terrifiée, je vous en prie. Tout vieil ours que je sois, je n'ai aucune intention de vous dévorer toute crue, vous avez ma parole !

En dépit de sa nervosité, Georgina ne put retenir un sourire amusé. Comment ne pas être charmée, du reste, par les manières parfaites du comte ? Cet homme, de toute évidence, savait allier l'enjouement et l'affabilité à l'aisance innée d'un grand seigneur rompu aux façons du monde. Sans compter que lord Ruscombe ressemblait étonnamment à son fils, ce qui ne pouvait que la mettre à l'aise. Même visage au front haut et aux traits bien modelés, même regard gris aux profondeurs insondables. Seule la coiffure des deux hommes différait. La chevelure d'Edward était coupée court, comme il était de mode chez les militaires, tandis que celle de son père était nouée en catogan sur la nuque.

— A vous dire la vérité, j'ai été fort surpris que mon fils ait jugé nécessaire de faire appel à moi en ces circonstances, commença le comte, après avoir examiné un instant sa voisine en silence. Sa simple parole aurait dû suffire. N'est-il pas un Latimer ? C'est une recommandation en soi, car jamais un membre de notre famille n'a failli à l'honneur.

Georgina se mordit la lèvre, craignant de manquer de respect au père d'Edward. Mais son souci d'honnêteté reprit aussitôt le dessus. Elle ne devait pas se laisser impressionner par la qualité du comte.

— Je ne l'ai pas trouvé très honnête avec nous, milord, répondit-elle donc avec franchise.

A ces mots, le comte haussa les sourcils et son front jupitérien se fronça, pour la plus grande frayeur de Georgina. Mais au lieu de se mettre en colère, lord Ruscombe égrena un petit rire et opina du chef.

— Je suis de votre avis, ma chère enfant. Cette comédie était vraiment une sottise, indigne de lui de surcroît. Mais si j'en crois ce qu'il m'a dit, vous avez accueilli ses clarifications avec scepticisme, ce qui équivalait à le traiter de menteur.

— Certainement pas, se récria Georgina, horrifiée par cette interprétation. Ce n'est pas que je ne l'ai pas cru, mais…

Elle s'arrêta et un flot rose vint teinter ses joues, pour le plus grand plaisir de son compagnon, qui la trouvait décidément charmante.

— C'est seulement que cette révélation m'a été si pénible que je n'étais guère disposée à entendre ses justifications, avoua-t-elle d'une petite voix.

Lord Ruscombe se pencha vers elle pour lui tapoter paternellement la main.

— Je vous comprends, assura-t-il avec une évidente sympathie.

Et d'ajouter avec un sourire :

— Voyez-vous, miss Cunningham, nous autres, les Latimer, n'avons jamais été particulièrement formalistes. Lorsque mon fils s'est engagé dans l'état-major de Wellington, il a agi contre mon gré, mais il a suivi en cela les traces de ses glorieux ancêtres. Dieu merci, il est revenu sain et sauf de la guerre et j'ai pensé alors qu'il était de son devoir d'assurer le plus vite possible l'avenir de notre lignée. Aussi l'ai-je fortement pressé de prendre femme et de procréer enfin un héritier.

— Je comprends parfaitement votre point de vue, milord,

se hâta d'affirmer Georgina. Mais voyez-vous, Edward… euh… lord Templeton, veux-je dire, m'avait affirmé qu'il était hostile à toutes les conventions. Aussi ai-je été très choquée d'entendre qu'il avait pensé demander la main de miss Cornwell pour la seule raison qu'elle lui avait paru un parti « convenable ». Cette démarche s'accordait si mal avec ce que je croyais savoir de lui !

Ce souvenir réveilla sa vindicte et ce fut d'une voix indignée qu'elle poursuivit :

— S'il n'avait appris que Nell en aimait un autre, il l'aurait sans doute épousée, simplement pour se conformer à ce qu'on attendait de lui !

Lors Ruscombe secoua la tête, un sourire indulgent aux lèvres.

— Bah, bah… Ce sont des choses qui arrivent, mon enfant, et vous ne devez pas en tirer de conclusions trop hâtives. Je me suis trouvé dans la même situation lorsque j'étais jeune homme, et Dieu sait pourtant que j'étais un rebelle comme Ned !

— Voulez-vous dire que vous vous êtes trouvé en conflit avec votre père ? questionna timidement Georgina.

Cette fois, le comte éclata franchement de rire, tandis que son regard gris pétillait de gaieté au souvenir de ses frasques de jeunesse.

— Parfaitement ! En fils respectueux des volontés paternelles, je m'étais fiancé à la jeune personne que ma famille me destinait depuis l'enfance. Mais quelques jours avant le mariage, je n'ai pu me résigner à lier ma vie à une femme que je n'aimais pas et me suis enfui à Bath, à la grande fureur de mon père.

— Mais vous n'avez jamais prétendu être ce que vous n'étiez pas et n'avez menti à personne, commenta Georgina avec amertume. Du reste, je suppose que vous avez fini par épouser une jeune fille de votre milieu…

Lord Ruscombe plissa les paupières dans un sourire malicieux.

— Comment, mon fils ne vous a rien dit de sa mère ? Voilà qui m'étonne de lui.

Georgina détourna les yeux, gênée. Edward avait toujours été si mystérieux avec elle…

— Tout le temps qu'il était ici, il a soigneusement évité de nous parler de sa famille, cela se conçoit. Et il est parti si vite après m'avoir révélé son identité que nous n'avons pas eu le temps d'avoir un entretien un peu approfondi… En somme, je connais fort peu de choses de lui.

Le comte la considéra un instant avant de révéler, une lueur d'amusement dans le regard :

— La mère de Ned, ma chère Felicity, était la fille de l'évêque de Bath. Il n'était pas ruiné, c'est vrai, mais c'était un homme d'église, d'assez modeste extraction. J'ai rencontré Felicity à la Pump Room de Bath le lendemain de mon arrivée en ville. C'était une jeune fille à l'intelligence vive et au tempérament bien trempé, qui avait une opinion originale sur la plupart des sujets… un peu comme vous, en somme ! J'ai été complètement séduit, et le mois ne s'était pas écoulé que nous étions déjà mariés. Aujourd'hui, je suis heureux de constater que mon fils a hérité de mon goût pour les femmes de caractère…

Georgina considéra lord Ruscombe avec un sincère étonnement.

— Mais votre père ? N'a-t-il pas été déçu par votre désobéissance ?

— Oh ! il a commencé par être furieux ! se souvint le comte avec un sourire. Mais il n'a fallu que quelques semaines à Felicity pour l'apprivoiser, et il a bientôt été presque aussi subjugué par elle que je l'étais moi-même. Du reste, ma chère épouse n'a pas tardé à conquérir toute la famille. Elle a aussi gagné promptement l'estime de nos serviteurs et métayers, au point que loin de péricliter comme beaucoup d'autres, le domaine des Latimer a survécu à la crise économique et a même prospéré !

A ces mots, il poussa un soupir mélancolique, les yeux dans le vague.

— Nous avons été merveilleusement heureux ensemble, et lorsqu'elle m'a quitté, il y a déjà quelques années de cela, j'ai d'abord cru que je serais incapable de lui survivre. Dieu merci, elle m'avait laissé, outre Edward, deux adorables filles...

— Lord Templeton a des sœurs ? s'enquit Georgina, stupéfaite.

Le comte hocha la tête.

— Caroline et Sarah, deux personnes délicieuses, récemment mariées à des jeunes gens de leur choix — je le précise pour vous rassurer !

Georgina eut un sourire admiratif. La grandeur d'âme du père d'Edward forçait le respect, à n'en pas douter.

— Je comprends maintenant pourquoi Edward s'est donné tant de mal pour vous amener ici, milord. Vous êtes pour lui l'avocat idéal. Nul n'aurait plaidé sa cause aussi bien que vous.

Lord Ruscombe lui lança un regard empreint de gravité.

— Je serais sans doute moins convaincant si je n'étais persuadé qu'il vous aime vraiment, miss Cunningham. Cela dit, je suis sûr qu'il n'aurait pas eu besoin de mon aide pour vous convaincre... si seulement vous aviez pu vous résoudre à l'écouter !

— J'ai peut-être été un peu prompte à le condamner, admit la jeune fille en baissant la tête. J'ai tendance à me montrer parfois un peu emportée, je dois l'avouer.

Et après un petit silence :

— L'ai-je vraiment blessé, à votre avis ? demanda-t-elle, une pointe d'espoir dans la voix.

Lord Ruscombe s'esclaffa de nouveau.

— Il s'en remettra vite, n'ayez crainte, pour peu que vous

lui administriez le traitement adéquat. Nous autres Latimer avons le cuir solide, nous l'avons prouvé plus d'une fois dans le passé.

— C'est exactement ce qu'il m'a affirmé quand je l'ai rencontré !

Retrouvant son sérieux, le comte se pencha vers elle et plongea dans le sien un regard interrogateur.

— La seule chose qui reste à éclaircir, c'est dans quelle mesure vous lui rendez son affection. Je ne voudrais pas le rassurer pour voir tous ses espoirs anéantis aussitôt après. Vous comprenez mon sentiment, n'est-ce pas ?

Georgina acquiesça d'un hochement de tête puis baissa les yeux, de nouveau rougissante.

— Laissez-moi me charger de cette partie de la tâche, milord. Je crois que je saurai très bien m'expliquer avec lui sur ce point !

Suivie d'Edward, qui se torturait à la pensée de ce qui se passait au même instant dans le salon, Mme Cunningham partit à la recherche de Rupert et le trouva étendu sur le tapis du bureau avec Sophie. Un gros volume ouvert devant eux, les deux enfants étaient occupés à feuilleter les *Aperçus de l'Egypte*, en s'attardant, émerveillés, sur les dessins des pyramides.

— Dieu me pardonne, je crois que c'est la première fois que je vous vois le nez dans un livre ! s'exclama Mme Cunningham, amusée. Seriez-vous en train de devenir un rat de bibliothèque comme votre père ?

Rupert se redressa avec un sourire.

— Oh ! non, m'man. C'est seulement que Sophie me montrait une fresque représentant la bataille du Nil. Je ne pensais pas que c'était aussi intéressant…, dit-il avant de s'interrompre brusquement.

Ses yeux bruns s'arrondirent de surprise à la vue d'Edward.

— Je savais bien que vous reviendriez ! exulta-t-il en se relevant d'un bond.

Edward traversa la pièce pour lui serrer chaleureusement la main.

— Ravi de te revoir, Rupert ! Je suis heureux de constater que tu rattrapes le temps perdu.

Le garçonnet, d'abord fier, leva vers lui un regard anxieux.

— Avez-vous… est-ce que…

Il s'arrêta pour jeter un coup d'œil embarrassé à sa mère, qui fourrageait dans les papiers étalés sur le bureau.

— Ne t'inquiète pas, Rupert. J'en ai parlé à ta maman et elle est tout à fait d'accord pour que je te transmette le rapport du Bureau des Armées.

— Voici la lettre que nous avions reçue à l'époque, intervint Mme Cunningham en lui tendant une feuille. Elle nous informe seulement que Harry est tombé au champ d'honneur, en accomplissant son devoir. Mais pourquoi ne pas m'avoir posé directement la question, Rupert ? ajouta-t-elle avec une nuance de reproche. Je n'aurais certainement pas refusé de vous fournir ce renseignement moi-même.

Rupert se mit à rougir, et baissa la tête.

— Je ne voulais pas vous bouleverser, maman, murmura-t-il d'un ton penaud.

— Il n'y a pas de mal, assura Mme Cunningham, qui se tourna vers sa plus jeune fille pour ajouter : Venez, Sophie, laissons ces deux messieurs ensemble. Lord Templeton souhaite s'entretenir avec votre frère. Je crois qu'il a d'autres informations à lui transmettre.

A peine la porte se fut-elle refermée sur elles que Rupert se tourna vers leur visiteur, le regard brillant d'impatience.

— Qu'avez-vous découvert, monsieur ?

Edward sortit une enveloppe de sa poche et s'assit sur le bord du bureau.

— C'est assez triste, déclara-t-il. Es-tu sûr que tu es prêt à l'entendre ?

— Oh ! oui, monsieur, répondit le gamin sans hésiter un seul instant, même si ce n'est pas exactement ce que j'espérais. Je voudrais seulement savoir comment Harry est mort, pour avoir l'esprit tranquille à ce sujet, vous comprenez ? Tout le monde ne peut pas être un héros, après tout…

— Mais Harry en *était* un, mon garçon, il n'y a aucun doute à ce sujet !

A ces mots le garçonnet retint sa respiration, suspendu à ses lèvres.

— Il semblerait qu'en effectuant une manœuvre, commença Edward en posant les yeux sur le document, trois de ses compagnons et lui aient été coupés du reste du régiment. Ils ont été surpris par un groupe de soldats français, comme ils tentaient de rejoindre la ligne. Harry a permis à ses trois camarades de s'enfuir en occupant leurs assaillants, et, après s'être battu comme un lion, il a fini par succomber sous le nombre. Mais les trois autres ont réussi à regagner leur base. Le nom de ton frère a figuré dans les dépêches officielles, où il a été cité pour sa bravoure.

Il s'éclaircit la gorge avant d'ajouter :

— Il est grand dommage que ton père n'ait pas cherché à obtenir de plus amples informations, au moment du décès de son fils. Je suppose qu'il était trop accablé pour chercher à en apprendre davantage.

Les yeux brillant de larmes, Rupert acquiesça en silence.

— Harry était incroyablement courageux, n'est-ce pas ? commenta-t-il enfin avec un petit reniflement. Je ne lui arriverai jamais à la cheville, j'en ai bien peur…

— Mais c'est absurde, voyons ! se récria Edward. Tu feras tout aussi bien que ton frère, pourvu que tu le veuilles vraiment. Crois-moi, je parle en connaissance de cause. J'étais moi-même un cancre, jusqu'à ce que je décide un beau jour de me mettre au travail. A partir de ce moment, j'ai fait de véritables étincelles, mon garçon.

Cette confidence alluma une flamme d'espoir dans les yeux bruns de Rupert, qui s'écria avec ferveur :

— Je vais essayer, milord. Oncle Arthur a engagé un précepteur qui va m'aider à rattraper mon retard. Et quand je retournerai à Rugby, je ne perdrai plus mon temps, c'est promis. C'est que j'ai charge d'âmes à présent !

Edward sourit de son ardeur.

— Voilà une bonne résolution ! Mais n'en fais tout de même pas trop, n'est-ce pas ? Personne ne te demande de devenir un petit saint. Quelques distractions sont nécessaires à la santé et à l'équilibre d'un homme.

Rupert parut réfléchir un instant, puis hocha la tête d'un air pensif.

— Tout de même, vous avez fait beaucoup pour ma famille, milord. Maman nous a raconté, pour les livres… Ensuite, vous avez sauvé Georgina des griffes de cet affreux Carstairs. Et maintenant, vous me faites ce merveilleux cadeau. Je ne sais comment vous remercier, vraiment.

Edward lui donna une tape amicale sur l'épaule.

— Mais il n'y a pas à me remercier, je t'assure. Apprends-moi plutôt à pêcher l'épinoche dans la rivière, quand ton précepteur te laissera un après-midi de congé !

Rupert le considéra avec surprise.

— Dois-je comprendre que vous allez habiter encore au village, milord ? Je croyais que vous alliez retourner à Londres avec votre père.

— Oh ! non, j'ai bien l'intention de rester, assura Edward, qui ajouta avec un sourire : A ce propos, j'ai encore une affaire urgente à régler. Si tu veux bien m'excuser…

Il lui tendit le rapport du Bureau des Armées, et se dirigea vers la porte, avant de se retourner sur le seuil.

— Range précieusement ce document, lui recommanda-t-il. C'est un vrai trésor, digne de figurer dans les annales de la famille.

— Oh ! oui, monsieur ! J'y ferai bien attention, n'ayez crainte, promit Rupert en hochant la tête avec conviction.

Le cœur battant, Edward traversa le couloir et hésita un instant devant la porte fermée du salon. Comme il allait se décider enfin à toquer, l'un des battants s'ouvrit, dévoilant la haute silhouette de lord Ruscombe.

— Ah, vous voilà enfin, Edward ! Je partais justement à votre recherche. Il semblerait que cette jeune personne ait quelques mots à vous dire.

La gorge nouée par l'appréhension, Edward scruta le visage de son père, dans l'espoir d'y découvrir un indice sur le résultat de son entretien avec Georgina. Mais le comte, impassible, s'écarta pour le laisser entrer avant de gagner lui-même le vestibule, en refermant soigneusement la porte derrière lui.

Edward s'approcha lentement de Georgina, qui l'attendait sur le sofa, visiblement nerveuse elle aussi.

— Avez-vous… avez-vous vu Rupert ? demanda-t-elle d'une voix entrecoupée, comme si elle avait du mal à respirer. Il m'a dit que vous lui aviez promis de faire quelque chose pour lui, mais sans préciser quoi.

— Il désirait connaître les circonstances exactes du décès de Harry. J'ai simplement réussi à lui obtenir quelques informations, voilà tout, expliqua-t-il en s'efforçant de ne pas laisser transparaître son émotion.

Mais la jeune fille garda le silence, affichant une attitude contrainte, le regard fuyant. N'avait-elle donc rien à lui dire ? songea Edward, au comble de l'anxiété.

— Gina ? demanda-t-il enfin d'une petite voix. Regardez-moi, voulez-vous…

Voilà bien ce dont Georgina se sentait incapable en cet instant ! Son cœur battait à se rompre dans sa poitrine, au point qu'elle avait l'impression qu'il pouvait exploser d'un instant à l'autre… D'un geste fébrile, elle lissa les plis de sa robe sous le regard implorant d'Edward, qui fit un pas de plus vers elle.

— Je vous en supplie, tirez-moi de cette incertitude ! la supplia-t-il. M'avez-vous pardonné ?

La réponse si longtemps attendue lui parvint dans un souffle à peine audible :

— Oui, murmura-t-elle en baissant la tête.

*Oh ! Mon Dieu !* Emporté par une irrépressible vague de bonheur, Edward lui prit la main pour l'obliger à se lever et l'attira aussitôt dans ses bras avant de la serrer contre lui. Bien que surprise par la soudaineté du geste, Georgina répondit à son étreinte et leva vers lui un regard timide. Le désir passionné qu'elle lut dans ses yeux gris acheva de faire fondre ses résistances, si tant était qu'elle en eût encore…

— Je… je suis désolée, balbutia-t-elle. C'est moi qui dois m'excuser de mon… intransigeance !

Edward fit mine de réfléchir, mais une flamme de gaieté dansait dans son regard.

— Je vous pardonne… à une condition.

Les prunelles de Georgina s'arrondirent de surprise.

— Laquelle ? demanda-t-elle avec un dernier zeste de méfiance.

— Que vous m'embrassiez séance tenante, bien entendu !

Le visage de la jeune fille s'éclaira aussitôt et, dans un élan de passion, elle leva les mains pour lui enlacer la nuque, avant de lui offrir sa bouche joliment dessinée dont les lèvres roses s'entrouvrirent comme une fleur pour l'accueillir.

Pris d'un délicieux vertige, tous deux se cramponnèrent l'un à l'autre comme à leur seul point d'appui en ce monde. Emerveillement, abandon, volupté… Toutes les émotions étaient au rendez-vous pour magnifier ce baiser, dont le souvenir devait demeurer gravé en eux jusqu'à la fin de leurs jours.

Edward eût aimé que ce moment durât pour l'éternité, mais, relevant la tête, il parvint à écarter légèrement la jeune fille de lui, pour mieux plonger dans son beau regard d'outremer.

— Hum… Je crois qu'il vaut mieux en finir avec les formalités habituelles avant de poursuivre la chose… un peu plus loin, déclara-t-il d'une voix rauque.

Et avant qu'elle n'ait eu le temps de réagir, il posa un genou à terre devant elle et inclina le buste dans une attitude de courtoise soumission, en chevalier qui fait allégeance à sa dame.

— Acceptez-vous de me prendre pour époux, Georgina Cunningham ? Dieu me pardonne, mais je crois que je vous ai aimée depuis le premier instant où j'ai posé les yeux sur vous.

Georgina lui dédia en retour un sourire mutin.

— Etes-vous sûr que je sois vraiment un parti *convenable*, milord ?

Il se releva d'un bond, dans un soupir de dépit.

— Ne me rappelez pas cela, au nom du ciel ! Je me suis vraiment comporté comme le dernier des crétins.

N'y tenant plus, il saisit sa main et la porta à ses lèvres, tout en l'interrogeant d'un regard ardent.

— Vous ne m'avez pas répondu, Georgina ? Au nom de tous les saints, ne prolongez pas mon supplice ! M'aimez-vous un peu ?

La jeune fille fit papillonner ses cils une dernière fois, espiègle, avant de laisser enfin parler son cœur.

— De toute mon âme, Edward, assura-t-elle avec toute la conviction qu'il attendait.

Fou de bonheur, il l'attira de nouveau dans ses bras.

— N'est-ce pas vous qui évoquiez un jour certains « paroxysmes de plaisir » ? lui rappela-t-il avec à-propos. Voyons un peu ce qu'il en est.

Georgina, fermant les yeux, se laissa emporter par la vague déferlante du désir. Combien de terres lointaines lui restait-il à découvrir dans les bras de son enchanteur, elle qui n'avait jamais quitté son comté natal ? Par ce beau jour d'été étincelant de promesses, leur grand voyage d'amour allait enfin commencer…